Ruth Prawer Jhabvala:
Hitze und Staub
Roman

Deutsch von Utta Roy-Seifert

Klett-Cotta
im
Deutschen
Taschenbuch
Verlag

Von Ruth Prawer Jhabvala
ist im Deutschen Taschenbuch Verlag erschienen:
Die Liebesheirat (11208)

Ungekürzte Ausgabe
Mai 1991
Deutscher Taschenbuch Verlag GmbH & Co. KG,
München

Titel der englischen Originalausgabe:
›Heat and Dust‹ (John Murray, Ltd., London)

Umschlaggestaltung: Celestino Piatti
Gesamtherstellung: C. H. Beck'sche Buchdruckerei,
Nördlingen
Printed in Germany · ISBN 3-423-11380-4

Das Buch

Die Engländerin Olivia führt ein abgeschirmtes Leben, wie es 1923 der Gattin eines britischen Kolonialbeamten in Indien wohlansteht. Sie ist romantisch und zu oft allein, und so geschieht es, daß sie sich mehr und mehr zu dem indischen Fürsten des Nachbarstaates hingezogen fühlt, dessen charmante Gesellschaft sie den formellen Dinners ihrer selbstgefälligen Landsleute vorzieht. Während der wenigen Monate, die diese Romanze unentdeckt dauert, schreibt Olivia lange Briefe an ihre Schwester. Und diese Briefe liest – zwei Generationen später – Anne, die Enkelin von Olivias Mann, und ist verzaubert. Ihr Entschluß steht fest: Sie wird den Spuren Olivias folgen und dieses Land für sich entdecken. Sie fährt, die Briefe im Reisegepäck, nach Indien und läßt sich in derselben Stadt nieder, in der vor Jahrzehnten die erste Frau ihres Großvaters gewohnt hat. Was sie findet, ist ein Land voller Gegensätze: magische Exotik und schrille Bilder des Elends. Doch Anne bleibt, um herauszufinden, was mit ihr passiert, wenn sie sich auf das Land einläßt. – ›Hitze und Staub‹ wurde 1975 mit dem Booker Prize ausgezeichnet und 1983 mit Julie Christie in der Hauptrolle verfilmt.

Die Autorin

Ruth Prawer Jhabvala, am 7. Mai 1927 in Köln geboren, ist die Tochter jüdischer Einwanderer aus Polen. 1939 mußte sie mit ihrer Familie nach London emigrieren, wo sie die Universität besuchte. Nach ihrer Heirat mit einem indischen Architekten zog sie nach Neu-Delhi; seit einigen Jahren lebt sie meist in New York. Neben Romanen und Kurzgeschichten hat Ruth Prawer Jhabvala das Drehbuch für mehrere Filme des Regisseurs James Ivory verfaßt, u. a. für ›Zimmer mit Aussicht‹, wofür sie einen »Oscar« erhielt. In deutscher Sprache liegen ihr Roman ›Die Liebesheirat‹ (dt. 1956) und ›Eine Witwe mit Geld‹ (dt. 1989), Erzählungen, vor.

Kurz nachdem Olivia mit dem Nawab fortgegangen war, kehrte Beth Crawford aus Simla zurück. Das war im September 1923. Beth mußte nach Bombay hinunterfahren, um ihre Schwester Tessie, die mit dem Schiff dort ankommen sollte, abzuholen. Tessie wollte die kalte Jahreszeit bei den Crawfords verbringen. Sie hatten alle möglichen Besuche und Ausflüge mit ihr vor, aber sie blieb fast die ganze Zeit in Satipur, wegen Douglas. Sie gingen miteinander reiten und spielten Krokett und Tennis, und sie bemühte sich sehr, ihm eine angenehme Gesellschafterin zu sein. Nicht, daß er viel freie Zeit gehabt hätte, denn er arbeitete so viel wie eh und je in der Distriktverwaltung. Er arbeitete wie ein Pferd und war immer gleich ruhig und beherrscht, so daß er von seinen Kollegen wie auch von den Indern außerordentlich geschätzt wurde. Er war ein aufrechter und gerechter Mann. Tessie blieb die kalte Jahreszeit hindurch da und auch die nächste noch, dann nahm sie das Schiff nach Hause. Ein Jahr später hatte Douglas Heimaturlaub, und sie trafen einander in England wieder. Als seine Scheidung vollzogen wurde, waren sie bereit zu heiraten. Sie kam zu ihm nach Indien, und wie ihre Schwester Beth lebte sie ein erfülltes und glückliches Leben dort. Sie wurde dann meine Großmutter – aber bis dahin waren natürlich alle wieder zurück in England.

Ich kann mich an Douglas überhaupt nicht erinnern – er starb, als ich drei Jahre alt war –, aber an Großmutter Tessie und Großtante Beth erinnere ich mich sehr genau. Sie waren heitere Frauen mit einer vernünftigen und modernen Einstellung zum Leben: aber dennoch – das erzählten mir meine Eltern – waren sie jahrelang nicht dazu zu bewegen, über Olivia zu sprechen. Sie scheuten vor der Erinnerung an sie zurück wie vor etwas Dunklem und Schrecklichem. Die Generation meiner Eltern teilte diese Gefühle nicht – im Gegenteil, sie waren begierig, soviel wie möglich über Großvaters erste Frau zu erfahren, die mit einem indischen Fürsten durchgebrannt war.

Erst als sie alt und verwitwet waren, sprachen die beiden Damen endlich über das verbotene Thema.

Inzwischen hatten sie auch Harry wiedergesehen. Sie hatten über den Austausch von Weihnachtskarten die Verbindung mit ihm aufrechterhalten, aber erst nach Douglas' Tod kam Harry sie besuchen. Sie sprachen über Olivia. Harry erzählte ihnen auch von Olivias Schwester Marcia, die er kurz nach seiner Rückkehr aus Indien kennengelernt hatte. Er hatte sie im Laufe der Jahre immer wieder gesehen, bis sie starb (sich zu Tode getrunken hatte, sagte er). Sie hinterließ ihm sämtliche Briefe Olivias, und er zeigte sie den alten Damen. Auf diese Weise bekam ich die Briefe zum ersten Mal zu Gesicht, und jetzt habe ich sie nach Indien mitgebracht.

Zum Glück habe ich während der ersten paar Monate hier ein Tagebuch geführt, habe also einiges von meinen frühen Eindrücken festgehalten. Wenn ich jetzt versuchen sollte, mich ihrer zu erinnern, würde mir das möglicherweise nicht mehr gelingen. Sie sind nicht mehr die gleichen, weil ich selbst nicht mehr die gleiche bin. Aber dies ist nicht meine Geschichte, es ist Olivias Geschichte, soweit ich sie verfolgen kann.

Und dies sind die ersten Eintragungen in meinem Tagebuch:

2. Februar: Heute in Bombay angekommen. Ganz anders, als ich es mir vorgestellt hatte. Natürlich hatte ich immer an eine Ankunft mit dem Schiff gedacht, hatte vergessen, daß es mit dem Flugzeug ganz anders sein würde. All diese Memoiren und Briefe, die ich gelesen, die Abbildungen, die ich gesehen habe. Ich darf wirklich nicht daran denken. Heute ist alles anders. Ich muß versuchen, mich auszuschlafen.

Bin mitten in der Nacht aufgewacht. Tastete nach meiner Armbanduhr, die ich auf meinen Koffer unter dem Bett gelegt hatte: Sie war nicht da. Nein! Doch nicht jetzt schon! Eine Stimme aus dem Nachbarbett: »Hier ist sie, meine Liebe, und in Zukunft seien Sie bitte vorsichtiger.« Halb ein Uhr nachts. Ich habe ungefähr vier Stunden geschlafen. Natürlich bin ich noch immer auf die Zeit in England eingestellt, dort wäre es jetzt ungefähr sieben

Uhr abends. Ich bin hellwach und setze mich im Bett auf. Es steht im Frauenschlafsaal des Missions-Hospizes, eines von sieben der typischen indischen Betten, vier stehen auf einer Seite, drei auf der anderen. Sie sind alle belegt, und anscheinend schlafen die Frauen. Aber die Stadt draußen ist noch wach und ruhelos. Von irgendwoher hört man sogar Musik. Die Straßenlampen erhellen die vorhanglosen Fenster des Schlafsaals, füllen den Raum mit einem geisterhaften Widerschein, in dem die Schlafenden auf ihren Betten aussehen wie an den Strand gespülte Leichen.

Aber meine Nachbarin – die Hüterin meiner Uhr – ist munter und will reden:

»Sie sind wahrscheinlich gerade erst angekommen, deshalb sind Sie so unvorsichtig. Macht nichts, Sie werden's schon rasch lernen, jeder lernt es ... Am Anfang müssen Sie sehr vorsichtig mit dem Essen sein: nur abgekochtes Wasser, und unter keinen Umständen irgendwelche Lebensmittel von diesen Verkaufsständen auf der Straße. Später sind Sie dann immun. Ich kann jetzt alles essen, wenn ich will. Nicht, daß ich es möchte – ich finde ihr Essen gräßlich. Ich möchte es nicht um die Welt anrühren. Sie können hier im Hospiz essen, das Essen ist in Ordnung. Miss Tietz kümmert sich selbst um die Küche, und sie machen recht gute Eintopfgerichte, manchmal einen Braten, und Pudding. Ich wohne immer hier, wenn ich nach Bombay komme. Ich kenne Miss Tietz schon seit zwanzig Jahren. Sie ist Schweizerin, ist seinerzeit mit den Schulschwestern hergekommen, aber seit zehn Jahren betreut sie die Mission. Die können froh sein, daß sie sie haben.«

Vielleicht liegt es an dieser geisterhaften Beleuchtung, daß sie wie ein Gespenst aussieht. Und sie hat ein weißes Nachthemd an, das sie von Kopf bis Fuß einhüllt. Ihr Haar hat sie zu einem schlaff herabhängenden Zopf zusammengebunden. Sie ist kreidebleich, schemenhaft – ja, ein Gespenst. Sie erzählt mir, daß sie seit dreißig Jahren in Indien ist, und wenn Gott will, daß sie hier stirbt, dann wird sie auch hier sterben. Andererseits, wenn Er sie vorher nach Hause führen will, dann wird sie nach Hause zurückgehen. Es ist Sein Wille, und sie lebt seit dreißig

Jahren nur nach Seinem Willen. Als sie das sagt, klingt ihre Stimme kein bißchen gespensterhaft, sondern laut und kräftig, wie eine spricht, die stets standhaft ihre Pflicht erfüllt.

»Wir haben unsere eigene kleine Kirche in Kafarabad. Die Stadt nimmt – der Textilfabriken wegen – an Umfang zu, aber nicht an Tugend, das kann ich Ihnen verraten. Vor dreißig Jahren hätte ich vielleicht gesagt, es besteht noch Hoffnung; aber heute – heute sehe ich keine. Wo man hinschaut – überall das gleiche Lied. Höhere Löhne bedeuten größere Selbstsucht, mehr hausgebrannten Schnaps, öfter ins Kino gehen. Früher trugen die Frauen einfache Baumwollkittel, aber jetzt möchten sie alle nach außen schon glänzen. Vom Inneren reden wir lieber erst gar nicht. Aber was kann man von diesen armen Leuten erwarten, wenn man sieht, wie unsere eigenen hier herunterkommen? Haben Sie schon mal dort hinübergeschaut? Sehen Sie nur!«

Ich gehe zum Fenster und schaue auf die Straße hinunter. Dort unten ist es taghell, nicht nur von dem weißen Licht der Straßenlaternen, auch jeder Verkaufsstand, jeder Karren ist von einer grellen Kerosinlampe erleuchtet. Eine Menge Leute sind dort unten; einige schlafen – es ist so warm, daß sie sich nur auszustrecken brauchen, Bettzeug ist nicht nötig. Etliche verkrüppelte Kinder sehe ich (einen Jungen, der sich auf beinlosem Rumpf fortbewegt); wahrscheinlich betteln sie am Tage, aber jetzt haben sie frei und scheinen sorglos, sogar fröhlich zu sein. Leute kaufen bei den Straßenhändlern, stehen dort und essen, während andere in der Gosse suchen, ob sie etwas Weggeworfenes finden. Sie verweist mich an das andere Fenster. Von dort kann ich das Hotel A. sehen. Vor dem hatte man mich schon gewarnt, ehe ich herkam. Man hatte mir gesagt, wie trostlos und traurig ich das Missions-Hospiz auch fände, unter gar keinen Umständen sollte ich im Hotel A. absteigen.

»Können Sie hinsehen? Sehen Sie?« rief sie vom Bett aus.

Ich sah. Auch hier war es ganz hell, von den Straßenlaternen und den Lampen der Läden. Der Gehsteig vor dem Hotel A. war voller Menschen – nicht Indern, sondern Europäern. Sie machten einen heruntergekommenen Eindruck.

Sie sagte: »Sie hausen zu acht oder neunt in einem Zimmer, und manche haben nicht einmal dafür genug Geld, die schlafen dann einfach auf der Straße. Sie betteln sich gegenseitig an und bestehlen einander. Manche sind ganz jung – noch halbe Kinder –, für die besteht vielleicht noch Hoffnung. So Gott will, fahren sie nach Hause, ehe es zu spät ist. Aber es gibt auch andere, Männer und Frauen, die sind schon jahrelang hier, und jedes Jahr wird es schlimmer mit ihnen. Sie sehen ja, in was für einem Zustand sie sind. Sie sind alle krank, manche von ihnen todkrank. Wer sind sie, wo kommen sie her? Einmal habe ich etwas Schreckliches gesehen. Er kann nicht älter als dreißig gewesen sein, vielleicht ein Deutscher oder ein Skandinavier – er war hellblond und sehr groß. Seine Kleidung war total zerfetzt, und man sah seine helle Haut durch die Löcher. Er hatte langes Haar, ganz zerrauft und verfilzt; neben ihm saß ein Affe, und der Affe lauste ihn. Ja, der Affe klaubte die Läuse aus den Haaren des Mannes. Ich habe das Gesicht dieses Mannes gesehen – seine Augen –, und ich kann Ihnen sagen, ich sah eine Seele in der Hölle. Oh, ich sage Ihnen, ich habe schon eine Menge schrecklicher Dinge gesehen in Indien. Ich habe einen Hindu-Moslem-Aufstand überlebt und eine Pocken-Epidemie, und etliche Hungersnöte, und ich glaube, ich kann mit Recht behaupten, ich habe schon alles erlebt, was es auf dieser Welt gibt. Und aus alledem habe ich *eines* gelernt: Ohne Jesus Christus kann man in Indien nicht leben. Wenn Er nicht jeden Augenblick, Tag und Nacht, bei einem ist und man nicht mit jeder Faser seines Herzens zu ihm betet, wenn man das nicht kann, dann wird man wie dieser arme junge Mann, dem der Affe die Läuse aus den Haaren klaubte. Denn, meine Liebe, hier gilt das Menschliche nichts, absolut nichts«, sagte sie mit aller Verachtung für sämtliche Hindus und Buddhisten, derer sie fähig war.

Sie hatte sich im Bett aufgesetzt. So dünn und bleich sie war, sah sie doch hart aus – hart geworden. Ein Gespenst mit Rückgrat. Ich blickte wieder hinunter auf die unter dem weißen Licht der Straßenlaternen vor dem Hotel A.

hingestreckten Gestalten. Mir schien, sie hatte recht: Sie sahen wirklich aus wie arme Seelen in der Hölle.

16. Februar: Satipur. Ich hatte großes Glück und habe hier bereits ein Zimmer gefunden. Es gefällt mir sehr gut. Es ist groß, luftig und leer. Es hat ein Fenster, an dem ich jetzt sitze und in den Basar hinunterschaue. Mein Zimmer liegt über einem Stoffladen, und ich muß eine dunkle Treppe hinaufsteigen, um hierher zu gelangen. Ein Regierungsbeamter namens Inder Lal hat es mir untervermietet; er wohnt mit seiner Frau und seiner Mutter und drei Kindern in ein paar schäbigen engen, hinter dem Laden zusammengequetschten Zimmern am Ende eines Hofes. Der Laden gehört jemand anderem und der Hof auch. Alles ist geteilt und noch einmal unterteilt, und ich bin eine der Unterteilungen. Aber hier oben habe ich ein Gefühl von Weite und Ungestörtheit; nur die Waschgelegenheit und die Toilette unten im Hof benütze ich mit, und das kleine Putzmädchen, das dazugehört, habe ich mitgemietet.

Ich glaube, mein Vermieter, Inder Lal, ist enttäuscht darüber, wie ich mein Zimmer bewohne. Er sieht sich immer wieder nach Möbeln um, aber ich habe keine. Ich sitze auf dem Fußboden, und nachts breite ich meinen Schlafsack darauf aus. Das einzige Möbelstück, das ich mir bisher zugelegt habe, ist ein ganz kleiner Schreibtisch, nicht höher als ein Fußschemel, auf dem ich meine Papiere liegen habe (dieses Tagebuch, meine Hindi-Grammatik und das Wörterbuch, Olivias Briefe). Es ist die gleiche Art Schreibtisch, wie sie die Ladenbesitzer für ihre Buchführung verwenden. Inder Lal betrachtet meine leeren Wände. Wahrscheinlich hatte er auf Bilder und Fotografien gehofft – aber ich habe kein Bedürfnis nach derartigen Dingen, da ich doch nur zum Fenster hinaus auf den Basar unten zu schauen brauche. Ich möchte jedenfalls nicht von diesem Anblick abgelenkt werden. Daher auch keine Vorhänge.

Inder Lal ist viel zu höflich, um seine Enttäuschung in Worte zu kleiden. Er sagte weiter nichts als: »Es ist nicht sehr bequem für Sie«, und senkte schnell den Blick, als fürchtete er, mich in Verlegenheit zu bringen. Er verhielt sich ebenso, als ich mit meinem Gepäck ankam. Ich hatte mir keinen Kuli genommen, sondern meinen Koffer und den Schlafsack auf der Schulter selbst heraufgetragen. Auch damals – nach einem unwillkürlichen erschrockenen Ausruf – hatte er die Augen gesenkt, als fürchtete er, mich in Verlegenheit zu bringen.

Für ihn wäre es leichter, wäre ich, wie Olivia war. Sie war alles, was ich nicht bin. Das erste, was sie tat, als sie in ihr Haus einzog, das Haus des Stellvertretenden Distriktverwalters, war, es mit Teppichen, Bildern und Blumen vollzustopfen. Sie schrieb an Marcia:

»Langsam fängt es an, ein bißchen zivilisierter auszusehen bei uns.« Und etwas später wieder: »Mrs. Crawford (die Frau des obersten Distriktverwalters), die *Burra Memsahib,* stattete mir heute in meinem Nest einen Kontrollbesuch ab. Ich glaube, sie hält weder von mir noch von meinem Nest sehr viel, aber sie ist ach so taktvoll! Sie erklärte mir, sie wisse, daß das erste Jahr immer sehr schwierig sei, und wenn es irgend etwas gäbe, womit sie mir auf irgendeine Weise behilflich sein könne, so möge ich doch an sie denken, sie sei immer da. Ich bedankte mich (höflich, wie es sich gehört). Dabei ist ihr Vorhandensein eigentlich das einzige, was die Dinge schwierig macht – sonst ist alles beinahe zu schön, um wahr zu sein. Wenn ich ihr das doch hätte sagen können!«

Ich habe bereits das Haus gesehen, in dem Douglas und Olivia wohnten. Es hat sich nämlich ein glückliches Zusammentreffen ergeben – wie sich herausstellte, liegt das Büro, in dem Inder Lal arbeitet, mitten im ehemaligen britischen Wohnviertel, »Civil Lines« genannt. Die Abteilung von Inder Lal – Beschaffung und Auslieferung – ist im ehemaligen Haus des obersten Distriktverwalters untergebracht (Mrs. Crawfords Haus im Jahre 1923). Douglas und Olivias Bungalow beherbergt heute die Verwaltung der Wasserbehörde, das städtische Gesundheitsamt und ein Postamt. Beide Häuser sind, wie alles andere, mehrmals unterteilt in viele kleinere Einheiten, um viele verschiedene Funktionen erfüllen zu können. Nur das Haus des obersten Sanitätsbeamten ist geblieben, wie es war, und ist jetzt angeblich ein Rasthaus für Reisende.

20. Februar: Heute morgen stattete ich den beiden Damen der Familie Inder Lals einen kurzen Besuch ab – seiner Frau Ritu und seiner Mutter. Ich weiß nicht, ob ich gerade einen Augenblick erwischt habe, in dem ein außergewöhnliches Durcheinander herrschte, oder ob sich ihr Leben immer so abspielt, aber jedenfalls war die Wohnung sehr unordentlich. Natürlich sind die Zimmer schäbig und die Kinder noch im Windelalter. Ritu räumte rasch ein paar Kleidungsstücke und Spielsachen von einer Bank herunter. Ich hätte lieber auf dem Fußboden gesessen wie sie, aber mir war klar, daß ich mich den gesellschaftlichen Regeln zu unterwerfen hatte. Die Schwiegermutter zischelte der Schwiegertochter in offenbar gewohnter Weise eine Anordnung zu – wie ich annahm wegen einer Erfrischung für mich. Ritu schoß aus dem Zimmer, als wäre sie froh, entlassen zu sein, und überließ mich und die Schwiegermutter einander; sollten wir sehen, wie wir miteinander zurechtkämen. Wir lächelten, ich probierte mein Hindi aus (mit äußerst spärlichem Erfolg – ich muß intensiver daran arbeiten!), wir versuchten es mit hoffnungsvollen Gesten, und das alles führte zu nichts. Sie musterte mich die ganze Zeit. Sie hat einen klugen, abschätzenden Blick – und ich kann mir vorstellen, wie sie umhergegangen sein mochte, junge Mädchen als mögliche Ehefrauen für ihren Sohn in Augenschein zu nehmen, ehe sie sich schließlich für Ritu entschied. Ganz instinktiv rechnete sie auch *meine* Pluspunkte zusammen, und ich konnte, leider, auch erraten, wie das Ergebnis für sie aussah.

Ich habe mich bereits daran gewöhnt, hier in Indien auf diese Weise abgeschätzt zu werden. Jeder tut es überall – auf der Straße, in den Autobussen und Eisenbahnen. Sie tun es ganz offen, Frauen ebenso wie Männer, sie geben sich auch keine Mühe, zu verbergen, wenn man vielleicht ihre Heiterkeit erregt. Ich kann mir vorstellen, daß wir für sie seltsam aussehen müssen; und was wohl auch sonderbar für sie sein muß, ist die Art und Weise, wie wir unter ihnen leben – nicht mehr von ihnen getrennt und für uns, sondern wir essen das gleiche wie sie, und oft tragen wir auch indische Kleidung, weil sie kühler und billiger ist.

Mir eine Garnitur indischer Kleidung zuzulegen, war eines der ersten Dinge, die ich tat, nachdem ich mich in Satipur niedergelassen hatte. Ich ging unten in den Stoffladen und dann gleich nebenan, wo auf einem Stückchen Sackleinen ein kleiner Schneider mit seiner Nähmaschine sitzt. Er nahm mir an Ort und Stelle in seinem offenen Laden Maß, so daß jeder von der Straße aus zusehen konnte, aber er war so sorgfältig darauf bedacht, mir dabei nicht zu nahe zu kommen, daß seine Maße viel zu ungenau ausfielen, als daß die Kleider hätten sitzen können. Infolgedessen sind meine Kleider wirklich sehr weit, aber sie erfüllen ihren Zweck, und ich bin froh, daß ich sie habe. Ich trage jetzt eine Pluderhose, mit einer Schnur in der Taille zusammengehalten, und ein knielanges Hemd wie die Bauersfrauen aus dem Pandschab. Ich habe auch ein Paar indische Sandalen, die ich abstreifen und an der Türschwelle stehenlassen kann, wie es alle anderen tun. (Es sind Männersandalen, weil mir die Frauengrößen nicht passen.) Obwohl ich jetzt wie eine indische Frau gekleidet bin, laufen die Kinder noch immer hinter mir her; aber ich mache mir nicht allzuviel daraus, weil ich sicher bin, daß sie sich bald an mich gewöhnen werden.

Ein Wort gibt es, das man mir oft nachruft: *hijra.* Leider weiß ich, was es bedeutet. Ich wußte es, noch ehe ich nach Indien kam, aus einem Brief Olivias. Und *sie* hatte es von dem Nawab gehört, der ihr erklärt hatte, daß Mrs. Crawford wie ein *hijra* aussähe (Großtante Beth war, so wie ich, groß und flachbrüstig). Natürlich wußte auch Olivia nicht, was es bedeutete, und als sie fragte, brach der Nawab in schallendes Gelächter aus. Aber anstatt es ihr zu erklären, sagte er: »Ich werde es Ihnen zeigen«, klatschte in die Hände, gab einen Befehl, und nach einer Weile brachte man eine Gruppe *hijras,* und der Nawab ließ sie für Olivia auf die traditionelle Weise singen und tanzen.

Auch ich habe sie singen und tanzen sehen. Das war neulich, als ich mit Inder Lal zurückkam, nachdem ich sein Amt besichtigt hatte. Wir waren nicht mehr weit von zu Hause entfernt, als ich aus einer Seitenstraße den Klang von Trommeln hörte. Inder Lal sagte, es wäre nichts, das anzuschauen sich lohnte – »etwas ganz Gewöhnliches«, sagte er –, aber ich war neugierig, so begleitete er mich widerstrebend. Wir gingen durch etliche voneinander abzweigende Gäßchen, dann durch einen Torbogen und einen schmalen Durchgang, der sich schließlich nach einem Innenhof zu öffnete. Und hier war die Gruppe von *hijras* – Eunuchen –, die ihre Vorstellung gab. Einer schlug eine Trommel, andere sangen und klatschten in die Hände und machten ein paar Tanzschritte. Ein Häufchen Zuschauer genoß die Vorstellung. Die *hijras* waren von männlichem Körperbau, hatten große Hände und flache Brustkästen und ein langes Kinn, aber sie waren wie Frauen in Saris gekleidet und trugen Flitterschmuck. Auch in der Art, wie sie tanzten, parodierten sie die Bewegungen von Frauen, und ich nehme an, das war es, was die Leute so erheiterte. Aber ich fand, ihre Gesichter sahen traurig aus, und selbst wenn sie grinsten und anzügliche Gesten zu, wie ich vermutete, anzüglichen Worten machten (alle lachten, und Inder Lal wollte, daß ich wegging), hatten ihre Gesichter die ganze Zeit den besorgten Ausdruck arbeitender Menschen, die nicht wissen, wieviel man ihnen für ihre Arbeit bezahlen würde.

24. Februar: Da heute Sonntag ist, bot mir Inder Lal freundlicherweise an, mit mir nach Khatm zu fahren, um mir den Palast des Nawab zu zeigen. Ich hatte ein schlechtes Gewissen, ihn an seinem einzigen freien Tag seiner Familie wegzunehmen, aber weder er noch sie schienen etwas dabei zu finden. Ich frage mich, ob es seine Frau nicht satt hat, alle Tage, den ganzen Tag lang, in ihren zwei kleinen Zimmern mit ihrer Schwiegermutter und drei kleinen Kindern eingesperrt zu sein. Ich sehe sie nie irgendwohin gehen, außer manchmal – begleitet von ihrer Schwiegermutter – im Bazar Gemüse einkaufen.

Ich bin in Indien noch nie mit einem Bus gefahren, der nicht bis zum Bersten vollgestopft gewesen wäre, innen mit Menschen und oben auf dem Dach mit Gepäck; und die Busse sind immer so alt, daß sie sämtliche Knochen und jede Schraube durcheinanderrütteln. Nicht nur die Busse sind immer die gleichen, auch die Landschaft, durch die sie fahren. Sobald eine Stadt hinter einem liegt, gibt es bis zur nächsten nichts als flaches Land, einen brütenden Himmel, Weite und Staub. Vor allem Staub: Der Bus ist an den Seiten offen, hat an den Seiten entlang nur Stäbe, so daß der heiße Wind ungehindert hereinblasen und den Wüstensand hereintragen kann, der einem Ohren und Nasenlöcher verstopft und knirschend zwischen die Zähne dringt.

Die Stadt Khatm entpuppte sich als ein elendes kleines Nest. Natürlich ist auch Satipur nicht weiß ich wie großartig, aber es vermittelt doch den Eindruck, daß es seinen eigenen Bedürfnissen entsprechend wachsen konnte. Aber Khatm besteht aus nichts als einem ungeordneten, im Schatten des Nawab-Palastes zusammengedrängten Häuserhaufen. Es scheint nur gebaut worden zu sein, um dem Palast zu dienen, und jetzt, da niemand mehr darin wohnt, weiß die Stadt nichts mit sich anzufangen. Die Straßen sind eng verbaut, verlottert und schmutzig. Es gibt viele, sehr viele Bettler.

Von hohen, perlgrauen Mauern umschlossen, steht der Palast auf einem weitläufigen Grundstück mit vielen hohen Bäumen. Es gibt Brunnen und Kanäle, Gartenpavillons und eine kleine Privatmoschee mit einer goldenen Kuppel. Inder Lal und ich setzten uns unter einen Baum, während der Aufseher die Schlüssel holen ging. Ich fragte Inder Lal nach der Familie des Nawab, aber er weiß nicht viel mehr als ich. Nach dem Tod des Nawab im Jahre 1953 erbte sein Neffe Karim, der damals noch ein ganz kleines Kind war, den Palast. Aber er hat nie dort gelebt. Er lebt übrigens in London, wo ich ihn, kurz bevor ich hierher kam, kennenlernte (darüber werde ich später schreiben). Die Familie verhandelt noch immer mit der indischen Regierung wegen eines Verkaufs, aber bisher konnte man sich in all diesen Jahren nicht auf einen Preis einigen. Es gibt keine anderen Interessenten: Wer will heutzutage schon so einen Besitz haben – und ausgerechnet in Khatm?

Inder Lal hatte keine rechte Lust, über den Nawab zu reden. Ja, er hatte von ihm gehört und von seinem ausschweifenden, liederlichen Lebenswandel; auch irgendwelche Gerüchte über diesen Skandal. Aber wen kümmert das heute; diese Leute sind alle tot, und selbst wenn irgend jemand von ihnen noch irgendwo leben sollte, gibt es niemanden, der an ihrem Tun und Lassen interessiert wäre. Inder Lal lag viel mehr daran, mir von seinen eigenen Sorgen zu erzählen, deren es viele gibt. Als der Mann mit den Schlüsseln kam, wanderten wir durch den Palast, und nun konnte ich all die Säle und Zimmer und Galerien sehen, über die ich so viel nachgedacht und die ich versucht hatte, mir vorzustellen.

Aber jetzt steht das Gebäude leer, es ist nur noch eine marmorne Hülse. Die Einrichtung ist in europäischen Versteigerungshäusern verkauft worden, und es ist weiter nichts übriggeblieben als ein paar wie Strandgut in den marmornen Sälen hie und da herumliegende oder -stehende Sofas und die alten Stoffächer – Zug-*punkahs* –, die verstaubt von der Decke herabhängen.

Inder Lal ging dicht hinter mir her und erzählte mir von den Umtrieben in seinem Büro. Es gibt eine Menge Intrigen und Eifersüchteleien. Inder Lal möchte da nicht hineinverwickelt werden – er will weiter nichts als seinen Verpflichtungen nachkommen –, aber das ist unmöglich, die Menschen lassen ihn nicht in Ruhe, man wird gezwungen, Partei zu ergreifen. Auch gegen ihn selbst werden Intrigen gesponnen und gibt es Eifersüchteleien, da der Leiter seiner Abteilung ihm günstig gesinnt ist. Das erbost Inder Lals Beamtenkollegen sehr, und sie würden alles tun – so sind sie nun einmal veranlagt –, um ihn herunterzumachen.

Wir standen auf einer der oberen Galerien, von denen aus man den großen Wohnraum überblickt. Der Aufseher erklärte, daß hier die Damen des Hauses, hinter Vorhängen verborgen, zu sitzen pflegten, um die gesellige Unterhaltung unten zu beobachten. Ein Vorhang hing noch dort – aus schwerem Brokat, steif von Staub und Alter. Ich berührte ihn, voller Bewunderung für das Material, aber es war, als berühre man etwas Totes, Moderndes. Inder Lal – der mir gerade vom Leiter seiner Abteilung erzählte, dessen Denken unseligerweise von eigennützigen Personen vergiftet wird – berührte den Vorhang ebenfalls. Er bemerkte: »Ach ja, wo ist das alles hingekommen?« – eine Äußerung, die sogleich von dem Aufseher wiederholt wurde. Aber dann entschieden beide, daß ich schon genug gesehen hätte. Als wir wieder in den Garten hinauskamen – so grün und schattig, wie der Palast weiß und kühl war –, fing der Aufseher an, auf Inder Lal einzureden. Ich erkundigte mich nach der Privatmoschee des Nawab, aber Inder Lal erklärte mir, daß die nicht interessant sei und mir statt dessen der Aufseher jetzt den kleinen Hinduschrein zeigen wolle, den er für seine eigene Andacht eingerichtet hatte.

Ich weiß nicht, was dieser Raum ursprünglich gewesen war – vielleicht ein Vorratsraum? Es war eigentlich nicht mehr als ein Loch in der Mauer, und man mußte sich bücken, um durch die Öffnung zu gelangen. Etliche andere Leute drängten sich noch mit uns hinein. Der Aufseher schaltete eine elektrische Glühbirne an und enthüllte den Schrein. Der Hauptgott – er war in seiner Affengestalt als Hanuman dargestellt – befand sich in einem Glasbehälter; und dann waren da noch zwei andere Götter, jeder in einem eigenen Glasbehälter. Alle waren sie aus Gips und mit seidenen kleinen Stoffstückchen und Perlenketten angetan. Der Aufseher sah mich erwartungsvoll an. Also mußte ich natürlich sagen, wie hübsch das war, und auch fünf Rupien spenden. Ich war bestrebt, möglichst rasch wieder hinauszukommen, denn es war erstikkend heiß dort drinnen ohne jede Lüftung und mit all den Leuten, die sich hineingedrängt hatten. Inder Lal erwies den drei lächelnden Gottheiten seine Ehrerbietung. Er hatte die Augen geschlossen, und seine Lippen bewegten sich andächtig. Man gab mir ein paar Stückchen Kandiszucker und ein paar Blütenblätter, die ich natürlich nicht wegzuwerfen wagte, so daß ich sie noch im Bus auf der Rückfahrt nach Satipur in der Hand hielt. Als ich annahm, daß Inder Lal nicht zu mir hersah, ließ ich sie respektvoll seitlich aus dem Bus fallen, aber meine Handflächen sind noch klebrig davon, und ein süßer und leicht fauliger Geruch ist daran haften geblieben, auch jetzt noch, da ich das hier schreibe.

Olivia begegnete dem Nawab das erste Mal bei einem Abendessen, das er in seinem Palast in Khatm gab. Sie war damals schon seit einigen Monaten in Satipur und fing bereits an, sich zu langweilen. Für gewöhnlich waren die Crawfords (der oberste Verwaltungsbeamte des Distrikts und seine Frau), die Saunders (der Sanitätsrat des Distrikts) und Major und Mrs. Minnies die einzigen Leute, mit denen sie und Douglas zusammenkamen. Das war an den Abenden und Sonntagen. Die übrige Zeit war Olivia allein in ihrem großen Haus, bei geschlossenen Fenstern und Türen, um die Hitze und den Staub abzuhalten. Sie las und spielte Klavier, aber die Tage waren lang, sehr lang. Douglas war natürlich außerordentlich beschäftigt mit seiner Arbeit in der Distriktbehörde.

Am Tag der Abendgesellschaft des Nawab fuhren Douglas und Olivia mit den Crawfords nach Khatm hinüber, im Auto der Crawfords. Die Saunders waren ebenfalls eingeladen, aber sie konnten nicht kommen wegen des schlechten Gesundheitszustandes von Mrs. Saunders. Es war eine Fahrt von knapp 25 Kilometern, und Douglas und die Crawfords, die schon früher Einladungen beim Nawab erlebt hatten, ertrugen die unbequeme Fahrt mit Gleichmut und sahen auch dem Abendessen ohne besondere Aufregung entgegen. Aber Olivia war aufgeregt. Sie war in Reisekleidung – einem cremefarbenen Leinenkostüm –, und ihr Abendkleid, seidene Schuhe und die Schmuckkassette hatte sie in ihrer Reisetasche. Der Gedanke, bald in dieser festlichen Kleidung gesehen zu werden, freute sie.

Wie viele indische Herrscher lud der Nawab gern Europäer ein. Er war zwar in keiner besonders vorteilhaften Lage, weil er ihnen nicht viel zu bieten hatte, denn in seinem Staat gab es weder interessante Ruinen, noch war das Land Jagdgebiet. Es bestand aus weiter nichts als dürrem Boden und ausgebeuteten Dörfern. Aber sein Palast, in den zwanziger Jahren des vorigen Jahrhunderts erbaut, war doch recht eindrucksvoll. Olivias Augen leuchteten auf, als sie in den Speisesaal geführt wurde und unter den Kronleuchtern die lange Tafel, mit Sèvres-Porzellan, Silber und Kristall gedeckt, mit Blumen, Kerzenleuchtern, Granatäpfeln, Ananas und kleinen goldenen Schalen voller kandierter Früchte sah. Sie hatte das Gefühl, endlich, in Indien am richtigen Ort zu sein.

Nur die Gäste waren nicht die richtigen. Außer ihrer Gruppe aus Satipur war noch ein anderes Ehepaar da, Major und Mrs. Minnies, die in der Nähe von Khatm lebten, und ein dicklicher Engländer mit schütter werdendem Haar, der Harry Soundso hieß und Gast im Hause des Nawab war. Major und Mrs. Minnies waren nicht viel anders als die Crawfords. Major Minnies war der politische Kommissar und als politischer Berater des Nawab und der Fürsten einiger angrenzender kleiner Staaten eingesetzt. Er lebte seit mehr als zwanzig Jahren im Lande und wußte alles über Indien, was es zu wissen gab; und seine Frau desgleichen. Und die Crawfords wußten das alles natürlich auch. Ihre Erfahrung reichte etliche Generationen zurück, denn sie alle gehörten Familien an, die bereits vor dem großen Aufstand der Sepoys in irgendwelchen indischen Dienststellen tätig gewesen waren. Olivia war schon anderen solchen altgedienten Beamten in Indien begegnet, und sie war bereits über die Maßen gelangweilt von ihnen und ihren endlosen Anekdoten über Dinge, die sich in Kabul oder Multan zugetragen hatten. Immer wieder fragte sie sich, wie es möglich war, ein so aufregendes Leben zu führen – ganze Provinzen zu verwalten, in Grenzkriegen zu kämpfen, Fürsten zu beraten – und zugleich derart uninteressant zu sein.

Sie ließ ihre Blicke rund um den Tisch wandern – zu Mrs. Crawford und Mrs. Minnies in ihren uneleganten Kleidern, die eher in die englischen Seebäder paßten, wo sie sich eines Tages zur Ruhe setzen würden, als an diese fürstliche Abendtafel; Major Minnies und Mr. Crawford, kurzatmig und rotgesichtig, redeten unentwegt mit dröhnenden Stimmen, restlos davon überzeugt, daß jeder ihnen zuhörte, obwohl – fand Olivia – alles, was sie sagten, ebenso langweilig war wie sie selbst. Nur Douglas war anders. Sie warf einen verstohlenen Blick auf ihn: Ja, *er* war in Ordnung. Wie immer saß er sehr aufrecht; er hatte eine gerade Nase, eine schöne hohe Stirn; sein Frack saß tadellos. Er sah vornehm und sehr gut aus.

Olivia war nicht die einzige, die Douglas bewunderte. Der Gast des Nawab, der Engländer Harry Soundso, der neben ihr saß, flüsterte ihr zu: »Ihr Mann gefällt mir.« – »Ach wirklich?« sagte Olivia. »Mir auch.« Harry nahm die Serviette vom Schoß und hielt sie kichernd vor den Mund. Dahinter flüsterte er: »Ein ziemlicher Unterschied zu unseren *anderen* Freunden«, und ließ seine Blicke über die Crawfords und die Minnies schweifen, und als sie zu Olivia zurückkehrten, verdrehte er in komischer Verzweiflung die Augen. Sie wußte, es war ungehörig, aber sie konnte sich kaum zurückhalten, darauf mit einem Lächeln zu antworten. Es war nett, daß es jemanden gab, der genauso empfand wie sie; bisher war ihr in Indien noch niemand begegnet, bei dem das zutraf. Nicht einmal – manchmal konnte sie den Gedanken nicht unterdrücken – nicht einmal ihr Douglas. Sie sah wieder zu ihm hinüber, wie er dort saß und aufmerksam und respektvoll Major Minnies zuhörte.

Der Nawab, am oberen Ende der Tafel, schien seinem Gast ebenfalls voller Aufmerksamkeit und Achtung zuzuhören. In seinem Bestreben, ja kein Wort zu überhören, beugte er sich weit vor.

Als Major Minnies mit seiner Geschichte zum amüsanteren Teil kam – er erzählte von so einem verdammt raffinierten Hindu-Geldverleiher in Patna, der vor vielen, vielen Jahren versucht hatte, den Major übers Ohr zu hauen, als der noch ein grüner Junge war –, warf sich der Nawab, um zu zeigen, wie sehr er den Humor des Majors zu schätzen wußte, weit in seinem Sessel zurück und schlug mit der Hand auf den Tisch; er unterbrach sein Gelächter nur, um die übrigen Gäste zum Mitlachen aufzufordern. Aber Olivia hatte den Eindruck, daß seine Heiterkeit nicht ganz echt war: Sie war sich dessen fast sicher. Sie hatte gesehen, daß er, während er von der Erzählung des Majors völlig gefesselt schien, doch ganz genau wahrnahm, was an seinem Tisch vorging. Er war immer der erste, dem ein leeres Glas oder ein leerer Teller auffiel, und er gab rasch eine Anweisung: für gewöhnlich mit einem Blick, manchmal allerdings stieß er auch, sottovoce, einen Befehl in Urdu hervor. Zugleich beobachtete er jeden seiner Gäste ganz genau, und Olivia nahm an, er hatte sich bereits über alle sein Urteil gebildet. Sie hätte liebend gern gewußt, wie dieses Urteil ausgefallen war, vermutete aber, daß er sich hüten würde, es zu verraten. Außer, natürlich, wenn sie einmal wirklich sehr gute Bekannte wären. Seine Blicke ruhten oft auf ihr, und sie ließ sich von ihm genau betrachten, tat aber so, als bemerkte sie es nicht. Es gefiel ihr – so wie ihr die Art gefallen hatte, in der er sie angesehen hatte, als sie hereingekommen war. Seine Augen hatten aufgeleuchtet – er hatte sich sofort wieder unter Kontrolle gehabt, aber sie hatte es gesehen und erkannt, daß es hier endlich einen Menschen in Indien gab, der sich so für sie interessierte, wie sie es gewöhnt war.

Nach dieser Abendeinladung fühlte sich Olivia weniger einsam den ganzen Tag allein im Haus. Sie wußte, daß der Nawab sie besuchen kommen würde, und jeden Tag kleidete sie sich in eines ihrer kühlen, pastellfarbenen Musselinkleider und wartete. Douglas stand immer beim ersten Morgengrauen auf – sehr leise, um sie ja nicht aufzuwecken – und ritt zur Inspektion aus, ehe die Sonne zu heiß wurde. Danach ging er in das Gerichtsgebäude und in sein Büro, und für gewöhnlich war er mit zu dringenden Angelegenheiten beschäftigt, um vor dem späten Abend heimzukommen, und dann immer noch mit Akten (wie hart sie ihre Distriktbeamten arbeiten ließen!). Bis Olivia dann aufwachte, hatten die Diener das Haus gereinigt und alle Läden und Rollos heruntergelassen. Der ganze Tag gehörte ihr. In London hatte sie es geliebt, Stunden und Stunden für sich zu haben – sie hatte sich immer für einen nach innen gekehrten Menschen gehalten. Aber hier begann sie, diese einsamen Tage zu fürchten, an denen sie mit den Dienern im Haus eingesperrt war, die auf nackten Füßen umhertappten und respektvoll darauf warteten, ob sie etwas wünschte.

Der Nawab kam vier Tage nach der Abendgesellschaft. Sie spielte gerade Chopin, und als sie seinen Wagen hörte, spielte sie mit doppeltem Schwung weiter. Der Diener meldete ihn, und als er eintrat, drehte sie sich auf ihrem Klavierschemel um, und ihre großen Augen wurden noch größer:

»Oh, Nawab Sahib, was für eine hübsche Überraschung.« Sie stand auf, um ihn zu begrüßen, streckte ihm beide Hände zum Willkommen entgegen.

Er war mit einer ganzen Gesellschaft gekommen (bald wußte sie, daß er für gewöhnlich in Begleitung war). Dazu gehörte der Engländer Harry, und dann waren noch etliche junge Männer aus dem Palast dabei. Sie alle machten es sich in Olivias Wohnzimmer bequem, verteilten sich in anmutiger Haltung auf ihren Sofas und Teppichen. Harry erklärte, wie bezaubert er von diesem Raum sei – er war entzückt von ihren schwarz-weißen Drukken, ihrem japanischen Wandschirm, ihren gelben Sesseln und Lampenschirmen. Er ließ sich in einen Armsessel fallen und keuchte, als wäre er völlig erschöpft, tat so, als hätte er eine Wüste durchquert und endlich eine Oase erreicht. Auch der Nawab schien gern dazusein. Sie blieben den ganzen Tag.

Er verging wie im Fluge. Nachher konnte sich Olivia nicht mehr erinnern, worüber sie gesprochen hatten – anscheinend hatte hauptsächlich Harry geredet, und sie und der Nawab hatten über die amüsanten Dinge gelacht, die er gesagt hatte. Die anderen jungen Männer, die nur wenig Englisch konnten, beteiligten sich nicht sehr an der Unterhaltung. Aber sie hatten sich nützlich gemacht, indem sie die Drinks mixten, wie sie der Nawab gern mochte. Er hatte eine spezielle Mischung erfunden, aus Gin, Wodka und Cherry Brandy bestehend, die zu kosten er Olivia aufgefordert hatte (sie war ihr zu stark). Er hatte seinen eigenen Wodka mitgebracht, weil, wie er sagte, andere Leute anscheinend nie welchen hatten. Er hatte eines der Sofas mit Beschlag belegt und saß ganz in der Mitte, beide Arme entlang der Lehne ausgebreitet und seine langen Beine so weit von sich gestreckt, wie es ging. Er wirkte sehr entspannt und völlig Herr der Situation – was er natürlich auch war. Er forderte Olivia nicht nur auf, seine Spezialmischung zu trinken, sondern auch, es sich doch auf dem Sofa ihm gegenüber recht bequem zu machen und sich an Harrys Witz zu ergötzen und dem, was der Tag sonst noch an Unterhaltung bieten würde.

An jenem Abend fand Douglas Olivia nicht wie üblich

fast weinend vor Langeweile und Müdigkeit, sondern so aufgeregt, daß er einen Augenblick lang fürchtete, sie hätte Fieber. Er legte ihr die Hand auf die Stirn: Ihm waren schon viele Fieberanfälle in Indien begegnet.

Sie lachte ihn aus. Als sie ihm von ihrem Besucher erzählte, hatte er seine Bedenken – aber da er sah, wie froh sie war, wie heiter, kam er zu dem Schluß, es wäre soweit nichts dagegen einzuwenden. Sie war einsam, und es war nett von dem Nawab, ihr einen Besuch abzustatten.

Ein paar Tage später kam wieder eine Einladung aus dem Palast für sie beide. Sie wurde ergänzt durch einen liebenswürdigen Nachsatz, der besagte, falls sie ihm die Ehre und das Glück erwiesen, seine Einladung anzunehmen, würde der Nawab ihnen selbstverständlich einen Wagen schicken. Douglas war verblüfft; er sagte, die Crawfords würden sie doch wie üblich in ihrem Wagen mitnehmen. »Du lieber Himmel, Schatz«, sagte Olivia ungeduldig, »du glaubst doch nicht etwa, daß sie auch eingeladen sind?« Douglas starrte sie erstaunt an: Immer, wenn ihn etwas auf diese Weise überraschte, quollen seine Augen ein wenig hervor, und er fing an zu stottern.

Als sich später herausstellte, daß die Crawfords tatsächlich nicht eingeladen worden waren, wurde er unsicher. Er sagte, er glaube nicht, daß er und Olivia die Einladung annehmen könnten. Aber sie bestand darauf, sie war fest dazu entschlossen. Sie sagte, so großartig ginge es ihr ja hier auch nicht gerade – »das kannst du mir glauben, Schatz« –, um sich ein wenig Unterhaltung, wenn sie sich ihr einmal zur Abwechslung bot, entgehen zu lassen. Douglas biß sich auf die Lippen; er wußte, sie hatte recht, aber für ihn war es eine peinliche Situation. Er konnte es sich einfach nicht vorstellen, daß sie dort hingingen, versuchte er ihr zu erklären; aber sie hörte ihm gar nicht zu. Sie debattierten lange darüber hin und her. Sie wachte sogar am nächsten Morgen früh auf, um weiter mit ihm darüber zu reden. Sie ging mit ihm hinaus vor das Haus, wo sein Stallknecht das Pferd für ihn bereithielt. »Douglas, bitte«, sagte sie und blickte zu ihm auf, als er schon im Sattel saß. Er konnte ihr nicht antworten, weil er ihr nichts versprechen konnte. Und doch hätte er es so gerne getan. Er sah ihr nach, wie sie ins

Haus zurückging; sie trug einen Kimono und sah zerbrechlich und unglücklich aus. »Ich bin ein brutaler Kerl«, dachte er den ganzen Tag. Aber er schickte an diesem Tag auch eine Nachricht an den Nawab, mit der er die Einladung bedauernd ablehnte.

28. Februar: Einer der ehemaligen britischen Bungalows in den »Civil Lines« ist nicht wie die anderen in städtische Amtsräume umgewandelt worden, sondern in ein Rasthaus für Reisende. Ein uralter Aufseher ist dafür angestellt worden, es sauber zu halten und für Reisende zu öffnen. Aber er reißt sich nicht gerade um diese Pflichten und zieht es vor, in Ruhe gelassen zu werden und seine Zeit nach seinem eigenen Gutdünken zu verwenden. Wenn ein Reisender auftaucht, fragt ihn der Aufseher nach seiner offiziellen Zuweisung; falls keine vorhanden ist, betrachtet er sich als seiner Verantwortung enthoben und schlurft wieder in die Hütte zurück, in der er recht gemütlich lebt.

Gestern begegnete mir vor dem Bungalow für Reisende ein merkwürdiges Trio. Da der Aufseher sich geweigert hatte, die Türen zu öffnen, hatten sie sich und ihre Sachen auf der Veranda ausbreiten müssen. Es waren ein junger Mann und seine Freundin, beides Engländer, und noch ein Bursche, der ebenfalls Engländer war – er sprach mit dem für die »Midlands« typischen breiten Akzent –, es aber nicht zugeben wollte. Er erklärte, er habe alle seine persönlichen Eigenschaften abgelegt. Er hatte auch seine Kleidung abgelegt und trug nichts weiter als ein orangefarbenes Gewand, wie ein indischer Asket; den Kopf hatte er völlig kahlgeschoren und wie ein Hindu nur den Haarschopf in der Mitte des Kopfes stehengelassen. Aber obwohl er der Welt entsagt hatte, war er ebenso verärgert wie die beiden anderen über den Aufseher, der sie nicht einlassen wollte. Das Mädchen war besonders aufgebracht – nicht nur über diesen Aufseher, sondern über alle Leute in ganz Indien. Sie sagte, sie seien alle schmutzig und unehrlich. Sie hatte ein sehr hübsches, offenes, englisches Gesicht, aber als sie das sagte, bekam es einen bösen und verkniffenen Ausdruck, und mir wurde klar, je länger sie in Indien bliebe, desto mehr würde ihr Gesicht diesen Ausdruck bekommen.

»Warum bist du hergekommen?« fragte ich sie.

»Um Frieden zu finden.« Sie lachte bitter. »Aber das einzige, was ich gefunden habe, war die Ruhr.«

Ihr Freund sagte: »Das ist auch alles, was man hier finden kann.«

Dann legten sie beide los mit einer langen Aufzählung ihrer Mißgeschicke. Beiden hatte man in einem Bethaus in Amritsar ihre Armbanduhren gestohlen; sie waren betrogen worden von einem Mann, den sie im Zug nach Kaschmir kennengelernt hatten, der ihnen ein billiges Hausboot versprochen hatte und mit ihrer Anzahlung verschwunden war; ebenfalls in Kaschmir hatte das Mädchen die Ruhr bekommen, wahrscheinlich Amöbenruhr; in Delhi hatte man sie neuerlich betrogen; ein Kundenfänger, der ihnen einen besonders günstigen Wechselkurs für ihr Geld angeboten hatte, verschwand damit durch die Hintertür des Kaffeehauses, in dem sie ihn getroffen hatten. In Fatehpur Sikri war das Mädchen von einer Gruppe junger Sikhs belästigt worden; im Zug nach Goa hatte ein Taschendieb den jungen Mann bestohlen; in Goa war er mit einem verrückten Dänen in Streit geraten, der mit einer Rasierklinge »bewaffnet« war, und obendrein hatte ihn eine Krankheit außer Gefecht gesetzt, möglicherweise Gelbsucht (es war eine Epidemie dort); das Mädchen hatte Ringflechte bekommen.

An diesem Punkt ihres Berichtes kam der Aufseher aus seiner Hütte, wo er sich anscheinend eine leckere Mahlzeit kochte. Er erklärte, es sei verboten, sich auf der Veranda aufzuhalten. Der junge Engländer brach in bedrohliches Gelächter aus und sagte: »Na, dann versuchen Sie doch, uns hinauszuwerfen.« Obwohl von seiner Krankheit einigermaßen mitgenommen, war er ein kräftiger junger Mann, daher blieb der Aufseher in Gedanken versunken stehen. Nach einer Weile sagte er, auf der Veranda ihr Lager aufzuschlagen würde sie fünf Rupien kosten, inklusive Trinkwasser aus dem Brunnen.

Der Engländer zeigte auf die verschlossenen Türen und sagte: »Aufmachen.« Der Aufseher zog sich zurück, um weiter zu kochen und vielleicht über seinen nächsten Schritt nachzudenken.

Der junge Mann erzählte mir, daß er und seine Freundin sich sehr für die Hindu-Religion zu interessieren begonnen hatten, nachdem sie in London den Vortrag eines reisenden Swami gehört hatten. Es war um die allumfassende Liebe gegangen. Der Swami hatte ihnen mit einer dem Thema sehr angemessenen, sanften, zärtlichen Stimme erklärt, die alles umfassende Liebe sei ein Meer der Süße, das die ganze Menschheit umspüle und sie mit einer Flut von Honig umschließe. Er hatte einen schmelzenden Blick und ein freudiges Lächeln gehabt. Die ganze Atmosphäre war genauso schön gewesen, mit Jasmin, Räucherstäbchen und Bananenblättern; die Rede des Swami wurde von zweien seiner Jünger begleitet, von denen der eine leise eine Flöte spielte, während der andere, noch viel zarter, zwei kleine Becken zusammen schlug. Alle seine Jünger waren um den Swami auf dem Podest geschart. Die meisten waren Europäer, trugen safrangelbe Gewänder und hatten einen ganz klaren Gesichtsausdruck, als wären sie von jeglicher Sünde und Begierde gereinigt. Nachher hatten sie fromme Lieder in Hindi gesungen, die ebenfalls vom Meer der Liebe handelten. Der junge Mann und seine Freundin waren nach dieser Zusammenkunft mit solch gehobenem Gefühl weggegangen, daß sie lange Zeit nichts reden konnten. Als sie aber dann doch wieder dazu fähig waren, kamen sie zu dem gemeinsamen Schluß, sie müßten ohne zu zögern sofort nach Indien aufbrechen, um die spirituelle Bereicherung zu finden, nach der sie sich sehnten.

Der Asket erzählte, daß auch er aus einem religiösen Grund hierher gekommen sei. In seinem Fall war die ursprüngliche Anziehungskraft von den heiligen Hindu-Schriften ausgegangen, und er war nicht enttäuscht worden, als er nach Indien kam. Ihm schien der Geist dieser heiligen Schriften in den großen Tempeln des Südens noch immer gegenwärtig zu sein. Er hatte monatelang dort gelebt wie ein indischer Pilger, hatte sich innerlich gereinigt, und oft hatte ihn Meditation der Welt so entrückt, daß sie um ihn her völlig versank. Auch er hatte die Ruhr bekommen und Ringflechte, aber das hatte ihn nicht weiter gestört, weil er stets in höheren Sphären schwebte; ebenso hatte es ihn kaum gestört, als in der Tempelanlage, wo er lebte, die wenigen Dinge, die er besaß, verschwanden. Er fand einen Guru, der ihm die Weihen verlieh und ihn all seiner persönlichen Eigenschaften und seines restlichen Besitzes entblößte, einschließlich seines Namens. Er bekam einen indischen Namen, Chidananda (seine beiden Gefährten nannten ihn Chid). Von da an durfte er nichts besitzen als seine Gebetsschnur und die Bettelschale, in der er seine Nahrung von barmherzigen Menschen erbitten mußte. In der Praxis aber, mußte er feststellen, funktionierte das nicht besonders gut, und er mußte oft nach Hause schreiben, um sich telegraphisch Geld überweisen zu lassen. Auf Anweisung seines Gurus hatte er sich auf eine Pilgerfahrt quer durch Indien gemacht, mit der heiligen Höhle von Amarnath als endgültigem Ziel. Er war bereits seit vielen Monaten unterwegs. Am meisten litt er unter den ihm ständig nachlaufenden und ihn verhöhnenden Menschen; die Kinder waren besonders lästig und bewarfen ihn oft mit Steinen und anderen Geschossen. Er fand es unmöglich, wie ihn sein Guru angewiesen hatte, einfach unter Bäumen zu leben; statt dessen mußte er nachts in billigen Hotelzimmern unterkriechen, wo er meist erst lange um einen vernünftigen Preis handeln mußte.

Der Aufseher kam zurück, hielt drei Finger in die Höhe, um damit anzuzeigen, daß die Miete für die Veranda auf drei Rupien herabgesetzt worden war.

Der Engländer deutete wiederum auf die verschlossenen Türen. Aber die Verhandlungen hatten begonnen, und nun würde es nicht mehr lange dauern, bis der Aufseher seine Schlüssel holte. Es stellte sich dann heraus, daß es auf der Veranda angenehmer war. Innen im Bungalow war es muffig und dunkel; es roch abgestorben, leblos. Wir fanden sogar tatsächlich ein totes Eichhörnchen auf dem Fußboden des Raumes, der einmal ein Speisezimmer gewesen sein mußte (es stand noch immer eine Anrichte darin, mit eingelassenen Spiegeln und einem Porträt Georges V.). Es war ein düsteres, unheimliches Haus und war wohl nie anders gewesen. Von der Veranda an der Rückseite des Hauses aus sah man auf den christlichen Friedhof: und dort, alle anderen Gräber überragend, sah ich den marmornen Engel, den das Ehepaar Saunders für das Grab ihres Kindes aus Italien hatte kommen lassen. Plötzlich begriff ich, daß dieses finstere Haus das Haus sein mußte, in dem Dr. Saunders, der oberste Sanitätsrat, gewohnt hatte. Ich war mir nicht darüber klar gewesen, daß Mrs. Saunders von ihrer eigenen Veranda aus direkt zum Grab ihres Kindes hatte hinsehen können.

Natürlich war der Marmorengel damals neu und ganz gewesen – strahlend weiß, mit ausgebreiteten Flügeln, ein marmornes kleines Kind in den Armen haltend. Jetzt ist er ein kopfloser Torso, mit einem Kind, das keine Nase mehr und nur noch einen Fuß hat. Die Gräber sind alle in sehr schlechtem Zustand – von Unkraut überwuchert, und was sich an Marmor und Einfassungen hatte abtragen lassen, fehlte. Es ist merkwürdig, erst wenn Gräber derart verfallen und überwachsen sind, sind die Menschen darin wirklich tot. Die indischen christlichen Gräber im vorderen Teil des Friedhofes, die von den Hinterbliebenen noch gepflegt werden, erscheinen im Gegensatz dazu merkwürdig lebendig, gegenwärtig.

1923

Friedhöfe hatten auf Olivia immer eine starke Wirkung ausgeübt. Auch in England war sie gern auf Friedhöfen spazierengegangen, hatte die Inschriften gelesen und sogar gelegentlich auf einem Grabstein unter einer Trauerweide gesessen und ihrer Phantasie freien Lauf gelassen. Der Friedhof von Satipur war dafür besonders geeignet. Obwohl Satipur immer nur eine kleine britische Niederlassung gewesen war, waren im Laufe der Jahre doch eine ganze Menge Leute dort gestorben; und auch von anderen Verwaltungsbezirken, die keine eigenen christlichen Friedhöfe hatten, wurden Tote dorthin gebracht. Die meisten Gräber waren Kindergräber, aber etliche stammten auch aus der Zeit des großen Sepoy-Aufstands, als eine Gruppe tapferer britischer Offiziere, die ihre Frauen und Kinder verteidigt hatten, gefallen war. Das jüngste Grab war das des Saundersschen Babys, und der italienische Engel war das neuste und hellste Grabmal.

Als Olivia dieses Kindergrab zum ersten Mal sah, machte das einen tiefen Eindruck auf sie. An dem Abend fand Douglas sie quer über ihrem Bett auf dem Gesicht liegend vor; sie hatte die Diener nicht hereingelassen, um die Fensterläden zu öffnen, daher war es in dem Zimmer schwül und stickig, und Olivia tränenüberströmt und in Schweiß gebadet.

»O Douglas«, sagte sie, »was ist, wenn wir ein Kind bekommen?« Und dann schluchzte sie: »Und wenn es stirbt!«

Es dauerte lange, bis er sie beruhigen konnte. An diesem Abend mußte er seine Akten einmal liegen lassen und sich ausschließlich ihr widmen. Er sagte ihr alles, was ihm dazu einfiel. Er erklärte ihr, daß heutzutage Neugeborene nicht mehr so häufig starben. Er war selbst in Indien geboren, und seine Mutter hatte noch zwei Kinder hier bekommen, und sie waren alle am Leben geblieben, munter und gesund. Es stimmte schon, früher waren viele Kinder gestorben – seine Urgroßmutter hatte von ihren neun Kindern fünf verloren; aber das war lange her.

»Und was war mit Mrs. Saunders' Kind?«

»Das hätte überall passieren können, mein Liebes. Sie hatte – Komplikationen – oder irgendwas –«

»Ich werde auch Komplikationen haben. Ich werde sterben. Beide – das Kind und ich.« Er versuchte ihr zu widersprechen, aber sie beharrte: »Nein, wenn wir hierbleiben, werden wir sterben. Ich weiß es. Du wirst schon sehen.« Als sie seinen Gesichtsausdruck sah, versuchte sie sich zusammenzureißen. Sie probierte sogar ein Lächeln. Sie streichelte seine Wange mit der Hand: »Aber du willst ja hierbleiben.«

»Das ist nur, weil dir alles noch neu ist«, beschwichtigte er sie. »Für uns andere ist es einfach, wir alle wissen, was wir zu erwarten haben. Nur du noch nicht, mein armes Kleines.« Er küßte sie, die sich an seine Brust gelehnt hatte. »Weißt du, genau darüber habe ich mit Beth Crawford gesprochen. (Nein, Liebes, so sollst du nicht über Beth denken, sie ist ein guter Kerl.) Sie wußte schon, bevor du kamst, wie schwierig es für dich hier sein würde. Und weißt du, was sie gesagt hat, *nachdem* du da warst? Sie sagte, daß jemand, der so sensibel und intelligent ist wie du – siehst du, sie weiß dich wirklich zu schätzen, mein Liebes –, daß du dich ... hier sicher eingewöhnen würdest. Daß du – ja, das hat *sie* gesagt – daß du eines Tages genau die gleiche Einstellung zu Indien haben würdest wie wir alle. Olivia? Schläfst du, mein Liebes?«

Sie schlief nicht wirklich, aber es gefiel ihr, so an seiner Brust zu liegen, beide geborgen unter dem weißen Moskitonetz. Der Mond war hinter dem Pfirsichbaum aufgegangen, und sein Licht strömte durch die offenen Fenster herein. Als Douglas dachte, sie sei eingeschlafen, schloß er sie noch fester in die Arme und konnte kaum einen leisen Aufschrei unterdrücken, als wäre es zuviel des Glücks für ihn, sie hier in den Armen zu halten, überflutet vom indischen Mondlicht.

Am nächsten Tag ging Olivia Mrs. Saunders besuchen. Sie brachte ihr Blumen und Früchte mit und ein Herz voll zartem Mitgefühl. Aber wenn sich auch Olivias Gefühle für Mrs. Saunders geändert hatten, so hatte sich doch Mrs. Saunders nicht geändert. Sie war noch immer die gleiche unhübsche Frau, die in einem trostlosen, düsteren Haus im Bett lag. Olivia, die für Atmosphäre immer sehr empfänglich war, hatte gegen ein Gefühl des Abscheus anzukämpfen. Sie hatte einen solchen Widerwillen gegen ein unordentliches, vernachlässigtes Haus, und Mrs. Saunders' Haus war sehr unordentlich; und ihre Diener waren es auch. Niemand kümmerte sich darum, Olivias schöne Blumen in eine Vase zu stellen – vielleicht gab es gar keine Vase. Es gab überhaupt nicht viel, nur ein paar häßliche Möbelstücke, und sogar die waren staubig.

Olivia saß an Mrs. Saunders' Bett und hörte ihr zu, wie sie über ihre Krankheit sprach, die etwas mit ihrer Gebärmutter zu tun hatte. Sie war nie wieder in Ordnung gekommen seit dem Tod des Kindes – das war das einzige Mal, daß der Tod des Kindes erwähnt wurde, sonst war nur die Rede von den schlechten Nachwirkungen auf die Gesundheit von Mrs. Saunders.

Während sie sprach, kam Olivia der ungehörige Gedanke, daß die Saunders eigentlich nicht – eigentlich nicht – na ja, niemand sprach das offen aus, aber sie waren einfach nicht die Art Leute, die man für gewöhnlich unter den britischen Beamten in Indien fand. Olivia war keineswegs ein Snob, aber sie war eine Ästhetin, und die Einzelheiten, die ihr Mrs. Saunders von ihrer Krankheit schilderte, waren alles andere als ästhetisch. Auch die Ausdrucksweise von Mrs. Saunders – das mußte einem ja auffallen, wenn sie in einem fort redete – war nicht die einer besonders gebildeten Person …

Ich bin gemein, *gemein*, schalt sich Olivia – aber in diesem Augenblick fuhr sie erschrocken zusammen, denn Mrs. Saunders stieß einen lauten Schrei aus: Als sie sich umdrehte, sah Olivia, daß einer der verlotterten Diener hereingekommen war, abgetragene Schuhe an den Füßen. Und diese Schuhe hatten seine Herrin so erregt – und natürlich war es ein Zeichen mangelnden Respekts, wenn ein Diener einen Raum mit Schuhen betrat; Douglas hätte so etwas in seinem Haus nie geduldet. Aber Olivia war erstaunt und erschrocken über die Heftigkeit von Mrs. Saunders' Reaktion. Sie hatte sich im Bett aufgesetzt und brüllte wie eine Verrückte. Sie schrie dem Diener auch ein häßliches Schimpfwort zu. Der erschrak und lief weg. Mrs. Saunders ließ erschöpft den Kopf auf die Kissen zurückfallen, aber ihr Ausbruch war noch nicht vorüber. Anscheinend hatte sie das Bedürfnis, sich mitzuteilen oder sich zu rechtfertigen; möglicherweise schämte sie sich des Schimpfwortes, das ihr entschlüpft war. Sie sagte, daß diese Diener wirklich Teufel seien, und daß sie einen zum Wahnsinn treiben könnten. Das war keineswegs Dummheit – im Gegenteil, sie waren sehr schlau, wenn es ihnen in den Kram paßte –, aber sie taten alles, um ihre Herrschaft zu quälen. Sie führte Beispiele an für ihre Diebereien, ihr Trinken und andere üble Angewohnheiten. Sie erzählte Olivia von dem Schmutz, in dem sie in ihren Behausungen lebten, aber was konnte man denn schon erwarten, es war ja alles so, überall dasselbe – die ganze Stadt, die Straßen und die Bazare, und hatte Olivia je in einen ihrer heidnischen Tempel hineingeschaut? Mrs. Saunders stöhnte und bedeckte das Gesicht mit den Händen, und dann sah Olivia, daß zwischen ihren Fingern Tränen hervorquollen und ihre Brust unter dem Nachthemd von heftigem Schluchzen bebte. Sie stieß hervor: »Ich habe ihn gebeten – immer wieder – habe ich gesagt: Willie, gehen wir *weg* von hier.«

Olivia streichelte Mrs. Saunders' Kissen und dann, aus Mitleid mit jemand so Unglücklichem, flossen auch ihre Tränen.

Was für eine Erholung, danach mit der gescheiten, lebhaften Beth Crawford beisammen zu sein. Sie war gekommen, um Olivia einzuladen, mit ihr nach Khatm zu fahren, um der Mutter des Nawab einen Besuch abzustatten. Olivia machte gerne wieder einen Besuch im Palast, wenn sie auch diesmal geradewegs in die Gemächer der Damen geführt wurden. Auch diese Räume waren sehr elegant, obzwar mehr im indischen Stil eingerichtet, mit ganz niedrigen, mit kostbaren Stoffen bedeckten Diwans und kleinen Spiegeln in Emailrahmen. Drei gute europäische Stühle standen in der Mitte angeordnet: Sie waren für Mrs. Crawford und Olivia bestimmt, und für die Begum selbst. Noch ein paar andere, hauptsächlich ältere Damen, lagerten auf den im Raum verteilten Diwans. Die jüngeren Frauen schwebten in hauchdünne Seide gehüllt umher und servierten gekühlte, mit Zucker gesüßte und verdünnte Fruchtsäfte und andere Erfrischungen von Tabletts, die ständig von Dienern hereingebracht wurden.

Olivia konnte nichts weiter tun, als steif auf ihrem Stuhl zu sitzen. Es war ihr unmöglich, Konversation zu machen, da sie kein Wort der fremden Sprache kannte. Die Begum versuchte ihr ein paar Worte auf englisch zu sagen – nur um sofort über sich selbst zu lachen, weil sie sie so schlecht aussprach. Sie war eine Frau in den Fünfzigern, die hübsch gewesen wäre, hätte sie nicht eine große Warze auf der Wange gehabt. Sie rauchte eine Zigarette nach der anderen mit einer langen Zigarettenspitze. Sie gab sich gänzlich ungezwungen und machte kein Hehl aus der Tatsache, daß es für sie sehr unbequem war, auf einem Stuhl zu sitzen. Sie saß nie still, setzte sich einmal auf ein Bein und dann wieder auf das andere. Olivia, die es liebte, lässig herumzusitzen, hätte es ebenfalls vorgezogen, sich auf dem Boden niederzulassen, aber das hätte wohl gegen das Zeremoniell verstoßen.

Mrs. Crawford saß sehr aufrecht auf ihrem Stuhl, die bestrumpften Knie zusammengepreßt, die Hände in weißen Handschuhen lagen gefaltet auf der Handtasche auf ihrem Schoß. Sie war in dem Raum die beherrschende Figur, von der der Erfolg des Besuches abhing. Und sie scheute ihre Verantwortung nicht. Sie sprach Urdu (die Sprache des Palastes), zwar nicht gut, doch jedenfalls voller Selbstvertrauen, und war bereit, den Damen an Unterhaltung zu bieten, was immer sie, ihrer Meinung nach, hören wollten. Offenbar hatte sie sich auf eine Reihe von Themen vorbereitet, denn sie ging ohne Schwierigkeiten von einem zum anderen über, je nachdem, ob das Interesse dafür stärker oder schwächer schien. Die Begum auf ihrem Stuhl und die am Boden lagernden Damen schien die Unterhaltung zu freuen, und oft lachten sie laut auf und klatschten in die Hände. Alle spielten ihre Rolle gut – die Damen des Palastes ebenso wie Mrs. Crawford –, und es war offensichtlich, daß sie schon in Übung waren. Nur Olivia, als Neuankömmling, konnte an dem Spiel nicht teilnehmen; jedenfalls richtete sie ihre Aufmerksamkeit ziemlich oft auf die Tür, und sie fragte sich, ob der Nawab wohl hereinkommen und sich zu ihnen gesellen würde. Aber das geschah nicht. In genau dem richtigen Augenblick erhob sich Mrs. Crawford, woraufhin die Damen in der richtigen Stimmlage ihrer Enttäuschung Ausdruck verliehen; nach einigen Protesten gaben sie taktvoll nach und begleiteten ihre Gäste so weit, wie es angemessen war, zur Tür hin. Olivia flüsterte: »Müssen wir auch dem Nawab einen Besuch machen?« Aber Mrs. Crawford antwortete bestimmt: »Das ist ganz und gar nicht notwendig.« Sie ging mit dem festen Schritt eines Menschen, der seine Pflicht bestens erfüllt hat, voraus, während Olivia, ein wenig hinter ihr zurückbleibend, sich nach rechts und links umblickte – offenbar, um die Blumen des Nawab zu bewundern, die allerdings prachtvoll waren.

Nach diesem Besuch fuhren sie zum Haus der Minnies, gleich außerhalb von Khatm. Mrs. Minnies saß an ihrer Staffelei, sprang aber sofort auf, um sie zu begrüßen. Sie entließ ihr Modell – einen geduldigen alten Bauern –, zog ihren Malerkittel aus und warf ihn mit einer mädchenhaften Bewegung beiseite. Auch Mrs. Crawford benahm sich jetzt, da sie in Gesellschaft ihrer Freundin war, ziemlich jugendlich ungezwungen. Sie verdrehte komisch die

Augen, als sie berichtete, wo sie gewesen waren, und Mrs. Minnies sagte: »Du bist aber brav, Beth!« – »Es war gar nicht so schlimm«, sagte Mrs. Crawford munter, »nicht wahr?« wandte sie sich an Olivia, damit die sich nicht überflüssig vorkäme.

Aber Olivia fühlte sich überflüssig – ebenso wie sie sich im Palast überflüssig vorgekommen war. Mrs. Crawford und Mrs. Minnies waren so gute Freundinnen. Sie lebten beide schon seit Jahren in Indien und waren fröhlich und zuversichtlich. Wahrscheinlich hätten sie es sich lieber ungezwungen gemütlich gemacht und vertraulich miteinander geplauscht, statt dessen aber wandten sie Olivia ihre ganze Aufmerksamkeit zu. Sie gaben ihr eine Menge guter Ratschläge – daß sie für das heiße Wetter ihre *khas tatti*-Rollos anbringen sollte, und welche Anweisungen sie ihrer *ayah* für das Waschen ihrer Crêpe de Chine-Blusen geben sollte (die sie unter gar keinen Umständen dem *dhobi,* dem Wäscher, geben dürfte): Olivia gab sich Mühe, Interesse dafür aufzubringen, aber es gelang ihr nicht, und bei der ersten möglichen Gelegenheit stellte sie selbst eine Frage. Sie sagte: »Ist der Nawab nicht verheiratet?»

Daraufhin trat eine Pause ein. Die beiden anderen Damen wechselten keine Blicke, und Olivia spürte, das hatten sie nicht nötig, weil sie in Gedanken ohnedies völlig einig waren. Schließlich antwortete Mrs. Crawford: »Ja, er ist verheiratet, aber seine Frau lebt nicht mit ihm zusammen.« Sie sprach sehr geradezu, wie jemand, der nichts beschönigen will. »Es geht ihr nicht sehr gut«, fügte sie hinzu, »geistig.«

»Du, Beth, weißt du was?« rief Mrs. Minnies unvermittelt. »Ich habe Nachricht aus Simla, und Honeysuckle Cottage ist dieses Jahr tatsächlich wieder zu haben, ist das nicht herrlich ... Hat Olivia vor, nach Simla zu fahren?«

Mrs. Crawford antwortete an ihrer Statt: »Douglas hat sich schon nach unseren Plänen erkundigt.«

»In Honeysuckle Cottage ist immer noch ein Plätzchen für sie frei. Besonders jetzt, wo es aussieht, als könnte Arthur nicht ...«

»Nein, Mary!«

»Wir hoffen noch, aber ich fürchte, es sieht nicht sehr

gut aus. Aber *ich* fahre bestimmt«, sagte sie. »Ich habe wirklich noch nie den Blick vom Prospect Hill genossen, und dieses Jahr muß ich das einfach tun. Ganz gleich, was der Nawab im Schilde führt.«

»Der Nawab?« fragte Olivia.

Nach einer Pause sagte Mrs. Minnies zu Mrs. Crawford: »Es bahnt sich einiges an. Es sieht jetzt so aus, als hätte er wirklich seine Hand im Spiel.«

»Mit den Dakoits, diesen Räuberbanden? Mary, das ist ja schrecklich! Und ausgerechnet jetzt.«

»Da hilft gar nichts«, sagte Mrs. Minnies mit betonter Munterkeit. »Man sollte annehmen, das sind wir inzwischen gewöhnt. Oder sollten es wenigstens gewöhnt sein. Vor drei Jahren war es genau dasselbe. Unser Freund sucht sich immer genau die Zeit aus, wenn Arthurs Urlaub fällig ist. Das ist ihm anscheinend zur lieben Gewohnheit geworden.«

Olivia fragte: »Was war vor drei Jahren?«

Nach einigem Schweigen antwortete Mrs. Crawford – nicht sehr bereitwillig, sondern als gestehe sie Olivia das Recht zu, Bescheid zu wissen: »Damals gab es dieses Theater, weil seine Ehe in die Brüche ging.« Sie seufzte; das Thema war ihr offenbar unangenehm. »Mary weiß eigentlich mehr darüber als ich.«

»Auch nicht viel mehr«, sagte Mrs. Minnies. »Es ist immer schwierig zu wissen, was *wirklich* los ist...« Auch sie sprach nur ungern darüber, doch schien sie ebenfalls zu finden, daß Olivia ein Recht darauf hatte, es zu erfahren: »Der arme Arthur ist da ziemlich heftig hineinverwickelt worden, gemeinsam mit Oberst Morris, der in Cabobpur – dem Staat, der Sandys Familie gehört – die gleiche Funktion hat wie Arthur hier. Sandy ist die Frau des Nawab. Sie wird immer so genannt, obwohl sie eigentlich Zahira heißt.«

»Wenn Arthur und Oberst Morris nicht gewesen wären«, sagte Mrs. Crawford, »hätte sich die Situation unter Umständen sehr böse entwickeln können. Die Cabobpurs waren wahnsinnig wütend auf den Nawab.«

»Aber wieso?« fragte Olivia. »Ich meine – es kann doch nicht seine Schuld gewesen sein – wenn sie – wenn sie geistig nicht ganz gesund war...«

Nach einer weiteren Pause sagte Mrs. Crawford: »Wie Mary schon gesagt hat, es ist immer schwierig zu wissen, was *wirklich* los ist. Und es gab auch irgendein Gerede über die Rückgabe der Mitgift – es war alles sehr unerquicklich... Olivia«, sagte sie dann, »Sie kommen doch mit uns nach Simla, ja?«

Olivia wand sich ein bißchen; sie spielte mit dem schmalen Armreifen an ihrem schlanken Arm. »Douglas und ich haben schon davon gesprochen.«

»Ja, und er hofft sehr, daß Sie mitkommen.« Mrs. Crawford sah Olivia an, und etwas an ihrem Blick – einem sehr direkten, festen Blick – erinnerte an Douglas.

»Ich möchte ihn nicht gerne allein lassen«, sagte Olivia. »Vier Monate – das scheint mir eine Ewigkeit.« Und schüchtern setzte sie hinzu, wiederum an ihrem Armreifen herumfingernd: »Wir sind ja – noch nicht so lange zusammen.« Sie wollte eigentlich »verheiratet« sagen, aber »zusammen« klang besser.

Die beiden anderen wechselten einen Blick; sie lachten. Mrs. Crawford sagte: »Wir müssen auf Sie wie zwei hartgesottene alte Frauenzimmer wirken.«

»Ja, aber sogar ich hartgesottenes altes Frauenzimmer werde mich ziemlich schäbig fühlen, wenn es Arthur nicht schafft...«

»Aber warum kann er nicht kommen?« fragte Olivia.

»Wir brauchen Sie, Olivia«, sagte Mrs. Crawford. »Das Leben in Simla wäre todlangweilig ohne Sie.«

»Wirklich«, Mrs. Minnies stimmte in den scherzhaften Ton ein, »wer wird sonst in den schattigen Alleen hinter uns her wandeln? Wer wird uns sonst im Honeysuckle Cottage besuchen?«

»Höchstens die anderen hartgesottenen alten Frauenzimmer.«

Und sie brachen wieder in das Primanerinnenlachen aus.

Olivia begriff, daß sie sich im Grunde genommen viel wohler fühlen würden ohne sie, lauter frauliche Dinge tun könnten und es sich miteinander bequem machen. Aber sie sprachen in ihrem, Olivias, Interesse.

Sie fragte: »Fährt Mrs. Saunders auch hin?«

»Nein. Joan fährt nicht nach Simla. Obwohl es ihr

wirklich gut täte, aus diesem Haus einmal herauszukommen ... Ihnen auch, Olivia«, setzte Mrs. Crawford hinzu und sah sie wiederum mit so einem Douglas-Blick an.

»Aber warum kann Mr. Minnies nicht mitfahren? Wenn er doch Urlaub hat –«

Sie schienen nicht gehört zu haben. Sie fingen wieder an, über ihre Pläne für Simla zu sprechen – insbesondere, welche Dienstboten sie mitnehmen und welche sie hierlassen sollten, um die armen alten Sahibs zu versorgen, die hierbleiben und sich im Flachland abrackern müßten.

Olivia erfuhr, was sie wissen wollte, aus einer anderen Quelle. An einem langweilig trübseligen Vormittag – sogar das Klavierspielen gab sie auf – bekam sie Besuch. Es war Harry, und er kam in einem der Autos des Nawab, mit dem Chauffeur des Nawab. Er erklärte, er hätte einfach kommen müssen, um sich in der Oase (so nannte er ihr Haus) zu erfrischen. Und sie hatte, als sie ihn sah, das Gefühl, daß *er* – obwohl dicklich und wenig anziehend – für sie eine Oase war. Er blieb den ganzen Tag und sprach im Laufe dieses Tages über vieles, das sie wissen wollte.

Über die Ehefrau des Nawab sagte er: »Arme Sandy. Armes Ding. Es war zuviel für sie. *Er* war zuviel für sie.«

»Wer?« Olivia schenkte ihm noch ein Glas ein – sie tranken süßen Sherry.

Harry sah sie rasch an, dann senkte er den Blick: »Er ist eine sehr starke Persönlichkeit. Sehr männlich und sehr stark. Wenn er etwas will, darf sich ihm nichts in den Weg stellen. Nie, niemals. Seit seinem fünfzehnten Jahr ist er der Nawab (sein Vater starb ganz plötzlich an einem Schlaganfall). Er hat also immer geherrscht; war immer der Herrscher.« Er seufzte, halb schmerzlich, halb bewundernd.

»Die Familie Cabobpur wollte nicht, daß sie ihn heiratet«, erklärte er ihr. »Sie sind natürlich viel größere Fürsten – er zählt eigentlich gar nicht in diesen Kreisen: Sein Titel ist nicht viel wert, und nach ihren Maßstäben ist er nicht einmal reich.«

»Er wirkt reich«, sagte Olivia.

»Ich bin ihm in London zum ersten Mal begegnet«,

erzählte Harry. »Sie waren alle im Claridge abgestiegen – er hatte alle mitgebracht – das heißt, alle, die er mochte, und alle Diener, die er brauchte, wie Shafi, der ihm seine Drinks mixt. Und die Cabobpurs waren auch dort – ein Stockwerk tiefer: Auch sie hatten alle ihre Leute mitgebracht – aber nach einer Woche reisten sie nach Paris weiter, weil er Sandy zu gut gefiel. Als ob man vor jemandem wie ihm davonlaufen könnte. Am nächsten Tag war auch er in Paris. Zu mir sagte er: ›Du kommst mit, Harry.‹ Er mochte mich, wissen Sie.«

»Und Sie sind mitgegangen?«

Harry schloß die Augen. »Ich habe Ihnen doch gesagt, einem Menschen wie ihm sagt man nicht nein ... Übrigens, Olivia, Mrs. Rivers ... Ich darf Sie doch Olivia nennen? Ich habe das Gefühl, daß wir Freunde sind. Bei manchen Menschen spürt man das, finden Sie das nicht auch? Wenn sie einem liegen? ... Olivia, er möchte eine Gesellschaft geben.«

Eine Pause trat ein. Olivia schenkte Sherry nach.

»Er wünscht sich ganz besonders, daß Sie kommen. Selbstverständlich wird er einen Wagen schicken.«

»Douglas hat schrecklich viel zu tun.«

»Er möchte, daß Sie beide kommen. Er wünscht es sich so sehr ... Es ist merkwürdig, nicht wahr: Man würde annehmen, daß jemand wie er tausend Freunde hat. Aber dem ist nicht so.«

»Er hat *Sie*.«

Olivia hatte Douglas bereits gefragt, was für eine Stellung Harry im Palast des Nawab einnahm. War es eine offizielle Stellung, so etwas wie ein Sekretär? Douglas war nicht sehr mitteilsam gewesen, und als sie auf einer Antwort bestand, hatte er gesagt: »Es gibt in der Umgebung solcher Leute immer Schmarotzer.«

Harry wurde zutraulich – er schien froh zu sein, offen mit jemandem reden zu können: »Ich will ja alles tun, was ich kann, um ihn – glücklicher zu machen. Ich bemühe mich, weiß Gott. Nicht nur, weil ich ihn sehr gern mag, sondern auch, weil er unwahrscheinlich gut zu mir ist. Sie können sich nicht vorstellen, wie großzügig er ist, Olivia. Er möchte, daß seine Freunde alles haben. Alles, was er ihnen geben kann. Das ist seine Natur. Wenn man es nicht annehmen will, ist er schrecklich verletzt. Aber wie kann man denn soviel nehmen? Man fühlt sich wie... Schließlich bin ich hier, weil ich ihn *mag*, aus keinem anderen Grund. Aber er kann nichts anderes als geben. Dinge –« Qual drückte sich in seinem Gesicht und in seiner Stimme aus.

»Aber das heißt doch, daß er Sie gern hat.«

»Wer weiß? Bei ihm kann man das nicht wissen. Einmal glaubt man: Ja, er mag mich – aber im nächsten Augenblick ist es, als wäre man irgendein... Gegenstand. Ich bin jetzt drei Jahre bei ihm. Drei Jahre, können Sie sich das vorstellen, in Khatm. Ich habe noch nicht einmal das Tadsch-Mahal gesehen. Immer sind wir drauf und dran, Gott weiß wohin zu fahren – aber im letzten Augenblick kommt immer irgend etwas dazwischen. Für gewöhnlich ist es die Begum, die nicht will, daß wir fahren... Wissen Sie, manchmal habe ich das Gefühl, der einzige Mensch auf der Welt, an dem ihm wirklich etwas liegt, ist die Begum. Er ist schrecklich ungern von ihr getrennt. Natürlich, seine Mutter... Ich habe *meine* Mutter seit drei Jahren nicht gesehen. Ich mache mir Sorgen um sie, denn es geht ihr nicht besonders gut. Sie lebt allein, wissen Sie, in einer kleinen Wohnung in South-Kensington. Sie möchte natürlich, daß ich nach Hause komme. Aber wann immer ich es erwähne, schickt er ihr irgendein phantastisches Geschenk. Einmal hat sie ihm geschrieben – sie dankte ihm, aber sagte dann: ›Das schönste Geschenk, das Sie mir machen könnten, wäre, mir meinen Harry wieder nach Hause zu schicken.‹ Darüber war er ganz gerührt.«

»Aber er hat Sie nicht weggelassen?«

Harry sah sie von der Seite an. Er schwieg – er biß sich sogar auf die Lippen. Dann sagte er: »Ich hoffe, Sie haben nicht den Eindruck, daß ich mich beklage.« Sein Tonfall klang förmlich, gekränkt.

Inzwischen war es später Nachmittag geworden, und der Tag dauerte schon zu lang. Sie hatte ihm ein Mittagessen angeboten, von dem er nur sehr wenig gegessen hatte, anscheinend hatte er Schwierigkeiten mit seiner Verdauung. Es war jetzt sehr heiß und stickig in dem Raum, aber noch zu früh, um die Läden zu öffnen. Der Sherry war warm und klebrig, und auch die Blumen, mit denen sie ihre Vasen gefüllt hatte, rochen so. (Olivia konnte ohne Blumen nicht leben.) Sie wünschte sich jetzt, daß Harry ginge. Sie wünschte, der Tag wäre vorüber, und es wäre Nacht, und ein kühles Lüftchen wehte, und Douglas säße ein wenig streng und ernsthaft an seinem Schreibtisch bei seinen ewigen Akten.

Douglas sprach fließend Hindustani. Er mußte es können, denn er hatte ständig mit Indern zu tun und war verantwortlich für die Regelung einer Vielfalt von lokalen Angelegenheiten. Selbstverständlich erledigte er alle seine Aufgaben in seinem Büro oder bei Gericht oder jeweils an Ort und Stelle. Daher kam Olivia nie unmittelbar mit seiner Arbeit in Kontakt. Aber gelegentlich – für gewöhnlich bei festlichen Anlässen – kamen einige der reichen Männer der Gegend, um ihre Aufwartung zu machen. Dann saßen sie meistens auf der Veranda mit ihren Geschenken für den Sahib, Körben voller Früchte und Platten mit Zuckerwerk und kandierten Früchten und Pistazien. Die reichen Männer sahen scheinbar alle gleich aus: Alle waren sehr dick und trugen makellose weite weiße Musselingewänder und glänzten vor lauter Öl und Schmuck. Wenn Douglas hinausging, um sie zu begrüßen, lächelten sie mit affektierter Bescheidenheit und legten die Hände ineinander und schienen derart überwältigt von der Ehre, die er ihnen angedeihen ließ, daß sie kaum ein paar gestammelte Worte hervorbrachten, wie sehr sie diese Ehre zu schätzen wüßten.

Olivia lauschte auf das, was sie da draußen sprachen. Die feste männliche Stimme von Douglas erhob sich über die anderen. Wenn er sprach, beschränkten sich die Besucher auf zustimmendes Gemurmel. Er mußte irgendeinen Scherz gemacht haben, denn ab und zu erklang ein gemeinsames, höfliches Lachen. Manchmal schien er mit etwas mehr Strenge zu sprechen, und dann wurde das Gemurmel sehr leise und unterwürfig, bis er wieder eine scherzhafte Bemerkung machte, woraufhin sich das Gemurmel in erleichtertem Gelächter auflöste. Es war beinahe, als spielte Douglas auf einem Musikinstrument, dessen Register er vollkommen beherrschte. Auch wußte er genau, in welchem Augenblick er zum Finale ansetzen mußte, dann erklang das Scharren von Füßen und ein letzter etwas lauterer Dankes-Chor, der so überzeugend ehrlich herauskam, aus so überströmend vollem Herzen, daß einigen die Stimme vor lauter Gefühlsüberschwang beinahe versagte.

Kam Douglas dann wieder herein, lächelte er. Ihm schienen diese Begegnungen stets Spaß zu machen. Er sagte: »Was für eine Horde von Gaunern sie sind«, und schüttelte milde amüsiert den Kopf.

Olivia saß über ihren Vorlagen. Sie hatte kürzlich begonnen zu sticken, und als erstem Versuch arbeitete sie an einem Blumenüberzug für eine Fußbank. Douglas setzte sich in seinen Stuhl ihr gegenüber. Er sagte: »Als ob ich nicht wüßte, was sie alle im Schilde führen.«

»Was denn?« fragte Olivia.

»Ihre üblichen Gaunereien. Sie haben nichts anderes im Kopf. Sie glauben, sie sind schrecklich raffiniert, aber im Grunde genommen sind sie wie die Kinder.« Er lächelte und klopfte seine Pfeife an dem englischen Messing-Kaminvorsatz aus.

»Also wirklich, mein Lieber!« protestierte Olivia.

»Entschuldige, mein Schatz.« Er dachte, sie meinte die Pfeife – er hatte die Asche verstreut, er hatte erst kürzlich zu rauchen begonnen und war noch ein wenig ungeschickt –, aber das meinte sie nicht. Sie sagte: »Sie sehen mir wie durchaus erwachsene Männer aus.«

Er lachte. »Nicht wahr? Das täuscht allerdings sehr. Aber wenn man sie einmal kennt – und sie wissen, daß man sie kennt –, dann, ja dann kann man sich mit ihnen gut unterhalten. Solange man sich nicht zum Narren halten läßt. Es ist eigentlich recht amüsant.«

Er blickte auf ihren anmutig gebeugten goldenen Kopf, den weißen Hals. Es gefiel ihm, wenn sie ihm so gegenübersaß und handarbeitete. Sie hatte etwas Weiches, Sandfarbenes an. Er verstand nicht viel von weiblicher Kleidung und wußte nur, was ihm gefiel, und das gefiel ihm. »Ist das neu?« fragte er.

»Mein Gott, Liebster, das hast du schon hundertmal gesehen... Warum haben sie gelacht? Was hast du gesagt?«

»Ich habe ihnen nur erklärt, auf etwas verschlüsselte Art, daß sie eine Bande von Gaunern sind.«

»Und das mögen sie, wenn man sie so nennt?«

»Wenn man es ihnen in hindustani sagt, ja.«

»Ich *muß* es lernen!«

»Ja, das mußt du«, sagte er, nicht gerade begeistert. »Es ist die einzige Sprache, in der man tödliche Beleidigungen mit äußerst blumiger Höflichkeit austeilen kann ... Aber natürlich nicht du.« Er lachte über die Vorstellung. »Das würde ihnen vielleicht einen Schock versetzen!«

»Warum? Mrs. Crawford spricht Hindustani; und Mrs. Minnies auch.«

»Ja, aber nicht mit Männern. Und sie teilen keine tödlichen Beleidigungen aus. Das ist Männersache, eindeutig.«

»Was nicht?« sagte Olivia.

Er sog recht zufrieden an seiner Pfeife, was sie veranlaßte, ihn scharf zurechtzuweisen: »Tu das nicht!« Er nahm die Pfeife aus dem Mund und starrte sie verblüfft an. »Ich hasse dieses Ding an dir, Douglas«, erklärte sie.

Obwohl er nicht verstand, wieso, sah er doch, daß sie verärgert war, daher legte er die Pfeife weg. »Ich mag sie selbst nicht besonders«, sagte er ehrlich. Eine Pause entstand. Sie hörte auf zu sticken und starrte ins Leere, ihre hübsche Unterlippe hatte sie verdrießlich vorgeschoben.

Er sagte: »Es wird besser sein, wenn du erst in den Bergen bist. Das ist die Hitze, Liebes, die dir zusetzt.«

»Ich weiß – aber wann wirst du wegkönnen?«

»Mach dir meinetwegen keine Gedanken. Um dich müssen wir uns kümmern. Ich habe heute mit Beth gesprochen. Sie haben vor, am 17. zu fahren, und ich habe sie gebeten, zum gleichen Termin ein Schlafwagenabteil für dich zu nehmen. Mit dem Kalka-Postzug – das ist eine Reise über Nacht, aber es wird nicht so arg sein, das verspreche ich dir.« Er war so froh über seine Abmachung, daß er gar nicht auf den Gedanken kam, sie könnte es nicht sein. »Dann sind es noch einmal vier Stunden hinauf ins Gebirge, aber das ist eine Fahrt! Die wird dir gefallen. Diese Landschaft, ganz zu schweigen von dem Klimawechsel –«

»Du glaubst doch nicht etwa im Ernst, daß ich ohne dich fahre!«

»Beth Crawford wird dort sein und Mary Minnies. Sie werden sich um dich kümmern.« Er warf einen Blick auf ihr Gesicht und sagte: »Aber das ist doch töricht, Olivia. Mutter war jedes Jahr vier Monate getrennt von Vater, viele Jahre lang. Von April bis September. Sie mochte das auch nicht, aber wenn man in einer Distriktverwaltung ist, dann muß das eben so sein.«

»Ich werde *nicht* fahren«, sagte Olivia und setzte sich sehr gerade und sah ihn auch sehr gerade an. Dann sagte sie: »Der Nawab will eine Gesellschaft für uns geben.«

»Sehr freundlich von ihm«, sagte Douglas trocken. Er nahm seine Pfeife wieder auf und klopfte sie am Kaminschirm aus.

»Ja, das finde ich auch«, sagte Olivia. »Er hat Harry extra hergeschickt, um uns einzuladen.«

»Es kommt nicht alle Tage vor, daß Fürsten Gesellschaften zu Ehren von jüngeren Beamten veranstalten.«

»Das nicht, aber ich nehme an, ihn langweilen unsere Vorgesetzten ebenso wie uns.«

»Wie *uns*?«

»Wie *mich*.«

Sie sah ihm noch immer gerade ins Gesicht, aber sie war unsicher geworden – nicht aus Angst, sondern aus Liebe – durch die Art, wie er wiederum sie ansah. Sie hatte seine Augen schon immer geliebt. Sie blickten vollkommen klar und ruhig – die Augen eines Jungen, der Abenteuergeschichten las und sich gelobt hat, ihren Begriffen von Mut und Ehre gemäß zu leben.

»Warum streiten wir eigentlich?« fragte sie.

Er dachte einen Augenblick über ihre Frage nach und präsentierte ihr dann seine logische Antwort: »Weil das Klima dich reizbar macht. Das ist ganz natürlich, es geht uns allen so. Und für dich ist es noch viel ärger, weil du den ganzen Tag zu Haus bleiben mußt und nichts zu tun hast. Deshalb möchte ich, daß du wegfährst.« Nach einem Augenblick fügte er hinzu: »Du glaubst doch nicht etwa, ich finde das erfreulicher als du – oder?«

Da brach sie vollends zusammen und konnte nur

noch von seinen starken Armen aufrechtgehalten werden. Sie sagte, sie würde sich langweilen, sie würde gereizt sein, ihr würde heiß sein, sie würde mit ihm streiten – na schön! Aber bitte – er sollte sie nicht wegschicken!

Der Nawab sagte: »Wenn der Gast dem Haus des Gastgebers nicht seine Ehre erweist, dann hört dieses Haus auf, ein glücklicher Ort zu sein.« Obwohl das in Urdu wahrscheinlich besser klang, verstand Olivia, was er meinte, und fühlte sich zugleich geschmeichelt und verlegen.

»Daher bin ich hergekommen«, sagte der Nawab und breitete weit seine Arme aus, um zu zeigen, wie sehr er da war.

Er war so wie zuvor mit einem ganzen Gefolge gekommen. Aber diesmal lehnte er es ab zu bleiben. Er sagte, nein, jetzt sei er an der Reihe, und er könne ihre Gastfreundschaft nicht wieder annehmen, ehe sie die seine angenommen habe. Das brachte sie noch mehr in Verlegenheit, denn was konnte sie ihm sagen, um ihm zu erklären, wieso sie seinen Einladungen nicht nachgekommen war? Aber als ein Mann, der für jede Situation volles Verständnis hatte, sorgte er dafür, daß sie gar nichts erklären mußte. Er teilte ihr mit, daß er hierher gekommen war, um sie zu einer kleinen Ausfahrt einzuladen und vielleicht, wenn ihr danach zumute sei, zu einem kleinen Picknick irgendwo, wo es schattig war. Nein, das konnte, durfte sie ihm nicht abschlagen. Der ganze Ausflug brauchte nur eine halbe Stunde, nur fünfzehn Minuten zu dauern – sie möge es nur als eine Art symbolische Handlung betrachten, als eine Art Wiedergutmachung an ihn. So wie er es sagte, klang es, als ginge es dabei um alle möglichen komplizierten indischen Ehrenkodexe – und vielleicht war das auch so, wie sollte sie das wissen? Und sie wollte ja so schrecklich gerne mitfahren!

Er war mit zwei Autos gekommen, einem Rolls Royce und einem Alfa Romeo. Sämtliche jungen Männer, die mitgekommen waren, zwängten sich in den Alfa Romeo, während er selbst, Olivia und Harry in den Rolls Royce stiegen. Harry saß vorn neben dem Chauffeur. Sie fuhren am Haus der Crawfords vorbei, vorbei an dem Haus der

Saunders, an der Kirche und dem Friedhof. Dann waren sie draußen auf dem flachen Land. Sie fuhren und fuhren. Der Nawab lehnte neben ihr auf dem perlgrauen Polstersitz, ein Bein über das andere geschlagen, den Arm lässig auf die Rückenlehne gelegt. Er sagte kein Wort, sondern rauchte nur eine Unmenge von Zigaretten. Die Landschaft, durch die sie fuhren, glitzerte in der glühenden Sonne wie Glas und schien sich ins Endlose zu erstrekken. Irgendwann griff der Nawab über Olivia hinweg, um die Jalousie an ihrem Fenster herunterzuziehen, als wollte er ihr den Anblick dieser ausgedörrten Landschaft ersparen. Aber das war jetzt sein Land: Sie hatten Satipur hinter sich gelassen und waren nun in seinem Staat Khatm. Keiner sagte, wohin sie fuhren, und Olivia kam es töricht vor zu fragen. Das Schweigen des Nawab störte sie. War er gelangweilt oder schlechter Laune? Aber wenn dem so war, warum hatte er so darauf gedrängt, daß sie mitkam? Und nun, da sie mitgefahren war, hatte sie das Gefühl, in seiner Gewalt zu sein und sich jeglicher seiner Launen unterordnen zu müssen. Vom Schweiß klebte ihr das Kleid an den Beinen, und sie fürchtete, beim Aussteigen würde es, wo sie jetzt darauf saß, ganz zerknittert und gräßlich aussehen.

Der Wagen bog von der Straße in einen schmalen Pfad ab. Es war schwierig, dort zu fahren, sie wurden hin- und hergeschüttelt, und Olivia klammerte sich ziemlich verzweifelt an die Halteschlaufe, um nicht gegen den Nawab geschleudert zu werden. Sie hatte wirklich große Angst davor, aus allen möglichen, sehr verschiedenartigen Gründen. Nach einer Weile konnte das Auto nicht weiterfahren, und sie mußten aussteigen und zu Fuß gehen. Der Pfad wurde schmäler und schmäler und stieg steil an. Der Nawab sagte noch immer nichts, obwohl er manchmal ein paar Zweige beiseitehielt, um Olivia das Gehen zu erleichtern. Aber sie wurde dennoch von Dornen zerkratzt und auch von einigen Insekten gebissen. Ihr Strohhut war auf eine Seite gerutscht, und ihr war sehr heiß, und sie war den Tränen nahe. Als sie zurückblickte, sah sie Harry, der, ebenfalls sehr erhitzt, gequält hinter ihnen herkeuchte. Alle übrigen Teilnehmer an dem Ausflug folgten ihnen, jedoch in respektvollem Abstand. Der

Nawab ging voran, makellos in seinem weißen Leinenanzug und den weiß-braunen Schuhen.

Er hielt ein paar Dornenzweige zur Seite und bat Olivia, voranzugehen. Sie hatten einen schattigen Hain rund um einen kleinen steinernen Schrein erreicht. Hier war es kühl und grün; sogar das Geplätscher von Wasser war zu hören. Dort war auch eine Gruppe von Palastdienern, die in dem Gehölz bereits alles für ihre gastliche Aufnahme vorbereitet hatten. Auf dem Boden lagen Teppiche ausgebreitet mit Kissen darauf, und Olivia wurde aufgefordert, sich niederzulassen. Der Nawab und Harry gesellten sich zu ihr, während die jungen Männer fortgeschickt wurden, um sich woanders zu unterhalten. Die Diener waren eifrig damit beschäftigt, Eßkörbe auszupacken und Weinflaschen zu kühlen.

Nun wurde der Nawab wieder liebenswürdig. Er entschuldigte sich für die Fahrt – »War es sehr schrecklich für Sie? Ja, ganz schrecklich – ach, unser schlimmes indisches Klima! Es tut mir sehr, sehr leid wegen der Unbequemlichkeit.«

»Es ist wunderschön hier«, sagte Olivia. Sie war ungeheuer erleichtert, nicht nur, weil ihr weniger heiß war und sie sich wohler fühlte, sondern weil er wieder nett war.

»Das hier ist ein ganz besonderer Ort«, sagte der Nawab. »Warten Sie, ich werde es Ihnen erzählen, aber zuerst, scheint mir, müssen wir uns um ihn kümmern; sehen Sie nur«, sagte er, auf Harry zeigend, der sich auf einen Teppich fallengelassen hatte, die Arme ausgebreitet, sein Atem ging rasch vor Erschöpfung. Der Nawab lachte: »In was für einem Zustand er ist. Er ist ein sehr schwacher Mensch. Weil er so schlaff ist, glaube ich. Er ist ganz und gar kein Engländer, wie es sich gehört. Nein – soll ich es Ihnen sagen –, ich glaube, er ist ein ganz *un*gehöriger Engländer.« Er lachte über seinen Witz, und seine Augen und Zähne blitzten. Aber gleichzeitig schob er behutsam ein Kissen unter Harrys Kopf. Harry stöhnte mit geschlossenen Augen: »Das bringt mich noch um.«

»Was bringt dich um? Dieser wunderschöne Platz, der meinen Vorfahren heilig war? Oder vielleicht unsere Gesellschaft?« Er lächelte Olivia an, dann fragte er sie: »Gefällt es Ihnen hier? Macht es Ihnen nichts, daß ich Sie hergebracht habe? Ich wünschte, auch Mr. Rivers wäre mit uns gekommen. Aber ich glaube, Mr. Rivers muß sehr beschäftigt sein.« Er fuhr sich rasch mit der Zungenspitze über die Lippen und warf dann ebenso rasch einen Blick auf Olivia: »Mr. Rivers ist ein Engländer, wie er sein sollte«, erklärte er.

»Ich weiß, du magst ihn«, sagte Harry aus seiner Bauchlage.

»Schlaf! Wir reden nicht mit dir, sondern miteinander... Ich nehme an, Mr. Rivers hat eine der englischen Public Schools besucht? Eton oder Rugby? Leider hatte ich selbst diese Möglichkeit nicht. Wenn ich einmal einen Sohn habe, werde ich ihn hinschicken, glaube ich. Was meinen Sie? Dort erhält man eine sehr gute Bildung und lernt Disziplin. Natürlich mochte Harry es überhaupt nicht, er sagte, es ist – was hast du gesagt, ist es, Harry?«

»Grausam«, sagte Harry inbrünstig.

»So ein Unsinn. Nur für jemanden wie dich, weil du ungehörig bist. Sollen wir nicht versuchen, ihn ein bißchen weniger ungehörig zu machen, was halten Sie davon, Mrs. Rivers?« sagte er und lächelte ihr wieder zu. Er rief die jungen Männer, die angelaufen kamen und sich, auf die Aufforderung des Nawab hin, auf Harry stürzten, einer massierte seine Beine, einer sein Genick und ein dritter kitzelte ihn an den Fußsohlen. Allen, einschließlich Harry, schien dieses Spiel Spaß zu machen. Der Nawab sah ihnen nachsichtig lächelnd zu, aber als er bemerkte, daß Olivia sich überflüssig vorkam, wandte er sich an sie, und jetzt war er wieder so, wie er bei seiner Abendgesellschaft mit seinen Gästen gewesen war: aufmerksam, voller Höflichkeit und Rücksichtnahme, und das gab ihr das Gefühl, die einzige Person dort zu sein, die ihm etwas bedeutete.

Er lud sie ein, mit ihm den Schrein zu besichtigen. Es war ein einfacher kleiner, weißgetünchter Bau mit einer gestreiften Kuppel als Abschluß. Drinnen waren vergitterte Fenster, an welche die Leute kurze rote Fäden gebunden hatten, womit sie um Erfüllung ihrer Wünsche baten. Sie hatten auch Blumengirlanden – die inzwischen verwelkt waren – auf eine kleine weißgetünchte Erhebung gelegt, die sich in der Mitte des Schreins befand. Der Nawab erklärte, daß der Schrein von einem seiner Vorfahren aus Dankbarkeit für Baba Firdaus erbaut worden war, der an diesem Ort gelebt hatte. Baba Firdaus war eine fromme Seele gewesen, dem Gebet und der Einsamkeit ergeben; der Vorfahre des Nawab – Amanullah Khan – war ein Räuber gewesen, der, stets auf der Suche nach Beute, mit seiner Bande von Desperados im Land umhergeritten war, die alles nahmen, was sie in den ständigen bewaffneten Händeln zwischen Moguln, Afghanen, Mahrattas und der Ost-Indischen Kompanie finden konnten. Während seiner langen Laufbahn hatte es manches Auf und Ab gegeben. Einmal hatte er in diesem Hain Zuflucht gesucht – alle seine Männer waren bei einem Gefecht getötet worden, und er selbst war nur knapp mit dem Leben davongekommen, wenn auch schwer verwundet. Baba Firdaus hatte ihn vor seinen Verfolgern versteckt gehalten und auch seine Wunden versorgt und ihn wieder gesund gepflegt. Jahre später, als das Glück ihm wieder hold war, war Amanullah Khan zurückgekehrt; aber der Ort war inzwischen verlassen, und niemand wußte, was mit dem Baba geschehen war, noch ob er am Leben oder tot war. So konnte Amanullah Khan nicht mehr tun, als diesen kleinen Schrein zu Ehren des heiligen Mannes errichten.

»Denn er vergaß weder Freund noch Feind jemals«, sagte der Nawab über seinen Vorfahren. »Wo immer es, im Guten oder im Bösen, eine Rechnung zu begleichen galt, er vergaß es nicht. Er war nur ein rauher Krieger, aber sehr aufrecht und ehrenhaft. Und ein großer Kämpfer. Die Briten mochten ihn sehr. Ich glaube, Sie mögen solche Leute immer?« Er sah Olivia fragend an. Sie lachte – es kam ihr merkwürdig vor, zum Sprecher der Briten ernannt zu werden. Dann lächelte auch er: »Ja, Sie mögen rauhe Gesellen, die tapfer kämpfen und meistens zu Pferde sind. Am liebsten ist Ihnen das Pferd. Aber ich glaube, andere mögen Sie nicht so sehr.«

»Was für andere?« fragte Olivia lachend.

»Zum Beispiel«, sagte er, ebenfalls lachend, »mich.« Aber dann wurde er ernst und sagte: »Aber Sie sind anders als diese Leute. Sie mögen keine Pferde, glaube ich?

Nein. Kommen Sie jetzt, bitte, ich möchte Ihnen etwas zeigen.«

Er führte sie aus dem Schrein. Draußen sprudelte eine kleine Quelle frisch aus einem Spalt zwischen ein paar Steinen hervor. Das Plätschern dieser Quelle und der Gesang der Vögel erfüllten den grünen Hain. Der Nawab hockte sich nieder und netzte die Finger mit dem Wasser und forderte Olivia auf, es ihm gleich zu tun: »Wie kalt es ist. Es ist immer so kalt. Die Leute glauben, es ist ein Wunder, dieser grüne Hain und dieses kalte Wasser hier, wo es sonst nur Wüste gibt. Wieso ist das so? Manche sagen, es ist wegen Baba Firdaus und seinem heiligen Leben, andere sagen, weil Amanullah Khan seine Dankesschuld beglichen hat. Glauben Sie, daß es so sein könnte? Daß es ein Wunder ist?«

Sie hockten Seite an Seite. Er blickte sie eindringlich an, und sie sah auf ihre Hände hinunter, mit denen sie im Wasser plätscherte. Es war frisch und floß rasch, war aber so flach, daß es nur gerade über ihre Finger rieselte. Sie sagte: »Vielleicht ein ganz kleines Wunder.«

Da schlug er sich auf die Knie und lachte laut: »O Mrs. Rivers, Sie haben Sinn für Humor!« Er erhob sich und hielt ihr hilfreich seine Hand hin, aber sie konnte ohne seine Hilfe aufstehen. »Wissen Sie«, sagte er, wieder sehr ernst, »daß ich, sobald ich Sie sah, wußte, Sie wären so ein Mensch? Soll ich Ihnen etwas sagen? Es ist sehr komisch: Ich habe das Gefühl, ich kann Ihnen alles erzählen, überhaupt alles, und Sie werden es verstehen. Es ist sehr selten, daß man bei einem anderen Menschen dieses Gefühl hat. Aber bei Ihnen habe ich es. Und noch etwas anderes: Ich bin nicht jemand, der besonders an Wunder glaubt, ganz und gar nicht. Ich bin zu nüchtern, um so etwas zu glauben. Aber ich meine auch, es gibt Dinge, die *könnten* sein, selbst wenn es Wunder sind. Finden Sie nicht auch? Daß es sein könnte? Sehen Sie! Ich wußte ja. Sie sind viel eher so wie ich, nicht wie – Mrs. Crawford zum Beispiel.« Er lachte, sie lachte. Er blickte ihr in die Augen. »Sie sind ganz und gar nicht wie Mrs. Crawford«, sagte er, während er sie ansah. Aber im nächsten Augenblick bemerkte er, daß er sie in Verlegenheit brachte, daher entließ er sie lächelnd aus seinem tiefen Blick und, indem er ganz leicht ihren Ellbogen berührte, führte er sie zurück, dorthin, wo die anderen waren.

Er war nun ganz ausgezeichneter Stimmung, und die Gesellschaft kam bestens in Schwung. Die Diener hatten die Picknickkörbe ausgepackt und füllten den heiligen Hain mit gebratenen Hühnern, Schnecken und eingelegten Garnelen. Die jungen Männer waren sehr lebhaft und unterhielten sie, indem sie einander immer wieder allerlei Possen spielten, und manchmal mit Liedern und Versen in Urdu. Einer von ihnen hatte ein lautenähnliches Instrument mitgebracht, dem er ein paar bittersüße Töne entlockte. Die Laute steuerte auch die Musik für »Die Reise nach Jerusalem« bei, die sie dann spielten; statt der Stühle hatten sie Kissen in einer Reihe aufgelegt. Schließlich blieben – ob zufällig oder absichtlich wußte Olivia nicht zu sagen – sie und der Nawab als die beiden letzten Spieler übrig. Langsam, sehr langsam, umkreisten sie das eine Kissen, jeder die Augen auf den anderen geheftet, beide sehr aufmerksam, was der andere tun würde. Alle beobachteten sie, die Laute spielte. Einen Augenblick lang glaubte sie, daß er sie aus Höflichkeit würde gewinnen lassen. Aber ganz plötzlich – er hörte eher als sie, daß die Musik abbrach – warf er sich auf das Kissen. Er hatte gewonnen! Hellauf lachend warf er beide Arme triumphierend in die Höhe. Es freute ihn wirklich ganz ungeheuer.

8. März: Eigentlich erst ab dieser Zeit fingen Olivias Briefe an Marcia an. Sie hatte ihr zwar schon vorher geschrieben, aber nicht sehr oft und ohne viel in Einzelheiten zu gehen; und erst seit dem Tag des Picknicks mit dem Nawab begann sie so zu schreiben, als wäre es ihr eine Erleichterung, jemandem etwas anvertrauen zu können.

Olivia erzählte Douglas nie vom Picknick des Nawab. Sie hatte es eigentlich vorgehabt, sobald sie heimkäme, aber zufällig war er an diesem Tag wegen einer Messerstecherei im Basar aufgehalten worden und kam noch später als sonst nach Hause. Sie stellte ihm viele Fragen, und da er gern über seine Arbeit sprach (sie war gar nicht immer sonderlich interessiert), verging die Zeit ganz einfach zu schnell, und sie kam nie dazu, ihm von ihrem Tag zu erzählen. Und als er am nächsten Morgen wegging, schlief sie noch. Daher schrieb sie statt dessen den ersten ihrer langen Briefe an Marcia. Ich wüßte gern, was Marcia von diesen Briefen hielt. Sie lebte damals in Frankreich – hatte einen Franzosen geheiratet, aber sie hatten sich getrennt, und Marcia lebte allein, wohnte immer wieder in anderen Hotelzimmern und war in alle möglichen Geschichten mit einer Reihe ziemlich schwieriger Leute verwickelt. Olivias Leben in Indien mußte ihr sehr fremd und sehr weit weg erschienen sein.

Ich habe Olivias Briefe vor mir auf meinem kleinen Schreibtisch ausgebreitet und arbeite an ihnen und an diesem Tagebuch den ganzen Morgen. Meine Tage in Satipur verlaufen nun sehr regelmäßig. Der Tag fängt früh an, weil die Stadt früh erwacht. Zuerst läuten die Tempelglocken – ich liege im Bett und höre zu –, und dann wird in der Teebude gegenüber das Feuer angezündet und der Teekessel aufgestellt. Die Luft ist frisch in dieser morgendlichen Stunde, der Himmel zart und blaß. Alles scheint so harmonisch wie der Klang der Tempelglocken. Ich gehe in den Basar hinunter, um Quark und frisches grünes Gemüse zu kaufen, und nachdem ich mein Essen bereitet habe, setze ich mich im Türkensitz auf den Boden und beschäftige mich mit meinen Papieren.

Gegen Abend gehe ich manchmal auf das Postamt, das im früheren Frühstückszimmer von Olivia untergebracht ist. Ungefähr zur Zeit des Büroschlusses gehe ich hinüber zum ehemaligen Crawfordschen Haus und warte auf Inder Lal. In beiden Häusern – dem der Crawfords und dem Olivias –, die seinerzeit so verschieden eingerichtet waren, stehen nun die gleichen klapprigen Büromöbel, und sie haben auch die gleichen roten Betelflecken an den Wänden. Auch ihre Gärten sehen heute ganz gleich aus – das heißt, es sind keine Gärten mehr, sondern unbebaute Stückchen Grund, wo sich die Büroangestellten im Schatten der paar Bäume, die noch übriggeblieben sind, versammeln. Fliegende Händler haben die Erlaubnis bekommen, Erdnüsse und Pferdebohnen zu verkaufen. Reihen von Fahrradständern stehen dort, und in jeder Rille klemmt ein Fahrrad.

Zunächst brachte es Inder Lal immer in Verlegenheit, wenn ich dort auf ihn wartete. Vielleicht genierte er sich sogar ein bißchen, mit mir gesehen zu werden. Wahrscheinlich sind wir wirklich ein sonderbares Paar – ich bin um vieles größer als er, und ich mache sehr lange Schritte und vergesse immer wieder, daß es ihm schwerfällt, mit mir Schritt zu halten. Aber ich glaube, inzwischen hat er sich an mich gewöhnt, und vielleicht ist er sogar ein wenig stolz, mit seiner englischen Freundin gesehen zu werden. Auch glaube ich, daß er jetzt meine Gesellschaft recht gern hat. Zuerst war ihm das vor allem äußerst willkommen, um sein Englisch zu erproben – er sagt, das wäre eine sehr gute Gelegenheit für ihn –, aber jetzt scheint er sich auch gerne mit mir zu unterhalten. Ich tue es jedenfalls gern. Er ist sehr offen zu mir und erzählt von allen möglichen persönlichen Dingen, nicht nur aus seinem Leben, er spricht auch über seine Gefühle. Er hat mir erzählt, daß der einzige Mensch, mit dem er frei sprechen kann, seine Mutter ist, aber selbst mit ihr – na ja, sagte er, es gibt gewisse Dinge, über die man mit seiner Mutter nicht so reden kann wie mit einem befreundeten Menschen.

Einmal fragte ich ihn: »Und was ist mit Ihrer Frau?«

Er sagte, sie sei nicht intelligent. Auch war sie nicht sehr gebildet – seine Mutter hatte nicht gewollt, daß er ein sehr gebildetes Mädchen heiratete; sie sagte, aus der Richtung sei nichts zu erwarten als Ärger. Ritu war ausgewählt worden auf Grund ihrer passenden Herkunft und ihrer hellen Haut. Seine Mutter hatte ihm erklärt, sie sei hübsch, aber er konnte sich darüber nie klar werden. Manchmal fand er ja, manchmal nein. Er fragte mich nach meiner Meinung. Ich sagte ja. Sie muß es gewesen sein, als sie jünger war, obwohl sie jetzt dünn und abgerackert aussieht und ihr Gesicht, wie seines, einen immer ängstlich besorgten Ausdruck hat.

Er erzählte mir, daß sie während der ersten Jahre ihrer Ehe derart Heimweh hatte, daß sie überhaupt nicht aufhörte zu weinen. »Das hat ihrer Gesundheit sehr geschadet«, sagte er. »Besonders als sie in andere Umstände kam. Mutter und ich versuchten ihr die Dinge zu erklären und ihr klarzumachen, wie notwendig es für sie war, zu essen und glücklich zu sein, aber sie verstand das nicht. Natürlich litt ihre Gesundheit darunter, und das Kind, das geboren wurde, war dann auch schwächlich. Das ist ihre Schuld. Ein intelligenter Mensch hätte das verstanden und aufgepaßt.«

Er zog die Stirne kraus und sah unglücklich aus. Inzwischen hatten wir den Teich erreicht. (Bis hierher ungefähr wäre Olivia gekommen, wenn sie sich je in diese Richtung gewagt hätte, denn jenseits dieser Stelle begann der indische Teil der Stadt, die übervölkerten Gassen und der Basar, wo ich jetzt lebe.)

Inder Lal sagte: »Wie ist es möglich, mit ihr so zu sprechen, wie ich jetzt mit Ihnen spreche? Es ist nicht möglich. Sie würde nichts verstehen.« Er fügte hinzu: »Und ihre Gesundheit ist auch noch immer sehr schwach.«

In dem Teich schwammen ein paar Jungen. Sie schienen das sehr zu genießen. Wir konnten sehen, wie das Wasser in die Luft sprühte, als sie auf und nieder sprangen und sich gegenseitig bespritzten. Inder Lal beobachtete sie nachdenklich. Vielleicht wünschte er, er wäre einer von ihnen; oder vielleicht erinnerte er sich an Sommerabende, an denen auch er mit seinen Freunden schwimmen gegangen war.

Das kann noch gar nicht so lange her gewesen sein – er ist noch ein junger Mann, ein paar Jahre jünger als ich, ungefähr fünf- oder sechsundzwanzig. Wenn man ihn genauer ansieht, merkt man, daß sein Gesicht eigentlich sehr jung ist, er wirkt nur älter wegen seines bekümmerten Ausdrucks. Als ich ihn zum erstenmal sah, wirkte er auf mich wie ein typischer indischer Bürobeamter, bescheiden und gebeugt von vielen Sorgen. Doch jetzt erkenne ich, daß er überhaupt nicht bescheiden und gebeugt ist – oder nur äußerlich –, daß er in seinem Inneren eigentlich sehr lebendig ist und sich nach allem Möglichen sehnt, das für ihn unerreichbar ist. Das erkennt man hauptsächlich an seinen Augen, die sehr schön sind – voller Traurigkeit und feucht vor Sehnsucht.

10. März: Ich arbeite intensiv an meinem Hindi, und langsam kann ich mich mit Leuten unterhalten, was von großem Vorteil ist. Ich wünschte, ich könnte mehr mit Ritu, Inder Lals Frau, reden, aber sie ist derart schüchtern, daß mir mein besser gewordenes Hindi bei ihr überhaupt nichts nützt. Obwohl ich selbst auch ziemlich schüchtern bin, versuche ich, es bei ihr nicht zu sein. Ich finde, ich bin dazu verpflichtet, einen engeren Kontakt mit ihr zu bekommen, denn ich bin älter und (ich glaube) auch stärker. Sie hat etwas Zerbrechliches, Schwächliches. Rein körperlich ist sie sehr dünn, mit dünnen Armen, an denen ihre Armreifen hin und her rutschen. Aber nicht nur körperlich ist sie schwach, ich habe den Eindruck, daß sie geistig – oder meine ich ihren Willen? – ebenfalls nicht sehr stark ist, daß sie ein Mensch ist, der sehr rasch aufgeben würde. Manchmal versucht sie, ihre Schüchternheit zu überwinden, und besucht mich in meinem Zimmer; aber obwohl ich wie wild in meinem erbärmlichen Hindi drauflosrede, nur damit sie dableibt, springt sie sehr bald wieder auf und läuft davon. Das gleiche geschieht, wenn ich ihr einen Besuch zu machen versuche – ich habe beobachtet, daß sie, wenn sie mich kommen sieht, davonläuft und sich in der Toilette versteckt, und obwohl es dort nicht allzu appetitlich ist (das kleine Putz-Mädchen macht seine Arbeit nicht allzu gut), bleibt sie dort eingesperrt, bis ich wieder gehe.

Die Tage – und Nächte – werden jetzt wirklich heiß. Es ist unangenehm, drinnen zu schlafen, und alle stellen nachts ihre Betten ins Freie hinaus. Die Stadt ist ein Gemeinschafts-Schlafsaal geworden. Vor allen Buden und Ständen stehen die leichten indischen Betten, auf den Dächern und in den Höfen, wo immer irgendwo im Freien ein Platz zu finden ist. Ich schlief noch eine Zeitlang drinnen, weil es mir peinlich war, mich in der Öffentlichkeit zu Bett zu begeben. Aber es ist ganz einfach zu heiß geworden, also habe auch ich mein Bett hinaus in den Hof geschleppt und habe es zur Bettenreihe von Inder Lal dazugestellt. Die Familie von dem Laden unten schläft auch in diesem Hof, ebenso wie ihr kleiner Dienerjunge und noch ein paar andere, von denen ich noch nicht weiß, wer sie sind. Wir sind also eine ganze Menge Leute. Ich ziehe mir kein Nachthemd mehr an, sondern schlafe, wie eine Inderin, in einem Sari.

Es ist erstaunlich, wie still alles ist. Wenn Inder schlafen, dann schlafen sie wirklich. Weder Erwachsene noch Kinder gehen zu einer bestimmten Zeit zu Bett – wenn sie müde sind, dann lassen sie sich ganz einfach, vollkommen angezogen, auf ihre Betten fallen, oder auf den Boden, wenn sie kein Bett haben, und rühren sich nicht mehr, bis der nächste Tag beginnt. Das einzige, was man hört, ist, daß jemand gelegentlich im Schlaf aufschreit oder daß ein Hund – vielleicht ein Schakal – den Mond anheult. Ich liege stundenlang wach, vor Glück eigentlich. Ich habe nie zuvor ein solches Gemeinschaftsgefühl gekannt. So unter freiem Himmel zu liegen, verleiht einem das Gefühl, im All zu versinken, jedoch nicht im unbewohnten Weltall, denn hier gibt es ja all die vielen Menschen, die um mich herum schlafen, die ganze Stadt, und ich bin ein Teil davon. Was für ein Unterschied zu meinem eigenen, oft so einsamen Zimmer in London, wo ich nur meine Wände ansehen und meine Bücher lesen kann.

Vor einigen Nächten war da so ein sonderbarer Laut zu hören – einen Augenblick lang reagierte ich überhaupt nicht darauf, lag nur ganz still und *hörte* ihn, ein schriller Klagelaut, der die Nacht durchdrang. Es schien kein menschlicher Laut zu sein. Aber es war einer. Ehe ich mich aufgesetzt hatte, war Inder Lals Mutter am Bett Ritus und hielt der jungen Frau mit der Hand den Mund zu. Ritu wehrte sich dagegen, aber die Mutter war stärker. Niemand sonst hatte sich gerührt, und die Mutter hielt Ritu verzweifelt fest. Ich half ihr, Ritu ins Haus zu bringen, und als ich das Licht einschaltete, sah ich Ritus vor Angst weit aufgerissene Augen über der Hand der Mutter, die noch immer über ihrem Mund lag. Als diese sonderbaren Laute ganz aufgehört hatten, ließ die Mutter sie los, und sie sank sofort zu Boden und blieb dort hokken, das Gesicht zwischen den Knien vergraben. Sie war nun ganz still, abgesehen von einem gelegentlichen krampfartigen Schaudern, das ihren kleinen vogelzarten Körper durchzuckte. Die Mutter ging zu den Krügen, in denen der Reis aufbewahrt wurde, und streute Ritu eine Handvoll über den Kopf. Die Körner prallten vom Haar der jungen Frau ab, aber ein oder zwei Körner blieben darin stecken. Sie rührte sich noch immer nicht. Die Mutter öffnete und schloß ihre Hand und beschrieb damit Kreise über dem gebeugten Kopf der jungen Frau, ließ ihre Fingerknöchel knacken und murmelte auch irgendwelche Beschwörungen. Bald danach stand Ritu auf, sie sah verweint und erschöpft, aber sonst normal aus. Wir drei gingen wieder hinaus und legten uns auf unsere Betten neben die anderen, die sich nicht gerührt hatten. Am nächsten Tag erwähnten weder die Mutter noch Ritu den Zwischenfall, so daß es ihn ebensogut gar nicht gegeben haben könnte, außer daß in Ritus Haar ein paar Reiskörner steckten.

20. *März:* Seit jener Nacht sind die Mutter und ich einander näher gekommen. Wir haben uns angefreundet. Sie begleitet mich nun oft in den Basar und drangsaliert den Ladenbesitzer, wenn er mir nicht das beste Gemüse gibt. Sie hat dafür gesorgt, daß niemand überhöhte Preise von mir verlangt. Ich verstehe jetzt ihr Hindi viel besser, und sie auch meines einigermaßen, obwohl sie noch immer darüber lachen muß. Aber meistens redet sie, und ich höre ihr gern zu, besonders wenn sie mir von sich selbst erzählt. Ich habe den Eindruck, obwohl sie Witwe ist, erlebt sie jetzt den besten Teil ihres Lebens. Sie scheint keine sehr hohe Meinung vom Eheleben zu haben. Sie hat mir erzählt, daß die ersten Jahre immer die schwierigsten sind, wegen des großen Heimwehs und weil die junge Frau dann immerzu nur an ihr Vaterhaus denkt. Und es ist schwer, sich an die neue Familie zu gewöhnen und an die Herrschaft der Schwiegermutter. Sie erwähnt ihren verstorbenen Mann kaum, und ich vermute, es war nicht weit her mit ihm. Aber sie scheint ihrem Sohn sehr nahe zu sein – sie ist es, nicht Ritu, die alles für ihn tut, ihm das Essen vorsetzt und seine Kleidung zurechtlegt. Sie ist sehr stolz auf ihn, weil er ein Regierungsbeamter ist und in einem Büro arbeitet, anstatt in einem Laden zu sitzen wie sein Vater (er war Lebensmittelhändler). Das ist ein großer Aufstieg für ihn und daher auch für sie. Jedenfalls trägt sie den Kopf sehr hoch, wenn sie durch die Stadt geht. Sie ist ungefähr fünfzig, aber kräftig und gesund und voller weiblicher Lebenskraft. Im Gegensatz zu Ritu

verbringt sie nicht die ganze Zeit zu Hause, sondern geht mit ihren Freundinnen aus, die meistens gesunde Witwen sind wie sie. Völlig unbekümmert durchstreifen sie die Stadt, und es schert sie nicht im geringsten, wenn ihre Saris ihnen vom Kopf herabgleiten oder sogar von den Brüsten. Sie schwatzen und scherzen und kichern wie Schulmädchen; ganz anders als ihre Schwiegertöchter, die manchmal sogar hinter ihnen herschlurfen, dicht verschleiert und schweigend und mit niedergeschlagenen Augen wie Gefangene, die bewacht werden.

Seit wir uns angefreundet haben, lädt mich Inder Lals Mutter dazu ein, an einigen dieser Ausflüge teilzunehmen. Sie hat mich mit allen ihren Freundinnen bekannt gemacht, einschließlich einer Art Anführerin – auch eine Witwe, die sie »Maji« nennen, obwohl sie gar nicht so viel älter ist als die übrigen. Maji besitzt angeblich gewisse Kräfte, und obwohl ich nicht weiß, was für Kräfte das sind, macht sie doch auf mich den Eindruck, etwas mehr zu haben als andere Leute – und wenn es nur mehr Saft und Kraft ist. Sie scheint geradezu davon zu platzen. Sie lebt sehr einfach in einer kleinen Hütte unter einem Baum. Es ist ein wunderschöner Platz zwischen dem Teich, in dem die Jungen schwimmen gehen, und einer Gruppe von alten Fürstengräbern. Als ich zu ihr zu Besuch mitgenommen wurde, krochen wir alle in ihre Hütte und setzten uns drinnen auf den Lehmboden. Es machte mir Spaß, mit all diesen Witwen zusammen zu sein, sie waren so fröhlich und freundlich, und obwohl ich mich an ihrer Unterhaltung nicht sehr viel beteiligen konnte, lächelte und nickte ich eifrig. Und als sie anfingen, fromme Lieder zu singen – angeführt von Maji, die sehr lebhaft sang und sich vor lauter Begeisterung hin und her wiegte –, versuchte ich mitzusingen, was ihnen zu gefallen schien.

Danach nahm mich Inder Lals Mutter mit zu den Sati-Schreinen. Wir gingen bis zum Ende des Basars und durch den Torbogen hinaus aus der Stadt, dann einen staubigen Weg hinunter, bis wir zu einem Tank oder Reservoir am Wegrand kamen. Hier zeigte mir Inder Lals Mutter eine unter einigen Bäumen dicht beieinander stehende Gruppe kleiner Schreine. Sie waren nicht größer als Meilensteine, aber manche waren von einer kleinen Kuppel gekrönt. In den Stein waren ganz dünn unbeholfene Figuren eingeritzt: wahrscheinlich der Ehemann mit seiner treuen Frau, die sich mit ihm hatte verbrennen lassen. Sie verursachten mir ein unheimliches Gefühl, aber Inder Lals Mutter legte ehrfürchtig ihre Hände zusammen. Einen der Schreine schmückte sie mit einer kleinen Girlande aus Rosen und Ringelblumen, die sie mitgebracht hatte. Sie erzählte mir, daß sie und ihre Freundinnen an bestimmten Tagen im Jahr mit Süßigkeiten, Milch und Blumen hierher kamen, um diesen Witwen zu huldigen, die das höchste Opfer gebracht hatten. Es klang ehrerbietig, und sie schien die größte Achtung für diese alte Sitte zu haben. Sie schien sogar zu bedauern – diese fröhliche Witwe! –, daß es die Sitte nicht mehr gab (1829 war sie verboten worden). Sie zeigte mir den Schrein der letzten Sati, von der ich natürlich wußte, weil diese Witwenverbrennung sich zu Olivias Zeit ereignet hatte. Obwohl dieser Schrein erst aus dem Jahre 1923 stammt, sieht er ebenso uralt aus wie die anderen.

1923

Es war geschehen, als Mr. Crawford auf Dienstreise war und Douglas allein verantwortlich für den Verwaltungsdistrikt. Ein Getreidekaufmann war gestorben, und seine Witwe war von ihren Verwandten gezwungen worden, sich mit ihm auf dem Scheiterhaufen verbrennen zu lassen. Obwohl Douglas, als er davon erfuhr, augenblicklich an den Schauplatz geeilt war, war er zu spät gekommen, um die Frau zu retten. Das einzige, was er tun konnte, war, die Hauptanstifter zu verhaften; es waren ihre Söhne, Schwäger und ein Priester. Alle lobten Douglas dafür, wie besonnen und geschickt er diese Situation gemeistert hatte. Sogar der Nawab gratulierte ihm ausdrücklich – obwohl Douglas *diese* Glückwünsche eher kühl aufnahm. Aber der Nawab bemerkte es nicht, oder, falls er es bemerkte, nahm er es sich nicht zu Herzen.

Olivia hatte Douglas noch immer nicht von dem Picknick des Nawab erzählt, noch von seinen späteren Besuchen – der Nawab kam jetzt fast jeden zweiten oder dritten Tag, für gewöhnlich mit allen seinen Begleitern. Nicht, daß sie es Douglas nicht erzählen wollte – natürlich wollte sie das! –, aber er kam immer so spät nach Hause, und dann war er mit seinen eigenen Angelegenheiten beschäftigt, daß sich nie eine Gelegenheit zu finden schien. Eines Tages jedoch zögerte der Nawab seinen Besuch so lange hinaus, bis Douglas nach Hause kam. Er mußte das vorgehabt haben, denn an diesem Tag hatte er alle seine jungen Männer daheim gelassen. Olivia war zwar nervös wegen dieses Zusammentreffens, doch das wäre nicht notwendig gewesen, denn der Nawab verhielt sich dabei mustergültig. Er sprang zum Empfang auf und streckte Douglas die Hand zu einer herzlichen englischen Begrüßung entgegen. Es war, als wäre er der Gastgeber und dies sein Haus, in dem Douglas willkommen zu heißen seine Pflicht wäre. Und sogleich erklärte er den Zweck seines Herfahrens an diesem Tag, nämlich Douglas zu seinem raschen Eingreifen zu gratulieren. Als Douglas, kühl und abweisend, sagte, er wünschte, er wäre rascher gewesen, um vor, anstatt nach dem Vorfall hinzukommen, zuckte der Nawab voller Mitgefühl die Achseln:

»Was kann man da tun, Mr. Rivers. Diese Leute werden es nie lernen. Was wir auch tun, sie werden weiter an ihren barbarischen Sitten festhalten. Aber, Mr. Rivers, wie Sie gelobt werden überall! Von Ihrem Verhalten in dieser traurigen Angelegenheit sind alle einhellig angetan.«

»Sie sind falsch informiert«, sagte Douglas. »Es wird viel gemurrt. Anscheinend werden meine Gefangenen – die Verwandten der unglücklichen Frau – mancherorts als Märtyrer betrachtet. Heute gab es vor dem Gefängnis sogar einen Zwischenfall.« Er warf Olivia rasch einen aufmerksamen Blick zu: »Du brauchst dir keine Sorgen zu machen. Nichts, das wir nicht ohne weiteres im Griff hätten.«

»Selbstverständlich brauchen Sie sich nicht im mindesten zu sorgen, Mrs. Rivers!« versicherte ihr auch der Nawab. »Wo Mr. Rivers ist, ist alles unter Kontrolle, und es wird sofort hart durchgegriffen. Wie es sein muß. Sonst ist mit diesen Leuten nicht fertigzuwerden. Jeder muß Ihnen dankbar sein, Mr. Rivers, für Ihre feste Hand«, sagte er und sah Douglas an, von Mann zu Mann, und schien nicht zu bemerken, daß Douglas seinen Blick nicht auf die gleiche Weise erwiderte.

Sobald Mr. Crawford von seiner Dienstreise zurückkehrte, gab er ein Abendessen, bei dem das Hauptthema wieder die Sati war. Douglas erhielt eine Menge Lob. Obwohl ihn das in Verlegenheit brachte – er fuhrwerkte heftig mit seinem Melba-Toast herum –, war er doch auch stolz, denn er hatte große Achtung vor seinen Vorgesetzten und legte großen Wert auf ihre gute Meinung von ihm. Außer Douglas und Olivia waren die anderen Gäste die Minnies und Dr. Saunders (Mrs. Saunders fühlte sich nicht wohl genug, um mitzukommen), also dieselben Leute wie üblich, da es sonst keine englischen Beamten im Verwaltungsdistrikt gab. Auch das Essen war wie üblich – fad und wäßrig zerkocht, genauso wie es die Crawfords zu Hause gegessen hätten, nur daß ihr indischer Koch es zuwege gebracht hatte, die Mahlzeit noch um einiges mehr zerkochen zu lassen. Die Art, wie sie serviert wurde, von Dienern mit Turban und breiten Schärpen, war allerdings recht großartig. Auch die Platten und das Tafelsilber: Mrs. Crawford hatte sie von ihrer Großmutter geerbt und die hatte sie in Kalkutta gekauft, als der Besitz eines bankrott gegangenen englischen Handelsbankiers versteigert wurde.

Nachdem sie diesen speziellen Fall einer Witwenverbrennung besprochen hatte, setzte die Tischgesellschaft das Gespräch mit Erinnerungen an frühere Vorfälle dieser Art fort. Sie entstammten zwar weniger persönlichen Erfahrungen als einem reichen Vorrat an Erinnerungen, die etliche Generationen zurückreichten und die wahrscheinlich für jene, die diese Erinnerungen teilten, interessant waren. Die einzige Person, außer Olivia, die an diesen Erinnerungen keinen Teil hatte, war Dr. Saunders. Er konzentrierte sich auf sein Abendessen, steuerte zur Unterhaltung allerdings von Zeit zu Zeit entsetzte Ausrufe bei. Die anderen jedoch erzählten ihre Anekdoten ohne jede spürbare innere Beteiligung, obwohl sie von einigen haarsträubenden Begebenheiten berichteten. Und nicht nur blieben sie vollkommen kühl, sondern hatten dazu auch dieses leise tolerante Lächeln, ein Lächeln der Zuneigung, sogar einer gewissen Freude, das Olivia inzwischen schon gut kannte: Wie gute Eltern liebten sie alle Indien, ganz gleich, was es auch Schlimmes aushekken mochte.

»Aber vergessen Sie nicht«, sagte Mr. Minnies, »es *gab* Fälle, in denen die Ehefrau tatsächlich mit ihrem Mann verbrannt werden wollte.«

»Davon glaube ich kein Wort!« kam es von Dr. Saunders.

»Ich nehme nicht an, daß Ihre Sati-Dame eine sehr bereitwillige Teilnehmerin der Zeremonie war«, bemerkte Mr. Crawford und blinzelte Douglas zu.

»Nein«, sagte Douglas und hielt sich sichtlich zurück, mehr dazu zu sagen.

Olivia blickte zu ihm hinüber und sagte: »Wie willst du das wissen?« Es klang herausfordernd, und so hatte sie es auch gemeint. Er hatte mit ihr nicht viel über die Witwenverbrennung geredet, wollte ihr die Einzelheiten ersparen (die wahrhaftig grauenhaft waren – er würde die Schreie dieser Frau bis an sein Lebensende hören). Aber Olivia wollte nicht geschont werden. »Das gehört doch zu ihrer Religion, oder nicht? Ich dachte, da soll man sich nicht einmischen.« Jetzt hielt sie den Blick auf ihre Windsor-Suppe gerichtet und nicht auf Douglas; aber eigensinnig fuhr sie fort: »Und ganz abgesehen von Religion, das ist nun mal ihre Kultur, und wer sind wir, daß wir in die Kultur anderer eingreifen, noch dazu in eine so alte wie die ihre.«

»Kultur!« rief Dr. Saunders. »Sie haben wohl mit diesem Rabauken Horsham geredet!« Olivia wußte davon nichts, aber ihre Worte riefen die Erinnerung an jenen englischen Parlamentarier wach, der im Jahr zuvor durch diesen Verwaltungsdistrikt gekommen war und hier alle enorm aufgebracht hatte.

Aber nur Dr. Saunders und Douglas waren über Olivia verärgert. Die anderen diskutierten ihre Ansicht fairerweise, als wäre sie durchaus ernstzunehmen. Sie sprachen von geheiligten religiösen Gebräuchen, erwogen sogar die Möglichkeit einer freiwilligen Witwenverbrennung: Aber sie kamen zu dem Schluß, daß es, alles in allem genommen, doch Selbstmord war und obendrein eine besonders grausige Form des Selbstmords.

»Ich weiß«, sagte Olivia unglücklich. Es lag ihr ja nichts daran, die Witwenverbrennung zu befürworten, aber weil alle anderen ihrer Sache so sicher waren – tolerant und freundlich lächelnd, aber so *sicher* –, rief das in ihr den Wunsch hervor, einen anderen Standpunkt zu vertreten. »Aber theoretisch betrachtet ist es doch eigentlich eine sehr edelmütige Idee, rein theoretisch gesehen«, verteidigte sie ihre Ansicht. Ohne einen Blick in Douglas' Richtung zu wagen, wußte sie, er saß sehr aufrecht, die dünnen Lippen fest aufeinandergepreßt, mit kaltem, hartem Blick. Verzweifelt sprach sie weiter. »Ich meine, wenn man zugleich mit dem Menschen, der einem am allerwichtigsten ist auf der Welt, gehen will. Wenn man nicht weiterleben will, wenn er nicht mehr lebt.«

»Es ist grausam«, erklärte Dr. Saunders. »Wie alles andere in diesem Land, pure Grausamkeit und Barbarei. Ich habe in meinem Spital einige Dinge gesehen, von denen ich gar nicht sprechen möchte, in Gegenwart von Damen schon gar nicht. Die grauenhaftesten und fürchterlichsten Verstümmelungen – und alle, wohlgemerkt, im Namen der Religion. Wenn das Religion ist, dann bei Gott!« sagte er so laut und nachdrücklich, daß der alte Speisenträger mit dem hennagefärbten Bart am ganzen Leib zu zittern begann, »dann würde ich mich stolz als Atheist bekennen!«

Aber Major Minnies – vielleicht aus Ritterlichkeit – kam Olivia zu Hilfe mit einer Anekdote, die ihren Standpunkt teilweise bestätigte. Es war nichts, das ihm persönlich passiert war, sondern schon hundert Jahre zuvor einem Oberst Sleeman, dem damals der Verwaltungsdistrikt von Jabalpore unterstand. Sleeman hatte versucht, eine Witwe davon abzuhalten, sich verbrennen zu lassen, war aber an ihrer Entschlossenheit gescheitert, zusammen mit dem Leichnam ihres Mannes verbrannt zu werden.

»Das war wirklich ein freiwilliges Witwenopfer«, erklärte Major Minnies Olivia. »Ihre Söhne und ihre übrige Familie versuchten gemeinsam mit Oberst Sleeman, sie davon abzuhalten, aber es nützte nichts. Sie war fest entschlossen. Vier Tage saß sie auf einem Felsen im Fluß und erklärte, wenn man ihr nicht erlaube, sich verbrennen zu lassen, dann werde sie sich zu Tode hungern. Auf keinen Fall werde sie allein zurückbleiben. Letzten Endes mußte Sleeman nachgeben – ja, diese Runde verlor er, aber eines kann ich Ihnen sagen – er spricht mit Hochachtung von der alten Dame. Sie war keine Fanatikerin, sie machte nicht einmal ein besonderes Drama daraus, sie blieb ganz einfach ruhig dort sitzen und wartete und sagte nein, sie wolle mit ihrem Ehemann gemeinsam gehen. Das jedenfalls hatte etwas Edelmütiges«, sagte der Major, und er war jetzt nicht nachsichtig und nicht amüsiert, ganz und gar nicht.

»Zu edelmütig für mich, fürchte ich«, sagte Beth Crawford – als Gastgeberin hatte sie wohl das Gefühl, es sei an der Zeit, einen anderen Ton anzuschlagen. »So gern ich dich habe, lieber Mann«, sagte sie quer über den Tisch zu ihrem Mann, »ich glaube wirklich nicht, ich könnte –«

»Oh, ich schon!« rief Olivia mit solcher Inbrunst, daß alle verstummten und sie ansahen. Auch Douglas sah zu ihr hin – und diesmal wagte sie, die Augen auf ihn zu richten, selbst wenn er böse auf sie war. »Ich würde es wollen. Ich meine, ich würde nicht weiterleben wollen. Ich wäre *dankbar* für eine solche Sitte.«

Ihre Blicke begegneten sich über den Tisch hinweg. Sie sah, wie die Härte seines Blicks sich in Zärtlichkeit verwandelte. Und sie empfand für ihn ebenso. Ihr Gefühl gewann eine solche Gewalt über sie, daß sie ihm nicht länger in die Augen blicken konnte. Sie sah auf ihren Teller und begann an dem harten Stück Hühnerfleisch in dicker Mehlsauce herumzuschneiden, das jetzt statt dem harten Stück gebratenen Fisches des vorhergehenden Ganges auf dem Teller lag; und sie dachte, daß eigentlich alles leicht zu ertragen wäre, solange sie und Douglas so füreinander empfanden.

30. März: Ich mußte auf die Post gehen, daher wartete ich wie üblich nachher auf Inder Lal, um mit ihm nach Hause zu gehen. Wir waren bis zu den Fürstengräbern gekommen – nicht weit von dem Teich und von Majis Hütte –, als wir aus einem der Gräber sonderbare Töne hörten. Sie klangen wie Gestöhn. Inder Lal sagte: »Es ist besser, nach Hause zu gehen.« Aber als wir zum nächsten Grabmal kamen – es stehen dort etliche nahe beieinander, alle von einer Fürstenfamilie aus dem 14. Jahrhundert –, hörten wir hinter uns wieder den gleichen Ton. Es *war* ein Stöhnen. Trotz Inder Lals Protest ging ich zurück, um festzustellen, was es war. Ich stieg die Stufen hinauf; obwohl diese Grabstätten keine Seitenmauern haben, sondern von Torbögen und Gittern umschlossen sind, ist es innen sehr dunkel. Zuerst konnte ich nichts weiter erkennen als die undeutliche Masse von Sarkophagen in der Mitte. Als sich aber das Gestöhn wiederholte, bemerkte ich, daß es von einer in einer Ecke hockenden Gestalt herrührte, einer menschlichen Gestalt, in etwas Orangefarbenes gehüllt. Ich ging näher hin – Inder Lal rief von draußen eine Warnung – und bückte mich, um den Stöhnenden deutlicher zu sehen. Ich erkannte ihn als den weißen Sadhu, den wandernden Asketen Chid, dem ich seinerzeit vor dem Gästehaus begegnet war.

Er hatte all seinen Besitz bei sich – ein Bündel, einen Schirm, die Gebetsschnur und eine Bettelschale –, alles rund um ihn verstreut, er selbst lag gegen einen vergitterten Torbogen gelehnt. Auch ein paar Stücke trockenen Gebäcks lagen auf einer Zeitung. Er sagte, er wisse nicht, wie lange er schon hier gelegen habe; manchmal war es dunkel und manchmal noch dunkler, sagte er. Er war aus dem Gästehaus herausgeworfen worden, als seine beiden Gefährten weiterzogen. Danach hatte er versucht, seine Pilgerreise fortzusetzen, da er sich aber sehr krank fühlte, hatte er sich nach Satipur zurückgeschleppt. Er sagte, er sei noch immer sehr krank. Er hatte allein hier gelegen, und er war von niemandem belästigt worden, weil ihn niemand gefunden hatte, außer einem streunenden Hund, der ihn beschnüffelt hatte und dann wieder verschwunden war.

Inder Lal, der in vorsichtiger Entfernung unter einem Torbogen stand, warnte mich: »Seien Sie vorsichtig!«

»Keine Angst«, sagte ich. »Es ist jemand, den ich kenne.« Ich fühlte Chid die Stirn, sie war heiß.

Er stöhnte: »Ich habe Durst... und Hunger«, setzte er hinzu und klopfte sich fest auf den Bauch wie ein indischer Bettler, so daß man hörte, wie leer er klang.

Jetzt kam Inder Lal vorsichtig näher und sah auf Chid hinunter: »Wieso ist er so gekleidet?« fragte er.

»Er ist ein Sadhu«, erklärte ich ihm.

»Wie kann *er* ein Sadhu sein?«

»Er hat die Hindu-Religion studiert.«

Es war schrecklich in dem Grab – es roch scharf nach Fledermauskot, und ich nehme an, daß auch Chid so respektlos gewesen war, die Grabstätte als Abtritt zu benützen. Ich fragte mich, was man mit ihm tun sollte: Hier konnte man ihn nicht lassen, aber wohin sollte ich ihn bringen?

»Was hat er studiert?« fragte Inder Lal, der sich auf einmal sehr interessiert zeigte. »Was haben Sie studiert?« wollte er von Chid wissen. »Kennen Sie die Puranas? Und was wissen Sie von den Brahmanen?«

Chid hörte diese Fragen gar nicht. Er sah mich mit fiebrigen, flehenden Augen an. »Wohnst du in der Nähe?« fragte er mich. »Ich könnte gehen, wenn es *sehr* nahe ist.«

Mir widerstrebte es eher, aber Inder Lal schien die Vorstellung, Chid mit nach Hause zu nehmen, zu gefallen.

10. April: Obwohl Chid sich nach ein paar Tagen von seinem Fieber erholt hatte, machte er keinerlei Anstalten, wieder auszuziehen. Ich vermute, es ist für ihn erholsam in meinem Zimmer nach dem Herumreisen quer durch Indien. Für mich allerdings ist es nicht sehr erholsam. Ich mußte alle meine Papiere wegschließen – Olivias Briefe und dieses Tagebuch – nicht, weil ich etwas dagegen habe, daß er sie liest (ich glaube auch nicht, daß ihn das besonders interessieren würde), aber wegen der Art und Weise, wie er sie durchblättert und sie dann herumgestreut und voller schmutziger Fingerabdrücke liegen läßt. Diese Fingerabdrücke sind inzwischen überall in meinem Zimmer. Er macht kein Geheimnis daraus, daß er alle meine Sachen durchstöbert und sich nimmt, was er braucht. Er hat mir ganz eindeutig erklärt, daß er nichts von Eigentum hält und der Ansicht ist, daß es schlecht für die Menschen ist, sich daran zu klammern. Er ist auch eigentlich nicht sehr anspruchsvoll – er ißt, was ich zubereite, und ist mit allem zufrieden, was man ihm gibt. Er verbringt viel Zeit damit, in der Stadt herumzuwandern, und ist inzwischen eine so bekannte Erscheinung geworden, daß sogar die Kinder es müde geworden sind, hinter ihm herzurennen. Ein paar Ladenbesitzer erlauben ihm, sich zu ihnen in ihre Läden zu setzen, und gelegentlich versammelt er eine ziemlich große Menschenmenge um sich, wenn er im Türkensitz dort sitzt und seine Philosophie verbreitet.

Alle betrachten es als eine Auszeichnung für mich, ihn bei mir im Zimmer zu haben. Anscheinend hat sich mir eine hervorragende Gelegenheit geboten, als verdienstvolles Wesen angesehen zu werden, indem ich einem heiligen Mann in Barmherzigkeit diene. Die Frage, ob Chid heilig ist, bleibe dahingestellt, aber was die Meinung der Stadt betrifft, so hat er einen vielversprechenden ersten Schritt getan, indem er seinen Kopf geschoren und seine Kleider weggeworfen hat. Dafür scheinen sie ihm vieles nachzusehen. Ich habe erlebt, daß sie sich bei indischen heiligen Männern ebenso verhalten, die oft durch die Stadt kommen in ihren ockerfarbenen Gewändern, mit Gebetsschnüren und Bettelschalen. Im großen und ganzen wirken sie auf mich wie eine Schar kräftiger Gauner – manche von ihnen stehen unter Drogen, andere benehmen sich unglaublich unverschämt, alle scheinen mir verschlagene und gierige Gesichter zu haben. Aber wenn sie durch die Straßen ziehen, manche halb, manche ganz nackt, mit ihren Pilgerstäben auf den Boden klopfen und den Namen Gottes ausrufen wie Händler ihre Waren, kommen die Leute aus den Häusern gelaufen und legen ihre Gaben in die bereitstehenden Bettelschalen. Auch Chid hat eine Bettelschale, und oft legen ihm die Leute etwas hinein – eine Banane oder eine Guave –, die er dann allein in einer Ecke meines Zimmers aufißt und die Schale auf dem Boden liegen läßt. Wenn ich ihm sage, er soll sie aufheben, tut er das ganz brav und bescheiden.

Inder Lal ist von Chid tief beeindruckt. Sobald er vom Büro nach Hause kommt, steigt er die Treppe in mein Zimmer herauf und sitzt stundenlang da und hört Chid zu. Chid erzählt ihm von den Energiezentren im Körper und den Methoden, die man anwenden muß, um ihre Energien freizusetzen. Er zeigt auf seine Schädeldecke, und dann wieder verrenkt er sich, wie um am unteren Ende seiner Wirbelsäule in sich selbst hineinzukriechen. Dann wieder fuchtelt er mit den Händen in der Luft herum, als holte er auf diese Weise irgendwelche spirituellen Kräfte herab, die dort zu finden wären. Mich langweilt das alles sehr. Mir scheint, Chid hat hier und da und dort Brocken von frommen Sprüchen und religiösen Überlieferungen aufgeschnappt, und da er weder besonders intelligent noch besonders gebildet ist, hat sich das in ihm zu einem Gebräu vermischt, so daß er ein bißchen verrückt wirkt. Vielleicht ist er ein bißchen verrückt.

Ich weiß noch immer nichts über ihn. Manchmal erzählt er mir von sich, aber es ist immer etwas anderes, und es ist unmöglich, alles miteinander in Einklang zu bringen. Wie dem auch sei, da es sich dabei meistens um die Entwicklung seines spirituellen Lebens handelt, sind das alles eher abstrakte als persönliche Dinge. Inder Lal erklärt mir, das sei ganz richtig so, weil Chid keine persönliche Vergangenheit habe. Wenn jemand ein Hindu-Asket werde, verbrenne sein ganzes früheres Leben – ja, seine früheren Leben – alles, was er je gedacht, getan, gehabt habe oder gewesen sei, verbrenne in des Wortes wahrster Bedeutung, denn es wird ein Scheiterhaufen errichtet, und die Kleider und das abgeschorene Haar des künftigen Asketen werden in einer symbolischen Verbrennung von den Flammen verzehrt. Chid hat sich dieser Zeremonie unterworfen, daher ist er, laut Inder Lal, nichts anderes als der Hindu-Sadhu, den wir vor uns haben. Er hat jedoch seinen breiten Akzent aus den »Midlands« beibehalten, wodurch alles, was er sagt, noch sonderbarer klingt.

Er hat immer Hunger, und nicht nur auf Essen. Er hat auch ein großes Bedürfnis nach Sex und scheint es als selbstverständlich zu betrachten, von mir Sex ebenso zu bekommen, wie er mein Essen von mir bekommt. Ich habe noch nie so sehr das Gefühl gehabt, benützt zu werden. Er gibt sogar ganz eindeutig zu, genau das zu tun – mich benützen, um eine höhere Bewußtseinsebene zu erlangen durch die Kräfte des Geschlechtstriebs, die zwischen uns entstehen. Ich weiß wirklich nicht, warum ich ihm das durchgehen lasse. Ich bin viel größer und stärker als er, und es wäre ein leichtes für mich, ihn mir vom Leibe zu halten. Aber es scheint, als gäbe es da wirklich irgendeine Ausstrahlung, irgendwelche Kräfte außerhalb von ihm. Denn er selbst ist ganz geschlechtslos: Seine Wangen sind glatt bis auf ein paar einzelne blonde Haarbüschel, und er ist entsetzlich mager wie ein Junge, der eben vom Krankenlager aufgestanden ist. Aber er hat ständig Erektionen bis zu einer enormen Größe, so daß er mich an den Gott Schiwa erinnert, dessen riesiges Glied von frommen Hindufrauen angebetet wird. Bei diesen Gelegenheiten scheint es mir, als würde sein Geschlechtstrieb durch seine spirituellen Übungen hervorgerufen, wenn er, die Gebetsschnur in der Hand, auf dem Fußboden in meinem Zimmer sitzt und seine ewigen Mantras herunterleiert.

15. April: Charakteristisch für die Art und Weise, wie in Indien alles durcheinandergerät, ist die Geschichte von Baba Firdaus' Schrein. Wie der Nawab Olivia erklärt hatte, war der Schrein ursprünglich von seinem Vorfahren Amanullah Khan errichtet worden, als Dank an einen Moslem-Fakir, der ihm Unterschlupf gewährt hatte. Heutzutage ist er Hindufrauen heilig, weil sie glauben, daß an diesem Schrein dargebrachte Opfergaben Kinderlosigkeit heilen. Aber er ist ihnen nur an einem Tag im Jahr heilig. Als Grund dafür gibt es die verschiedensten Erklärungen. Manche glauben an die Geschichte einer kinderlosen Frau, die aus dem Haus ihres Ehemannes vertrieben wurde, damit er wieder heiraten konnte. Am Tag seiner zweiten Eheschließung kam sie in den Hain von Baba Firdaus, um ihre Schande und ihren Kummer zu verbergen. Dort hatte sie eine Vision, daß sie neun Monate nach diesem Tag ein Kind gebären würde; und so geschah es auch. Der Tag dieses Festes heißt *Pati ki Shadi* oder Hochzeitstag des Ehemannes. Aber es gibt, wie gesagt, noch eine Reihe von anderen Interpretationen, die alle stark voneinander abweichen, einander sogar widersprechen.

Gestern war der Hochzeitstag des Ehemannes, und ich begleitete Inder Lals Mutter und ihre Freundinnen zu diesem Wallfahrtsort. Wir fuhren in einem Bus, der vollgestopft war mit Frauen, die alle das gleiche Ziel hatten. Die meisten waren älter, und der Zweck ihrer Wallfahrt war, ebenso wie unserer, einen vergnüglichen Ausflug zu machen. Alle hatten eine Menge Essen mitgebracht, das unter vielen Scherzen verteilt wurde. Einige hatten ihre unfruchtbaren Schwiegertöchter mitgebracht, aber die blieben stumm im Hintergrund. Ritu, die genügend Kinder hatte, war zu Hause gelassen worden.

Ich hatte schon seit einiger Zeit Baba Firdaus' Hain sehen wollen, aber gestern habe ich nicht viel davon zu sehen bekommen. Er sah ganz und gar nicht so aus, wie ich mir den vom Nawab bevorzugten Picknickplatz vorgestellt hatte! Es gab dort einen kleinen Rummelplatz mit klapprigen Karussells und einem hölzernen, sich drehenden Glücksrad und reihenweise Karren, von denen fliegenübersäte Lebensmittel verkauft wurden. Aus einem an einem Baum angebrachten Lautsprecher dröhnten fromme Lieder. Ich konnte Baba Firdaus' Schrein nicht einmal sehen, weil sich davor eine dichte Menschenmasse zusammendrängte; alle versuchten, in seine Nähe zu kommen. Auch wir gesellten uns dazu und schoben uns in die gleiche Richtung. Als wir endlich, schwitzend und stoßend in dem Gedränge, hingelangten, war es unmöglich, noch einen anderen Gedanken im Kopf zu haben, als mitzumachen bei allem, was da geschah. Mir wurde nie klar, was das eigentlich war. Ein Priester saß dort und nahm die Opfergaben entgegen. Einige der Frauen – alte, sie konnten also nicht den speziellen Segen dieser Stätte erflehen – wurden sehr demütig und riefen den Namen Gottes wie unter Schmerzen, und manche versuchten, sich zu Boden zu werfen, obwohl das schwierig war, weil gar kein Platz dazu war. Ich wußte nicht, was ich hätte tun sollen, jedenfalls aber schien es zu genügen, nur dort gewesen zu sein.

Unsere kleine Gruppe fand einen Platz unter einem Baum, wo wir uns alle im Kreis setzten und aßen und tranken, wie wir es die ganze Zeit getan hatten, seit wir von zu Hause weggefahren waren. Eine der alten Damen hatte eine Geschichte zu erzählen von einer jungen Frau, der geraten worden war, eine Operation an den Eileitern vornehmen zu lassen; sie war aber statt dessen von ihrer

Schwiegermutter hierher gebracht worden, wonach es zur Empfängnis gekommen war. (Die Geschichte hatte übrigens ein böses Ende genommen – der Ehemann dieser Frau war von einer anderen Frau verhext worden, und das hatte ihn dazu gebracht, seine eigene Frau und ihr neugeborenes Kind aus dem Haus zu jagen.) Es wurden noch mehr Geschichten erzählt, und ich hörte ihnen gerne zu, ebenso wie ich gerne mit meinen Freundinnen dort inmitten dieses feiertäglichen Treibens saß. Ich fühlte mich dazugehörig – als Teil davon, so wie ich mich als Teil der in dem Schrein zusammengedrängten anbetenden Menschenmenge gefühlt hatte.

Meine Freundinnen wandten sich an mich: »Und du? Wie ist es mit dir? Worum hast du gebetet?« Sie neckten mich und lachten. Ich sagte, sie hätten mich zum falschen Schrein gebracht – sie hätten mich zuerst einmal zu einem bringen müssen, wo nicht Kinder, sondern ein Mann zu bekommen wäre. Wieder wurde gelacht – aber eigentlich meinten sie es ernst (das war ein sehr ernstes Thema), und vielleicht kamen auch mir andere Gedanken als sonst.

1923

Der Hochzeitstag des Ehemanns war immer eine schwierige Zeit für Major Minnies. Da der Schrein des Baba Firdaus im Staat des Nawab lag, gab es nicht viel, was Major Minnies tun konnte, außer Ratschläge erteilen. Und das tat er, mehr und mehr, je näher der Tag kam, und er ließ sich auch nicht davon abbringen, wenn der Nawab ihn auslachte und sagte: »Aber selbstverständlich, mein lieber Major, selbstverständlich, es wird genauso geschehen, wie Sie es sagen, aber wozu machen Sie sich Sorgen.« Doch der Major machte sich Sorgen, und nicht unbegründet.

Damals hatte Khatm noch einen starken islamischen Bevölkerungsanteil (das änderte sich 1947, als die Moslems entweder umgebracht wurden oder nach Pakistan emigrierten). Der Nawab selbst war Moslem und ebenso fast die Hälfte seiner Untertanen. Vielen von ihnen paßte es gar nicht, als der Schrein Baba Firdaus' von den gläubigen Hindus übernommen wurde, und es gelang ihnen stets, an diesen Tagen Unruhe zu stiften. Der Aufruhr fand nicht notwendigerweise bei dem Schrein selbst statt – zwei rivalisierende Gruppen konnten ebensogut im Basar wegen irgendeiner Kleinigkeit wie einer Spielschuld aneinandergeraten, und ehe man sich's versah, hatten die Leidenschaften einen entsetzlichen Höhepunkt erreicht, wie dies nur unter dem Einfluß religiöser Ressentiments geschehen kann. Es half nichts, daß an diesem Tag die sommerliche Hitze eben richtig einsetzte (später, als es noch heißer wurde und ein endloser Hitzetag auf den anderen folgte, waren alle viel zu erschöpft für heftige Gemütsbewegungen). Daher war die Lage, je näher der Tag kam, um so spannungsgeladener, und der Major sagte: »Vorsicht! Vorsicht!«, und der Nawab lachte ihn gutmütig aus.

Und prompt gab es in diesem ersten Sommer Olivias am Hochzeitstag des Ehemanns in Khatm einen Aufruhr. Nicht daß Olivia in ihrem Bungalow hinter den herabgelassenen Jalousien in den »Civil Lines« viel davon bemerkte. Und doch, selbst in ihr hübsches gelbes Wohnzimmer, wo sie am Klavier saß und Schumann spielte, drang eine gewisse Unruhe. Alles mußte fest verschlossen bleiben, weil draußen ein Sandsturm blies. Olivia konnte sich nicht lange auf Schumann konzentrieren. Sie mußte immer wieder an Douglas denken: Er hatte versucht, sich nichts anmerken zu lassen, aber sie wußte, er war seit Tagen besorgt. Satipur war der Nachbarstaat von Khatm, und religiöse Unruhen unter Bevölkerungsgruppen neigten dazu, sich wie ein Waldbrand auszubreiten. Auch die Diener waren unruhig. Sie stritten viel untereinander, und einer von ihnen betrank sich und geriet mit einem anderen in Streit wegen einer Frau.

Später am Vormittag kamen Mrs. Crawford und Mrs. Minnies zu Besuch. Sie wollten sie beruhigen. Sie erzählten ihr, man brauche sich in Satipur überhaupt keine Sorgen zu machen, wo Mr. Crawford und Douglas alle Vorsichtsmaßnahmen getroffen hatten. *Hier* herrschte die nötige Wachsamkeit, wenn nur ähnliche Versuche in Khatm unternommen worden wären, wie Major Minnies den Nawab gebeten, angefleht hatte...

»Aber voriges Jahr war es genauso«, sagte Mrs. Minnies. »Arthur hatte ihn gewarnt, er hatte es ihm immer wieder gesagt... Zwölf Tote und fünfundsiebzig Verwundete. Der ganze Stoffbasar ist ausgebrannt – ich habe ihn eine Woche später gesehen, und da hat es noch immer gequalmt. Arthur sagt, dieses Jahr wird es womöglich noch schlimmer.«

»Es ist verbrecherisch«, sagte Mrs. Crawford aus vollem Herzen. »Dabei könnte er das mit Leichtigkeit verhindern, wenn er wollte –«

»Der Nawab?« fragte Olivia. »Aber natürlich würde er es wollen!«

»Vergessen Sie nicht, daß auch er Mohammedaner ist«, erklärte sie ihr.

»Ja, aber er ist doch nicht so; kein Fanatiker, um Gottes willen.« Sie lachte über die Vorstellung. Aber die Gesichter der beiden anderen blieben düster. Sie versuchte sie zu überzeugen: »Er ist doch ein ganz moderner Mensch. Er – er ist genau – fast genau wie einer von uns in dieser Hinsicht. Ich meine, er ist überhaupt nicht abergläubisch oder bigott. Er ist vollkommen *aufgeklärt.*«

»Glauben Sie das wirklich?« fragte Mrs. Crawford kühl.

»Dessen bin ich ganz sicher. Ich habe gehört, wie er über die Witwenverbrennung spricht, da redet er genauso wie ein Engländer. Er fand es ganz abscheulich. Barbarisch, sagte er.«

»Klar, daß er das sagt. Die Witwenverbrennung ist eine Hindu-Sitte. Es ist ganz anders, wenn es sich um etwas Mohammedanisches handelt. Dann ist es etwas anderes.«

Olivia glaubte ihnen nicht. Natürlich konnte sie nicht widersprechen oder sich in eine Debatte mit ihnen einlassen. Das war immer das Ärgerliche: sie konnte es nie, sie hatte kein Recht, irgend etwas zu sagen, weil die anderen alles über Indien wußten, und sie wußte nichts. Und doch hatte sie das Empfinden, daß sie diejenige war, die den Nawab kannte, und nicht die anderen. Für die war er nur ein Mensch, mit dem man offiziell zu tun hatte, ein indischer Herrscher, aber für sie war er – ja, ein Freund. Wirklich, das war er.

Sie meinte erst, daß sie froh sei, als die beiden gingen, aber eigentlich war sie unruhiger als zuvor. Das war ihre

Schuld, weil sie mit solchen Geschichten gekommen waren und ihr Angst machten; und so über den Nawab redeten. Sie ging im Wohnzimmer auf und ab, zupfte nervös an den Blumen herum (zu dieser Jahreszeit gab es nur den schwer nach Mandeln duftenden Oleander und Jasmin – betäubende Gerüche). Schumann war unmöglich. Sie machte das Klavier zu. Sie fing an, an Marcia zu schreiben, aber Marcia war in Paris, und es war unmöglich, ihr von hier aus irgend etwas *klar* zu machen.

Sie hörte das Geräusch eines Autos. Der Nawab! Ihr Herz klopfte – sie wußte gar nicht, mit welch starkem Empfinden. Sie öffnete die Tür, die auf die Veranda führte, und überraschte dort die Diener, die mit zusammengesteckten Köpfen dicht beieinander hockten. Als sie sie sahen, sprangen sie auf die Füße. Olivia hatte sofort die Augen und die Nase voller Staub und bekam ihn zwischen die Zähne; er wehte in Stößen ins Zimmer. »Ich bin's!« rief eine Stimme aus dem Auto. Es war nicht der Nawab, sondern Harry.

Er eilte mit ihr hinein, und die Tür wurde rasch wieder geschlossen. Aber schon in diesem einen Augenblick hatte sich der Wüstenstaub in einer dicken Schicht auf das Klavier und die gelbe Seide ihrer Polstersessel gelegt.

»Sind Sie allein?« fragte sie.

Er nickte. Er schien sehr froh zu sein, daß er hier war, und saß mit zurückgelegtem Kopf und geschlossenen Augen da.

»Ich *mußte* kommen«, sagte er. »Es war zu –«

Er hielt inne, als zwei Diener hereinkamen. Sie schlugen heftig auf die Möbel, um den Staub herauszubekommen. Harry und Olivia schwiegen und warteten, bis die Diener wieder hinausgingen. Doch dann schien Harry es sich anders überlegt zu haben. Er bemühte sich jetzt um einen leichten Ton und sagte statt dessen: »Ich war schon ganz verschmachtet nach der Oase.«

»Was ist los in Khatm?« Er antwortete nicht, sondern schloß wieder die Augen. Sie sagte: »Ich höre, es gibt dort irgendwelche – Unruhen?« Sie gab nicht nach. »Was ist da los? Erzählen Sie. Nein, wirklich, Sie müssen es mir sagen.«

Nach einer Pause sagte er jammernd: »Wie soll ich das

wissen? Schließlich wohne ich im Palast, und dort passiert ja schließlich nichts Derartiges.«

»*Was* Derartiges?«

»Wie soll ich denn das wissen?« wiederholte er. »Ich blieb gestern und heute vormittag die ganze Zeit nur in meinem Zimmer. Was kann man denn sonst schon tun bei dieser entsetzlichen Hitze? Haben Sie überhaupt gesehen, wie das ist? Haben Sie hinausgeschaut? Wenn diese Sandstürme einmal anfangen, dann hören sie überhaupt nicht mehr auf. Kein Wunder, daß alle verrückt werden.« Eine Weile schwieg er, als fürchtete er, schon zuviel gesagt zu haben. Aber im nächsten Augenblick sprach er doch weiter: »Ich werde selber schon fast verrückt. Eingesperrt in diesem Zimmer und die Vorstellung, was da draußen passiert. Fragen Sie mich nicht, was! Ich würde es gar nicht wissen. Es war voriges Jahr das gleiche, und im Jahr davor ebenfalls. Aber dieses Jahr wußte ich, Gott sei Dank, wo ich hinkonnte. Als ich ihn um einen Wagen bat, der mich herbringen könnte, sagte er: ›Aber gewiß doch, gewiß, mein Lieber.‹ Obwohl er so... beschäftigt war, hatte er doch noch Zeit, die Dinge für mich zu regeln. Er sagte dem Chauffeur, welche Strecke er fahren solle, damit wir nicht irgendwo hineingerieten. Und das sind wir ja auch nicht. Nur Geschrei aus der Gegend des Basars, aber das braucht ja schließlich weiter nichts Besonderes zu sein, nicht wahr? Als ich ihn fragte, ob ich in dem Auto sicher sei, hat er gesagt: ›Was, in *meinem* Auto?‹ Er fand das ungeheuer komisch. Olivia, spielen Sie was, irgend etwas.«

Sie setzte sich ans Klavier, und als sie anfing, wieder Schumann zu spielen, sagte er: »Wunderbar«, wie jemand, dem man etwas Erfrischendes zu trinken gegeben hat. Aber nach einer Weile spürte sie, daß er nicht mehr zuhörte. Sie ließ die Hände von den Tasten in den Schoß gleiten. Er bemerkte nicht einmal, daß sie aufgehört hatte.

»Wenn ich mir das so überlege«, sagte er, »ist es fast noch schlimmer *im* Palast. Wegen dieser ganzen Leute, die ständig kommen und gehen, lauter kleine miese Schurken, Leute, die man sonst nie sieht im Palast. Aber jetzt gehen sie dort aus und ein, als wären sie da zu Hause, gehen sofort zu ihm hinein, als wäre das ihr gutes Recht. Und er ist so erpicht darauf, daß sie kommen, und zu hören, was sie ihm zu erzählen haben, und wenn es ihm gefällt, umarmt er sie, als wären sie seine Brüder. Sie sollten sie sehen, was für Typen ... Ist da wer draußen?«

»Ich glaube die Diener.«

Sie schaute durch die Scheibe, und richtig, da hockten sie beisammen wie zuvor. Sie spürten instinktiv, daß sie beobachtet wurden, standen auf und gingen auseinander. Olivia kam zurück und setzte sich dicht neben Harry, damit er leiser sprechen konnte:

»Und *er* ist sonderbar. Nie sonst ist er so, außer in diesen Tagen. Er ist fürchterlich aufgeregt und anscheinend unfähig, ruhig zu bleiben; ständig wartet er, ich weiß nicht, worauf. Seine Augen glühen, sie glühen wirklich. Und über alles und jedes bricht er in Gelächter aus. Er wiegt sich auf den Fersen, wenn er lacht.« Harry schloß die Augen: »Er sieht umwerfend gut aus.« Er sagte das nicht mit Freude, sondern als strenge es ihn bis zur Erschöpfung an.

Obwohl Douglas an diesem Abend sehr spät nach Hause kam, war Harry noch immer da. Wenn Douglas Harry auch nicht mochte – und Olivia wußte, er mochte ihn nicht –, ließ er sich das doch nicht anmerken, im Gegenteil, er schien froh zu sein, daß er gekommen war. Er wollte nichts davon wissen, daß Harry noch in der gleichen Nacht zurückfuhr, sondern trug dem Chauffeur des Nawab auf, den Wagen ohne ihn nach Khatm zurückzubringen. Harry schien erleichtert zu sein, auch darüber, sich zum Abendessen mit den beiden an den Tisch zu setzen, den Olivia immer so hübsch herrichtete mit Kerzen und Blumen.

Harry blieb über Nacht und auch den nächsten und übernächsten Tag. Er und Olivia leisteten einander auf höchst angenehme Weise Gesellschaft. Sie kümmerten sich nicht um den Sandsturm, der draußen wehte, sondern verschlossen einfach alle Türen und Fenster und verkrochen sich in den gelben Polstersesseln. Olivia spielte Auszüge aus dem ›Bajazzo‹, und Harry sang mit übertriebener Stimme dazu, die Hand aufs Herz gelegt.

Sie merkten gar nicht, daß Mrs. Crawford hereinkam, die, als sie es dann doch bemerkten, es nicht zuließ, daß sie aufhörten, sondern selbst mit ihrer schönen Altstimme einfiel. »Das ist ein Heidenspaß«, sagte sie und lachte, gute Kumpanin, die sie war.

Sie war gekommen, um über Simla zu reden. Sie sagte, sie wolle Olivia nicht drängen, aber sie habe das Gefühl, daß Olivia nicht recht begreife – und dabei wandte sie sich Harry zu, als wollte sie ihn um seine Unterstützung bitten.

Und die bekam sie: »Sie sollten im Sommer nicht hierbleiben, Olivia. Es ist unerträglich.«

»Wenn *Sie* es ertragen können –«

»Wer sagt, daß ich es tue.«

Aber dann wurde er verlegen wie jemand, der mehr von seinen Gefühlen gezeigt hat, als schicklich ist. Er versuchte mit einem Lachen darüber hinwegzugehen. »Natürlich werden tausend Pläne für eine sofortige Abreise nach Mussoorie geschmiedet. Wir haben sogar schon ein paarmal ein- und ausgepackt.« Er lachte wieder, aber mit einem nervösen Zittern in der Stimme. »Genau dasselbe ist voriges Jahr passiert und vorvoriges Jahr... letzten Endes sind wir dann nie weggefahren. Die Begum mag nicht, deshalb schiebt sie es immer wieder auf. Entweder fühlt sie sich nicht wohl, oder die Sterne stehen nicht gut für eine Reise, oder eine Eule hat im falschen Augenblick geschrien – es ist immer irgend etwas und immer im letzten Augenblick, wenn wir fix und fertig gepackt haben und reisefertig sind. Ich habe mich inzwischen daran gewöhnt. Einmal sind wir tatsächlich weggefahren, in meinem ersten Jahr hier. Er hat ein prachtvolles Haus dort oben – es ist ein Schweizer Chalet mit einem Hauch von einer gotischen Kathedrale, wirklich ungeheuer eindrucksvoll. Ebenso wie die Aussicht. Man sieht direkt auf den – wie heißt dieser Berg, wo angeblich Schiwa mitten im ewigen Schnee sitzt? Nicht daß mir viel Zeit blieb, es zu genießen. Man fand eine tote Fledermaus – ausgerechnet im Schlafzimmer der Begum, und das ist natürlich ein schreckliches Omen; also mußten wir wieder einpacken und sofort nach Hause zurückfahren, und sobald wir hier ankamen, mußten ungefähr drei Wochen lang ununterbrochen alle möglichen Zeremonien abgehalten werden.« Unvermittelt wandte er sich an Mrs. Crawford und sagte hastig: »Mutter schreibt mir ständig, daß ich kommen soll – es geht ihr nicht gut, und ich mache mir Sorgen um sie. Sie lebt allein in ihrer Wohnung, wissen Sie, und es sind jetzt drei Jahre.«

»Das ist wirklich lange«, sagte Mrs. Crawford.

»Es sollte nur für sechs Monate sein, aber wann immer ich etwas sage von Nachhausefahren – wegen Mutter, hauptsächlich –, dann mag er das gar nicht. Es ist ihm furchtbar, wenn Menschen von ihm weggehen.« Dann sagte er: »Das hängt damit zusammen, daß er schrecklich an seinen Freunden hängt, das ist der Grund, weshalb er so... *liebevoll* ist. Warmherzig. Er hat ein warmes Herz.« Er blickte zu Boden.

Nach einer Weile sagte Mrs. Crawford mit ihrer hellen, praktischen Stimme: »Kennen Sie die Ross-Milbanks? Er war der Distriktkommissar in Cawnpore. Sie gehen jetzt auf Heimaturlaub – fahren hinunter nach Bombay, um die Peninsula- & Oriental-Linie zu nehmen, die Maloja, glaube ich, am vierten. Sie wollen ein paar Tage bei uns bleiben. Wir freuen uns schon sehr darauf. Das ist eine der wirklichen Freuden hier in Indien, daß Menschen von überall her auf Besuch vorbeikommen.«

Er sagte: »Aber diese Schiffe von der P & O, sind die nicht immer ausgebucht, vollständig? Schon Monate im voraus?«

»Ach, eine Einzelkabine«, sagte Mrs. Crawford. »Und man könnte ja immer noch ein Telegramm an die Gibbons in Bombay schicken...«

»Wirklich?« fragte Harry – so voll freudiger Hoffnung, daß sie lächelte: »Wirklich und wahrhaftig«, versprach sie ihm.

In dieser Nacht, als sie miteinander unter ihrem Moskitonetz im Bett lagen, fragte Olivia Douglas: »Wenn er aber doch der Gast des Nawab ist?«

»Na und?«

»Aber der Nawab hat ihm die Reise gezahlt. Und er hat ihm doch ein fabelhaft luxuriöses Leben geboten die ganze Zeit. Ich kann mir nicht vorstellen, daß er jetzt einfach ... ihm jetzt einfach davonläuft.« Und sie setzte dazu: »Mit Mrs. Crawfords Freunden.«

»Aber er *will* doch weg, Liebes.«

»Manchmal will er, und manchmal will er nicht.«

»Das ist mir zu kompliziert. Jedenfalls sollte er wollen.«

»Stört es dich, daß er hier ist?«

»Im Gegenteil. Ich bin froh, daß er hier ist. Besser als wenn er drüben wäre.«

»Aber der Nawab ist so nett zu ihm gewesen. Furchtbar nett.«

»Ich werde morgen jemanden nach seinem Gepäck hinüberschicken.«

»Meinst du *wirklich*, Douglas, Lieber?«

Aber am nächsten Tag – einem Sonntag – kam der Nawab selbst. Olivia und Douglas waren in der Kirche gewesen, und als sie nach Hause kamen, stand sein Rolls Royce vor dem Haus; und der Nawab selbst saß im Wohnzimmer mit Harry, der noch immer im Pyjama und Morgenrock war. Sie sahen aus, als hätten sie bereits eine lange und vertrauliche Unterhaltung hinter sich.

Als der Nawab sagte, er sei gekommen, um Harry nach Hause zu holen, erstarrte Douglas. Der Nawab wurde herzlicher, sagte, danke vielmals, daß Sie ihn bei sich behalten haben, und fügte hinzu: »Jetzt herrscht in Khatm wieder Ruhe, er braucht sich nicht mehr zu fürchten.« Er lächelte Harry zu, der das Lächeln verschämt erwiderte.

Douglas preßte die Zähne zusammen, ein kleiner Muskel spielte an seinem Unterkiefer. Der Nawab sagte: »Sie haben wahrscheinlich gehört, daß wir ein wenig Ärger hatten.«

Douglas sah starr geradeaus. Beide, er und der Nawab, standen. Sie waren gleich groß und hatten fast die gleiche Figur. Olivia und Harry, die auf Sofas saßen, sahen zu ihnen auf.

»Es geschieht jedes Jahr«, sagte der Nawab. »Es ist nichts Besonderes. Sie erhitzen sich – sie kühlen wieder ab. Es ist wie das Wetter mit seinen Jahreszeiten.«

»Wir haben die Listen Ihrer Opfer gesehen«, sagte Douglas mit erstickter Stimme.

»Aber warum steht ihr!« rief Olivia. Niemand hörte auf sie.

»Es geschieht jedes Jahr«, wiederholte der Nawab. »Da kann man nichts tun.«

Douglas wandte das Gesicht ab. Er mußte schweigen – der Nawab war ein unabhängiger Herrscher, und der einzige Mensch, der mit ihm reden konnte, war Major Minnies. Aber Douglas' Schweigen drückte alles aus, was er hätte sagen können, und seine Gedanken obendrein.

Der Nawab wandte sich an Harry: »Zieh dich an. Wir gehen.«

Harry erhob sich sofort, aber noch ehe er das Zimmer verlassen konnte, sagte Douglas: »Ich glaube, die Ross-Milbanks werden für morgen nachmittag erwartet.«

Harry blieb in der Tür stehen; der Nawab fragte ihn beiläufig: »Wer ist das? Freunde von dir?«

»Sie reisen am Donnerstag ab«, sagte Douglas.

»Oh, nach Bombay?« sagte der Nawab. »Ja, Harry hat mir davon erzählt, aber das ist jetzt erledigt. Bitte zieh dich an, mein Lieber. Du nimmst doch wohl nicht an, daß ich dich in diesem Aufzug nach Hause mitnehme, hoffe ich.« Lächelnd wandte er sich Olivia zu.

Douglas teilte Harry mit: »Mr. Crawford hat Nachricht aus Bombay. Es geht in Ordnung mit der Kabine.«

Der Nawab setzte sich in einen Sessel. Er lehnte sich zurück und schlug die Beine übereinander. Er erklärte Douglas: »Harry und ich haben darüber geredet. Das Ganze ist ein Mißverständnis. Ich werde mich bei Mr. und Mrs. Crawford entschuldigen und mich für ihre liebenswürdigen Bemühungen um meinen Gast bedanken. Ich werde auch«, fügte er großzügig hinzu, »Mr. und Mrs. Ross-Milbank danken.«

Douglas wandte sich weiterhin unverhohlen und ausschließlich an Harry: »Sie wollten abreisen. Ihre Mutter ist krank.«

Der Nawab sagte: »Wir müssen sehr dankbar sein: Der Mutter geht es besser, sie hat sich erholt... Und nun freuen wir uns auf ihren Besuch. Meine Mutter hat ihr geschrieben und sie eingeladen – in Urdu, sie hat den Brief eigenhändig geschrieben... und ich selbst habe ihn ins Englische übersetzt und noch hinzugefügt: ›Sie haben nun nicht nur einen Sohn, sondern zwei, und Ihre beiden Söhne sehen Ihrem Besuch voller Erwartung entgegen.‹«

Er lehnte sich noch weiter in seinem Sessel zurück, schlug die Beine erneut übereinander, äußerst zufrieden mit der korrekten Art und Weise, in der dies alles geschehen war.

Harry holte tief Atem und sagte zu Douglas: »Ich danke Ihnen vielmals, daß Sie mich bei sich aufgenommen haben. Es stimmt, wirklich – ich möchte zurück in den Palast. Wir haben das besprochen, bevor Sie kamen, wie er Ihnen gesagt hat. Ich *will* zurück.«

»Sie müssen nicht«, erklärte Douglas von der anderen Seite des Zimmers her.

»Ich will aber«, sagte Harry.

Der Nawab brach in Lachen aus: »Aber sehen Sie denn nicht, Mr. und Mrs. Rivers, er ist wie ein Kind, das nicht weiß, was es will! Wir anderen müssen alles für ihn entscheiden. Sie sehen ja«, sagte er, »ich muß ihm sagen, er soll sich anziehen. Harry, es gehört sich nicht, so vor einer Dame herumzustehen, geh und mach dich fertig und kämm dir die Haare.« Er schlug Harry flüchtig und kameradschaftlich auf den Kopf, und beide lächelten, als wäre das ein alter Scherz zwischen ihnen. »Geh!« sagte der Nawab mit zärtlicher Strenge, und als Harry hinausgegangen war, wandte er sich an sie beide: »Wußten Sie«, fragte er ernsthaft, »daß Harry ein sehr selbstsüchtiger Mensch ist?« Dann seufzte er und sagte: »Aber was kann ich machen – ich habe ihn sehr lieb gewonnen, er hat seinen Platz hier.« Und er legte die Hand auf sein Herz.

Olivia warf Douglas einen raschen Blick zu. Sie bedauerte, daß er so unverändert blieb wie zuvor. Sie selbst bezweifelte nicht im geringsten, daß es dem Nawab vollkommen ernst war; sie war sogar ein wenig eifersüchtig auf Harry, daß er eine so tiefe Liebe und Freundschaft erweckt hatte.

25. April: Chid und ich haben uns jetzt beide in unsere Umwelt hier eingefügt. Wir sind ein Teil der Stadt, ein Teil des Lebens der Menschen hier und werden vollkommen akzeptiert. Die Stadt ist es gewohnt, alle möglichen verschiedenen Elemente aufzunehmen und sich einzuverleiben – wie zum Beispiel die großartigen alten Grabmäler der mohammedanischen Fürsten einerseits und die kleinen grauen Grabsteine der verbrannten Hindu-Witwen andererseits. Und ebenso gibt es die Krüppel und Debilen der Stadt und die ansässigen Bettler. Sie ziehen durch die Straßen, und wenn irgendwo etwas Interessantes vor sich geht, strömen sie hin und bilden einen Teil der Menge. Wie alle anderen habe ich mich inzwischen an sie gewöhnt – so wie sie sich an mich –, aber ich muß zugeben, daß ich anfänglich unwillkürlich ein bißchen vor ihnen zurückschreckte. Nach manchen Krankheiten sehen selbst die wieder Gesundeten so abstoßend aus, daß sie für den Rest ihres Lebens ein wandelndes Beispiel für all die schrecklichen Dinge sind, die Menschen zustoßen können. Einer der Bettler ist ein von der Lepra Geheilter – ein ausgebrannter Fall, dem die Nase, die Finger und Zehen abgefallen sind; er lebt in einer Hütte ein wenig außerhalb der Stadt, darf aber in der Stadt betteln unter der Bedingung, daß er entsprechenden Abstand hält. Dann gibt es einen alten Mann, der, glaube ich, den Veitstanz hat – sein Körper windet sich um eine lange Stange, die er mit sich herumträgt und an der er sich zappelnd und hüpfend wie eine Marionette voranbewegt. Es sind jedoch nicht nur die Armen und die Bettler mit Leiden behaftet. Einer der wohlhabendsten Ladenbesitzer der Stadt, der zugleich Geldverleiher ist, leidet an Elephantiasis, und man kann ihn in seinem Laden sitzen sehen mit seinem buchstäblich auf die Größe eines Fußballs angeschwollenen Hodensack, der auf einem speziellen kleinen Kissen vor ihm liegt.

Den ganzen Tag, die ganze Nacht schon blasen Staubstürme. Heiße Winde wehen pfeifend Staubsäulen aus der Wüste in die Stadt; die Luft ist erstickt von dem Staub, wie all unsere Sinne. Blätter, die einmal grün waren, haben jetzt die Farbe von Asche und flattern herum wie tanzende Derwische. Jeder ist rastlos, gereizt, die Nerven bis zum Äußersten angespannt. Es ist unmöglich zu sitzen, zu stehen oder zu liegen, jede Haltung ist unbequem; und auch die Gedanken und Gefühle sind in Aufruhr.

Auf Chid scheint das Wetter keinerlei Wirkung zu haben. Stundenlang sitzt er in seiner Lotushaltung, die Lippen bewegen sich zu seiner Mantra und die Finger an seiner Gebetsschnur, immerzu, ohne Unterbrechung, und das kommt mir so *sinnlos* vor, daß es mich ganz verrückt macht. Es ist, als wäre jede Vernunft und aller gesunde Menschenverstand ausgedörrt, aus der Atmosphäre verschwunden. Von Zeit zu Zeit hat er seine monströsen Erektionen, und ich muß ihn abwehren (ganz abgesehen von allem anderen ist es ganz einfach zu *heiß*). Schmutzig ist er auch – Baden ist eines der Hindu-Rituale, die er nicht praktiziert –, und da er nichts von Besitz für sich selbst hält, findet er, andere sollten auch keinen haben. Ich mußte anfangen, mein Geld zu verstecken, aber er ist sehr geschickt darin, es zu finden.

Heute hat er mich so aufgebracht, daß ich ihn hinausgeworfen habe. Ich habe seine Sachen einfach zusammengepackt und sie die Treppe hinuntergeworfen. Sein Messingkrug hüpfte die Stufen hinunter, und unten fing Ritu ihn auf, die sich genau diesen Augenblick ausgesucht hatte, um mich besuchen zu kommen. Chid klaubte seine verstreuten Sachen zusammen und kam hinter ihr her die Treppe herauf zurück, breitete alles wieder an seinem früheren Platz aus.

»Du kannst nicht bleiben«, erklärte ich ihm.

Aber mehr konnte ich nicht sagen wegen Ritu. Sie war in einem merkwürdigen Zustand. Sie setzte sich in eine Ecke, die Knie angezogen, und sagte kein einziges Wort. Sie sah verängstigt aus – sie war wie ein kleines wildes Tier, das hereingelaufen war, um Schutz zu suchen. Obwohl ich mich nicht in der geeigneten Verfassung befand, irgend jemanden zu beschützen, versuchte ich mich zusammenzureißen und ihr beruhigend zuzureden. Ich glaube, sie hörte mich nicht einmal. Ihre Blicke irrten immerzu im Zimmer umher, aber sie schien auch nichts zu sehen. Chid saß im Türkensitz in der Ecke gegenüber jener, in der sie hockte, und betete seine Litanei. Er machte mich wahnsinnig.

»Du kannst nicht dableiben!« schrie ich ihn an.

Aber seine Beterei hatte ihn sonstwohin entrückt – vielleicht in weitläufigere, kühlere, hellere, schönere Regionen. Er wiegte sich leicht, seine Perlen glitten ihm weiter durch die Finger, seine Lippen bewegten sich; er war in einem seligen Zustand. Ritu begann zu schreien wie damals in der Nacht. Chid öffnete die Augen, sah sie an, schloß sie dann wieder und betete weiter. Beide wurden lauter – wie Angehörige zweier rivalisierender Sekten, von denen jeder die Überlegenheit seines Glaubens dadurch zu beweisen suchte, daß er den anderen überbrüllte.

30. April: Je länger die Hitze und die Sandstürme anhalten, um so mehr verschlimmert sich Ritus Zustand. Sie muß jetzt im Zimmer eingesperrt bleiben, und manchmal dringen schreckliche Laute von dort heraus. Die anderen Leute, die rings um den Hof wohnen, scheinen völlig daran gewöhnt zu sein und gehen unberührt ihren Geschäften nach. Auch Chid ist völlig unberührt. Er sagt, er ist schon lange genug in Indien, um sich an alles gewöhnt zu haben. Aber ich kann mich nicht an diese Schreie gewöhnen. Ich habe Chid immer wieder erklärt: »Aber sie müßte doch behandelt werden.«

Eines Tages sagte er: »Heute wird sie eine Behandlung bekommen.«

»Was für eine?« fragte ich.

»Jemand von ihren Leuten kommt deshalb her.«

An jenem Tag gingen die Schreie wieder los, aber ganz anders. Nun ließen sie einem das Blut in den Adern stokken, klangen wie von einem Tier, das entsetzliche körperliche Qualen leidet. Sogar die Nachbarn in dem Hof blieben stehen und horchten. Chid blieb ruhig. »Jetzt wird sie behandelt«, sagte er. Und dann erklärte er, daß sie vielleicht von einem bösen Geist besessen war, der ausgetrieben werden mußte, indem ein rotglühendes Eisen auf verschiedene Stellen ihres Körpers gedrückt wurde, auf die Arme oder die Fußsohlen.

Am nächsten Tag entschloß ich mich, mit Inder Lal über psychiatrische Behandlung zu sprechen. Ich wartete vor seinem Büro auf ihn, und auf dem Heimweg versuchte ich ihm zu erklären, was das war. Ich sagte: »Es ist eine Art Wissenschaft des Geistes«, was ihm gefiel und ihn aufmerksam machte. Er verbindet Wissenschaft mit Fortschritt und allem, was sonst modern und up-to-date ist, und ist ganz erpicht darauf, davon zu hören. Wenn irgendwer über solche Dinge spricht, bekommt sein Gesicht einen nachdenklich sehnsüchtigen Ausdruck.

Als ich jedoch die »Behandlung« erwähnte, der Ritu unterzogen worden war, änderte sich das wieder. Er wurde zugleich melancholisch und verlegen. Er sagte: »Ich glaube nicht an diese Dinge.«

»Aber Sie haben es geschehen lassen.«

»Mutter wollte es.«

Er redete weiter, verteidigte sowohl sich als auch sie. Er sagte, alle ihre Freundinnen hätten dazu geraten; sie hatten viele Fälle genannt, in denen das eine Heilung bewirkt hatte. Zuerst hatte auch seine Mutter es nicht recht gewollt, aber dann hatte sie gesagt: »Warum soll man es nicht versuchen«, und letzten Endes hatte auch er gesagt: »Warum nicht«, denn sie hatten alles andere schon versucht, aber es war ihnen nicht gelungen, Ritus Leiden zu lindern.

In diesem Augenblick kam einer seiner Kollegen an uns vorüber und grüßte mich sehr höflich. Sie haben sich nun alle an mich gewöhnt und nehmen die Gelegenheit oft wahr, um sich englisch zu unterhalten. Selbstverständlich erwiderte ich seinen Gruß, aber Inder Lal hatte für diesen Austausch von Grüßen nichts übrig. Er machte ein finsteres Gesicht, und als der Mann außer Hörweite war, sagte er: »Warum tut er so freundlich?«

»Er *ist* freundlich.«

Inder Lals Gesichtsausdruck wurde noch düsterer. Eine Zeitlang sagte er gar nichts, sondern hing nur seinen trüben Gedanken nach.

»Aber was hat er denn getan?« fragte ich.

Inder Lal bat mich eindringlich, nicht so laut zu sprechen. Er blickte über seine Schulter zurück, was mich zum Lachen reizte.

»Sie wissen ja nicht ...«, sagte er dann. Sein Gesicht war vor Angst und Mißtrauen ganz unzugänglich geworden. »Sie wissen ja nicht, wie die Menschen sind oder was in ihren Herzen vorgeht, selbst wenn sie mit freundlichen Gesichtern lächeln. Gestern kam wieder ein anonymer Brief«, sagte er und senkte die Stimme.

»Gegen Sie?«

Das wollte er nicht sagen. Er ging in nachdenklichem Schweigen neben mir her. Ich sehe ihn gar nicht gerne so, wenn sein eigentlich freundliches Wesen ganz von düsterem Mißtrauen verfinstert ist.

2. Mai: Wo ich zu psychiatrischer Behandlung riet, hat Maji – die heilige Frau und Freundin – zu einer Pilgerreise geraten. Inder Lals Mutter und Ritu wollen in ein paar Tagen aufbrechen: und das Beste ist, Chid wird mit ihnen gehen! Maji hat ihn dazu überredet. Ich habe beinahe das Gefühl, sie hat es meinetwegen getan – nicht, daß ich mich je bei ihr über Chid beklagt hätte, aber sie scheint die meisten Dinge einfach zu wissen.

Sie hat es mir gestern erzählt, als ich sie besuchte. Zuerst saßen wir in ihrer Hütte, aber es wurde so drückend dort drinnen, daß wir wieder hinauskrochen, obwohl der heiße Wind noch immer wehte. Der Staub wirbelte um die Fürstengräber und hing wie ein Leichentuch über dem Teich. Chid war auch dabei. Er besucht Maji oft – er sagt, er zieht großen Gewinn aus ihrer Gegenwart. Die beiden bilden ein sonderbares Paar. Maji ist eine sehr irdisch derb aussehende, bäuerliche Frau; sie ist ziemlich dick und stets fröhlich. Immer wenn sie Chid ansieht, muß sie laut lachen. »Braver Junge!« ruft sie – auf englisch, vielleicht die beiden einzigen Worte, die sie kann. Er sieht wirklich wie ein braver Junge aus, wenn er bei ihr ist – dann sitzt er sehr aufrecht in seiner Meditationshaltung und mit einem vergeistigten, wenn auch einigermaßen angestrengten Gesichtsausdruck.

Maji erklärte mir, was es mit Pilgerreisen auf sich hat. »Wenn jemand sehr unglücklich oder sehr verstört ist in seinem Geist, oder wenn man einen großen Wunsch hat, der erfüllt werden soll, oder eine große Sehnsucht in sich trägt, dann geht man auf Pilgerreise. Es ist eine lange, lange Reise, hoch hinauf in den Himalaya. Sehr schön und sehr heilig. Wenn sie zurückkommt«, sagte sie über Ritu, »wird ihr Herz Ruhe gefunden haben.«

Sie tätschelte mein Knie – sie berührt andere gern – und fragte: »Möchtest du gerne mit?« Sie zeigte auf Chid: »Oh, wie ihm das gefallen wird, diesem braven Jungen!« Sie lachte laut, dann nahm sie seine Wangen zwischen ihre Hände und drückte sie liebevoll.

»Gehst du mit?« fragte ich ihn, aber er schloß die Augen und murmelte: *»Om.«*

Maji sagte: »Alle möglichen Leute aus ganz Indien gehen mit. Sie reisen von ihren Heimatorten aus wochen-

und monatelang, um an das Ziel zu kommen. Unterwegs machen sie bei Tempel-Rasthäusern halt, und wenn sie an einen Fluß kommen, baden sie darin. Sie reisen sehr langsam, und wenn es ihnen an einem Ort gefällt, bleiben sie für eine Weile und ruhen sich aus. Endlich erreichen sie das Gebirge und beginnen den Anstieg. Was soll ich erzählen von diesen Bergen!« rief Maji. »Ja, es ist ein Aufstieg in den Himmel. Dort findet man kühle Luft und sanfte Winde, Wolken, Vögel und Bäume. Und dann gibt es nur noch Schnee, alles ist weiß, und auch die Sonne scheint weiß. Nachdem sie in dem eisigen Strom gebadet haben, nähern sie sich endlich der Höhle. Viele werden ohnmächtig und fallen nieder vor Freude, und niemand kann sich zurückhalten, sie rufen *den* Namen so laut sie können: *Jai Shiva Shankar!*« rief sie, so laut sie konnte.

»Jai Shiva Shankar!« echote Chid, so laut er konnte.

»Braver Junge! Braver Junge!« rief sie und ermunterte ihn, es gemeinsam mit ihr zu wiederholen. Es klang wirklich wie ein Echo aus diesen schneebedeckten Bergen, und ich muß sagen, wie ich hier so in dem Sandsturm unter einem gelben Himmel saß, wäre auch ich gerne dort oben gewesen.

1923

Mrs. Crawford und Mrs. Minnies waren nach Simla abgereist. Obwohl Douglas sein möglichstes getan hatte, Olivia dazu zu überreden, mit ihnen zu fahren, war er nun, da sie sich entschlossen hatte, dazubleiben, sehr dankbar und glücklich. Sie verbrachten wunderbare Abende und Nächte miteinander. Olivia bemühte sich, für ihn lebhaft und fröhlich zu sein. Sie verstand, daß Douglas, wenn er erst einmal zu Hause war, nichts weiter wollte, als eben zu Hause sein, mit ihr, in ihrem geschmackvollen englischen Bungalow, und diese Hitze und all die Probleme, mit denen er sich den ganzen Tag herumzuschlagen hatte, draußen zu lassen. Daher berührte sie auch nie irgendein Thema, das auch nur den leisesten Schatten für ihn bedeuten könnte – wie zum Beispiel den Nawab –, sondern plauderte mit ihm über alles, was ihr einfiel und nichts mit Indien zu tun hatte.

Douglas liebte sie zu dieser Zeit mehr denn je, wenn das überhaupt möglich war.

Von Natur aus nicht sehr redegewandt, geriet er manchmal in einen solchen Gefühlsüberschwang, daß er fand, er müsse dem Ausdruck verleihen: Aber seine Emotionen waren immer zu stark für ihn, und er fing an zu stottern.

Harry kam für gewöhnlich ziemlich früh am Morgen, knapp nachdem Douglas weggegangen war, und immer in einem Wagen des Nawab. Er und Olivia setzten sich ins Auto und fuhren nach Khatm. Obwohl der Weg so heiß und staubig war, die Landschaft völlig flach und eintönig, begann Olivia diese morgendlichen Fahrten zu mögen. Manchmal sah sie aus dem Fenster, und dann dachte sie, daß es eigentlich gar nicht so schlimm sei – sie verstand sogar, daß man lernen konnte, dies gern zu haben (sie lernte es bereits): die riesigen Entfernungen, den weiten Himmel, den Staub und die Sonne und hie und da eine halb verfallene Festung oder Moschee oder eine Gruppe von Grabmälern. Es war so anders als das, was sie kannte; nicht nur ein anderer Teil der Welt, sondern überhaupt eine ganz andere Welt, eine andere Wirklichkeit.

Für gewöhnlich verbrachten sie den Tag in dem großen Wohnraum des Palastes. In ihn konnte man von einer mit Vorhängen versehenen Balustrade herunterblicken, von der aus ihnen manchmal die Damen zusahen; aber Olivia sah nie hinauf. Außer dem Nawab und Harry waren noch die unvermeidlichen jungen Männer da, die in graziösen Posen herumsaßen. Sie tranken, rauchten, spielten Karten und waren vollständig zufrieden damit, bis ihnen der Nawab auftrug, etwas anderes zu tun.

Eines Tages sagte der Nawab: »Olivia« – so nannte er sie jetzt –, »Sie spielen so wunderschön Klavier, aber Sie haben noch nie auf meinem gespielt.«

»Wo ist es?«

Sie sah sich in dem Salon um. Es war ein langer, kühler, marmorner Raum, sehr spärlich mit ein paar zwischen den Säulen stehenden europäischen Möbelstücken eingerichtet. Geschnitzte Sofas mit Brokat-Bezügen standen dort und ein paar handgeschnitzte Tischchen, und ein speziell für den Nawab angefertigter Cocktail-Schrank aus einem Elefantenfuß, aber kein Klavier.

Der Nawab lachte: »Kommen Sie, ich zeige es Ihnen.«

Er forderte niemanden sonst auf, ihm zu folgen. Er führte sie durch etliche Zimmerfluchten und Gänge. Sie konnte sich in dem Palast nie zurechtfinden. Nicht, daß er so groß gewesen wäre, aber er war so unübersichtlich, und es gab Teile des Palastes, in denen sie noch nie gewesen war und von denen sie keine Ahnung hatte, was, wenn überhaupt etwas, dort vor sich ging. Er führte sie in einen unterirdischen Raum, der eine Art Lagerraum zu sein schien. Und was für ein Lager! Es gab dort eine großartige Fotoausrüstung, die, obwohl sie bereits rostete, niemals benützt worden zu sein schien; teilweise war sie noch in der Originalverpackung. Das gleiche traf auf einige moderne Sanitäreinrichtungsgegenstände und eine ganze Sammlung von Spielen zu, wie etwa einen Spielautomaten, eine Krocket-Garnitur, einen Miniatur-Schießstand, Stabilbaukästen und die Ausrüstung für eine Hokkey-Mannschaft. Alle diese Sachen schienen aus Europa bestellt worden zu sein, waren aber so lange von dort unterwegs gewesen, daß bis zu ihrer Ankunft das Interesse an ihnen erloschen war. Es stand nicht nur ein Klavier dort, sondern zwei: ein Flügel und ein Pianino.

Als der Nawab den Schonbezug des Flügels berührte, schoß ein kleines Tier darunter hervor – es sah wie ein Eichhörnchen aus – und lief um sein Leben. Der Nawab schien darüber nicht weiter erstaunt zu sein. »Gefallen Ihnen meine Klaviere?« fragte er Olivia und fügte dann entschuldigend hinzu: »Es ist niemand da, der auf ihnen spielt.«

Die Tasten waren gequollen und klemmten, und als Olivia versuchte, ein paar anzuschlagen, kam nur eine schrille Dissonanz zustande. »Das ist ja jammervoll«, sagte sie ganz betroffen.

»Ja«, gab er zu. »Ja, da haben Sie recht.« Auch er war plötzlich traurig. Er ließ sich auf eine ungeöffnete Kiste sinken. Nach einem bedrückenden Schweigen sagte er: »Sie sind für meine Frau bestellt worden.«

Olivia versuchte es noch einmal, aber die Töne, die dabei herauskamen, waren herzzerreißend.

»Kann man sie reparieren?« fragte er.

»Wenn Sie einen guten Klavierstimmer bekommen können –«

»Aber sicher. Ich werde sofort so etwas besorgen lassen.«

»Es ist ein Mensch«, sagte Olivia. »Ich habe schon verzweifelt nach einem gesucht, aber Douglas sagt, der müßte den weiten Weg von Bombay heraufkommen.«

»Warum haben Sie mir nichts gesagt? Solche Sachen müssen Sie mir sagen. Es gibt so wenig, womit ich meinen Freunden behilflich sein kann. Wußten Sie, daß ich verheiratet war?«

»Ich habe davon gehört«, murmelte Olivia.

Er beugte sich vor: »Was haben Sie gehört?« Er sah forschend in ihr Gesicht, das sie gesenkt hielt und das, wie sie hoffte, ausdruckslos war. Trotzdem schien er etwas daraus abgelesen zu haben.

Er sagte: »Sie werden vieles über mich hören. Es gibt viele Leute, die Schlechtes reden. Was ich auch tue – es gibt immer welche, die das eine sagen, wenn es das andere ist. Kennen Sie Murad?« Olivia wußte, er war einer der stets anwesenden jungen Männer, aber es war schwierig, sie voneinander zu unterscheiden. »Er ist ein Spion«, sagte der Nawab. »Ich weiß es, und er weiß, daß ich es weiß, wir verstehen einander. Und er ist nicht der einzige. Es gibt noch andere, unter den Dienern und den anderen.« Seine Augen, die auf Olivia ruhten, waren von düsteren Gedanken verschleiert. Falls er auch sie verdächtigte – und wahrscheinlich tat er das –, wußte sie nicht, wie sie sich hätte verteidigen können.

Aber er kam wieder auf die Klaviere zurück. »Wenn ich sie reparieren und hinaufbringen lasse, werden Sie kommen und für mich spielen, Olivia? Es wird mich so glücklich machen. Sandy hatte Sitar spielen gelernt, aber es wurde ihr langweilig, deshalb bestellte ich die Klaviere. Aber als sie ankamen, war sie nicht mehr da. Bitte, spielen Sie.«

»Aber es klingt so fürchterlich.«

»Mir zuliebe.«

Er stand hinter ihr, während sie versuchte, ein Bach-

Präludium zu spielen. Es war mörderisch, aber er nickte ernsthaft, als gefiele es ihm. Er beugte sich dicht über sie.

»Ich wünschte, Sandy hätte so spielen gelernt wie Sie. Sie fehlt mir sehr. Sie hätte sich immer oben im *purdah*, in den Frauengemächern, aufhalten sollen, aber oft versteckte sie sich vor allen anderen, um zu mir zu kommen und bei mir sein zu können. Sie war ein modernes Mädchen, wissen Sie, sie ist in der Schweiz in die Schule gegangen, mit allem Drum und Dran. Sie war nicht so wie unsere anderen indischen Damen, sondern – ja, wie Sie, Olivia. Sie war wie Sie. Auch so schön wie Sie.«

Olivia war eben zu schwierigen Trillern gekommen. Sie spielte sie, so gut sie konnte, aber die Töne, die herauskamen, klangen flach und unheimlich. Außerdem schien er das Interesse an dem Klavierspiel verloren zu haben. Er richtete sich mit einem Seufzer auf und, obwohl sie noch mitten in ihrem Stück war, wandte er sich zum Gehen. Sie mußte ihr Spiel abbrechen und ihm folgen, weil sie befürchtete, den Weg zurück allein nicht zu finden.

Es war etwa zu dieser Zeit – der Zeit ihrer wachsenden Freundschaft mit dem Nawab –, daß sie und Douglas ernsthaft davon zu sprechen begannen, Kinder zu haben. Sie wünschten es sich beide sehr. Olivia fand, daß jemand so Gutaussehender, so Vollkommener wie Douglas viele Male vermehrt werden müsse! Sie neckte ihn deshalb – sie sagte, er hätte sie nur geheiratet, um die Welt mit einer ganzen Schar von Douglassen zu bevölkern. Ganz und gar nicht, sagte er, er wollte Olivias haben – so viele wie möglich.

»Aber ich bin doch einmalig, weißt du das nicht?«

»Natürlich bist du das. Absolut einmalig«, stimmte er ihr entzückt zu. Er beugte sich herab und küßte ihre nackte Schulter. Sie kleideten sich zum Abendessen an – sie erwarteten die beiden Strohwitwer, Mr. Crawford und Major Minnies –, und Olivia saß an ihrer Frisiertoilette in ihrem cremefarbenen seidenen Unterkleid und besprühte sich verschwenderisch mit Lavendelwasser.

Sie sprachen weiter über ihre Söhne. Olivia stellte sich gern all diese hochgewachsenen Gouverneure vor – einen in der Armee, einen als Regierungsbeamten wie Douglas, vielleicht auch einen Politiker? Natürlich alle in Indien – aber in einer Hinsicht regten sich Zweifel bei ihr: »Angenommen, die Dinge ändern sich – ich meine, mit Mr. Gandhi und diesen Leuten« – aber sie ließ das Thema fallen, als sie Douglas im Spiegel hinter sich lächeln sah. *Er* hatte keinerlei Zweifel, er sagte: »Sie werden uns schon noch eine Zeitlang brauchen«, leichthin, mit belustigter Sicherheit. Er war in Hemdsärmeln und Hosenträgern und hob das Kinn, um seine schwarze Smokingschleife zu binden.

»Und was wird aus Olivia?« fragte sie, beruhigt, was ihre Söhne betraf.

Auch hier hatte Douglas keinerlei Zweifel – sie würde in eine Familie wie ihre eigene einheiraten, jemanden heiraten, der wie ihre Brüder war, und würde werden wie –

»Mrs. Crawford?«

Wieder lächelte Douglas: »Nein, wie Olivia – darunter mach ich's nicht.«

»Ach, Olivia ist nicht gut genug«, sagte sie mit einer plötzlichen tiefen Überzeugung, ja mit einer gewissen Selbstverachtung. Er bemerkte ihren veränderten Tonfall nicht – er lachte und sagte: »Gut genug für mich.« Aber als er versuchte, wieder ihre Schulter zu küssen, stand sie rasch auf und fing an, ihr Kleid über den Kopf zu ziehen. »Sie werden bald da sein«, sagte sie. »Geh lieber schon.«

Sie hatte einen Tisch in den Garten tragen lassen und ihn sehr hübsch dekoriert. Die Herren wußten diese ihre weibliche Note sehr zu schätzen. Ihre Stimmung entspannte sich, obwohl es eine heiße Nacht war und sie natürlich im Smoking. Sie sprachen von den abwesenden Damen. Die Nachrichten aus Simla waren gut: Honeysuckle Cottage entsprach den Erwartungen, und das Wetter war so kühl, daß sie an einem Abend sogar ein Feuer gemacht hatten! Nicht, weil es unbedingt nötig gewesen wäre (hatte Mrs. Crawford gestanden), sondern weil es so ein Vergnügen war, es in dem großen, gemütlichen Kamin prasseln zu sehen.

Major Minnies bemerkte: »Ein Vergnügen, das wir hier sehr gut entbehren können.« Er wischte sich das Gesicht ab, das vor Schweiß glänzte; aber dennoch lächelte er zufrieden. Er hob sein Glas auf Olivia. »Wir schulden unserer Gastgeberin, die hier in dieser Feuerprobe bei uns ausharrt, einen Trinkspruch.«

»Ja wirklich«, stimmte Mr. Crawford bei, »und ob«, und auch er hob sein Glas auf sie. Und Douglas tat es ihnen gleich. Olivia sah die drei Gesichter, die sie anstrahlten. »Ach, Unsinn«, murmelte sie und blickte auf ihre Hand hinunter, die auf der Tischdecke lag. Sie fühlte sich von ihrer Bewunderung und Dankbarkeit eingehüllt. Sie tranken den kühlen Wein. Der Mond war hinter dem Haus aufgegangen, ließ es wie eine silhouettenhafte Kulisse aussehen: Diener kamen in einer Prozession heraus und trugen den nächsten Gang auf. Der Garten war voll der sommerlichen Düfte von Jasmin und Königin-der-Nacht. An seinem äußersten Ende, an der Mauer zusammengedrängt, waren die Behausungen der Diener, aus denen gedämpft, aber unaufhörlich Geräusche drangen.

»Und was ist mit Ihnen, Minnies?« fragte Mr. Crawford. »Wann werden Sie uns verlassen und sich in kühlere Gefilde begeben?« Als Major Minnies den Kopf schüttelte, sagte er mitfühlend: »Unser Freund treibt noch immer sein Spielchen, was?«

»Ach, ich habe mich daran gewöhnt«, sagte Major Minnies gutmütig. »Nur wünschte ich, die ganze Sache wäre nicht gerade zu dieser Jahreszeit losgegangen. Arme Mary. Wir haben schon keine Ferien mehr in Simla miteinander gemacht seit – warten Sie, ja, seit 1919. Vor zwei Jahren hatten wir die Cabobpur-Geschichte und dieses Jahr –« Er machte eine Handbewegung, die voraussetzte, daß alle wußten, was es *dieses* Jahr war.

Und natürlich wußten sie es, nur allzugut; außer Olivia, die zu fragen riskierte: »Ist es noch immer«, es klang nervös, »diese schreckliche Sache vom Hochzeitstag des Ehemanns?«

»Nein, liebe gnädige Frau«, sagte Major Minnies. »Der Hochzeitstag des Ehemanns ist längst vorbei. Da sind wir diesmal relativ glimpflich davongekommen: nur sechs Tote und 43 Verletzte. Seien wir dankbar für die kleinen Gnaden, Amen – und, ja, beten wir auch, daß wir aus dieser Dakoit-Banditen-Geschichte herauskommen, ohne daß allzuviel in die Brüche geht... Derzeit«, sagte er, »möchte ich nicht in den Schuhen dieses Burschen stecken.«

»In den Schuhen welches Burschen?« fragte Olivia. Sie rief Douglas über den Tisch hinweg zu: »Liebster, was tust du denn, sag ihnen doch, sie sollen noch eine Flasche bringen.« – »Verzeih, natürlich«, sagte Douglas und riß sich aus der Unterhaltung los, um dem ersten Diener einen Wink zu geben.

»Unseres Freundes«, sagte Major Minnies.

»Man nimmt diese Sache recht ernst, nicht wahr?« fragte Mr. Crawford.

»Das kann man wohl sagen. Ich habe versucht, mich in meinen Berichten zurückhaltend auszudrücken, aber, zum Kuckuck, es ist nicht leicht, sich zurückzuhalten, wenn man zusehen muß, wie ein anerkannter Herrscher sich in einen Räuberhauptmann verwandelt.«

»Einen Räuberhauptmann!« entfuhr es Olivia. Sie war wirklich erschrocken und warf einen raschen Blick auf Douglas, aber er hatte es nicht bemerkt. Er war selbst zu verärgert und hatte seine ganze Aufmerksamkeit Major Minnies zugewandt.

»Natürlich wissen wir alle, daß der Bursche bankrott ist«, sagte Major Minnies. »Das ist nichts Neues. Neu ist, daß er jetzt, nachdem er seine unglücklichen Untertanen durch mehr oder minder legale Erpressung bis aufs Blut ausgesaugt hat, zu gröberen Methoden greift. Um es unzart auszudrücken, zu regelrechtem Raub.«

Er schwieg, um seine Fassung wiederzugewinnen. Er war wirklich außer sich. Auch die anderen schwiegen. Ein Vogel in einem Baum wachte auf und stieß einen schrillen Schrei aus. Vielleicht hatte er von einer Schlange geträumt, oder vielleicht war dort tatsächlich eine Schlange.

»Ich beneide euch in der Distriktbehörde«, sagte Major Minnies. »Habt nur mit Kaufleuten und Bauern zu tun, die man – wie soll ich sagen – verstehen kann. Die im Zaum zu halten sind.«

»Sehr ordentliche Leute, manche von ihnen«, bestätigte Mr. Crawford.

»Eben«, sagte der Major. Wieder mußte er erst einer heftigen Gefühlsaufwallung Herr werden, ehe er fortfahren konnte. »Einmal habe ich den Maharadscha von Dhang beraten sollen. Als er seinen neuen Palast baute – vielleicht haben Sie ihn gesehen? Zumindest müssen Sie davon gehört haben, es verursachte damals großes Aufsehen. Es sollte ein zweites Versailles werden. Dabei entpuppte er sich letzten Endes als ein grauenhaft häßlicher Mischmasch mit einem Käseglockendach auf dorischen Säulen. Aber das ist nicht, was ich sagen wollte. Sondern worum es mir geht, ist, daß zu der Zeit, als seine Hoheit so heftig mit diesem Bau beschäftigt war, die Monsunwinde ausblieben, zweimal hintereinander, und Dhang ebenso wie sämtlichen Distrikten der Umgebung eine Hungersnot drohte. Aber seine Hoheit war zu beschäftigt, es zu bemerken oder irgend jemandem von uns Gehör zu schenken. Es kostete mich die größte Mühe, überhaupt zu ihm vorgelassen zu werden, er war immerzu so ungeheuer beschäftigt mit den Leuten, die er aus Europa importiert hatte. Da waren ein Architekt und ein Dekorateur und ein *Schneider*, bitte schön, aus Wien (für die Vorhänge), außerdem eine Meisterschwimmerin, um das unterirdische Schwimmbad einzuweihen... Als es mir schließlich gelang, meine traurige Botschaft seinem unglücklichen Ohr anzuvertrauen, nannte er mich einen alten Meckerer. Er liebte diese Ausdrücke – er war in Eton gewesen. ›Sie sind ein alter Meckerer, Major‹, sagte er. Und dann wurde er sehr ernst und richtete sich zu seiner ganzen Größe auf, beinahe ein Meter fünfzig, und sagte: ›Das Problem mit Ihnen, mein Guter, ist, ich bedauere, Ihnen das sagen zu müssen, daß Sie keinen Weitblick haben. Überhaupt keinen Weitblick.‹ Unglücklicherweise stellte sich heraus, daß ich ihn doch hatte – jedenfalls mehr als er –, denn es *gab* eine Hungersnot. Sie erinnern sich, 1912.«

»Eine fürchterliche«, bestätigte Mr. Crawford.

»Eines mußte man Dhang zugute halten«, sagte Major Minnies, »er *war* ein Dummkopf. Schlimmer ist, wenn sie es nicht sind. Wie unser Freund. Wenn ihnen die Natur so viel mitgegeben hat, gutes Aussehen, Intelligenz, eine Persönlichkeit, alles, und dann mitanzusehen, wie sie auf den Hund kommen... Was ist, liebe gnädige Frau? Sie lassen uns allein?«

»Bei Ihrem Cognac und Ihren Zigarren.«

Die drei Männer waren aufgesprungen und sahen ihr nach, wie sie über den mondbeschienenen Rasen lief. Sie ging ins Haus, aber nicht in das Wohnzimmer, wohin die Diener ihr den Kaffee brachten. Sie trat auf die Terrasse und lehnte sich nachdenklich an die Brüstung. Sie konnte die drei Männer noch unten am Tisch sitzen sehen. Wahrscheinlich würden sie jetzt, da sie gegangen war, ungehinderter sprechen – über den Nawab und seine rätselhaften Missetaten. Ihr war sonderbar zumute, sehr sonderbar... Sie blickte hinweg über die kleine Szene in ihrem Garten mit den drei Engländern im Smoking, die den Rauch ihrer Zigarren von sich bliesen, während die Diener mit den Karaffen bereitstanden: Sie sah im Mondlicht das Saunderssche Haus liegen, dann den Turm der kleinen Kirche und die Gräber des Friedhofs, und dahinter die flache Landschaft, die sie so gut kannte, viele Meilen rötlich-gelber Erde, die nach Khatm führten.

12. Juni: Immer wieder bekomme ich Briefe von Chid. Ich war überrascht, als ich den ersten bekam, denn ich hatte nicht gedacht, daß er jemand wäre, der sich an Vergangenes erinnert und an Menschen zurückdenkt. Der Brief fing nicht mit einer persönlichen Anrede an, sondern mit schwarzen Buchstaben stand da geschrieben: *Jai Shiva Shankar! Hari Om!* Er schrieb: »Es ist das Licht um unseren Körper, das unseren Geist beherrscht. Ein reiner, wahrer, un-böser Geist ist ein Ort vollkommenen *Glücks.* Daher ist es der vollkommen *reine, wahre* und *un*-böse Geist, der der Himmel ist.« Auf diese Weise ging es fast den ganzen Brief weiter, nur irgendwo in der Mitte schrieb er: »Wir sind hier in Y Dharmsala. Ein Reiner Ort, außer dem Priester, der versucht, uns zu betrügen und zu berauben.« Und am Schluß stand noch eine Zeile: »Ich habe meinen Trinkbecher vergessen, schicke ihn p. Adr. Y Sri Krishna Maharadsch Tempel Dharmsala per *Einschreiben* Expreß.«

Seine weiteren Briefe waren nach dem gleichen Muster verfaßt: eine Menge Philosophie und irgendwo mittendrin ein paar Zeilen, die sich auf Tatsachen bezogen (für gewöhnlich hatten sie etwas mit »Betrogen- und Beraubt-

Werden« zu tun) und am Schluß eine Bitte. Es sind interessante Dokumente, und ich habe sie mit Olivias Briefen auf meinem kleinen Schreibtisch liegen. Sie bilden miteinander eine sonderbare Gemeinschaft. Olivias Handschrift ist klar und graziös, obwohl sie sehr schnell geschrieben zu haben scheint, so wie ihr die Gedanken und Gefühle kamen. Ihre Briefe sind alle an Marcia gerichtet, aber sie klingen, als hielte sie mit sich selbst Zwiesprache, so intensiv persönlich sind sie. Chids Briefe sind absolut unpersönlich. Und er schreibt sie immer auf diesen unpersönlichen Postamtsformularen, die zusammen mit fleckigen und unleserlichen Postkarten anscheinend den Hauptanteil der Post darstellen, die Indien von einem Ende zum anderen durchquert. Sie sehen immer aus, als kämen sie von sehr weit her und wären durch viele Hände gegangen, hätten unterwegs viele Flecken und Gerüche angenommen. Olivias Briefe – mehr als fünfzig Jahre alt – sehen aus, als wären sie gestern geschrieben worden. Es stimmt, die Tinte ist blaß, aber das kann auch die Sorte sein, die sie verwendete, passend zu der zart violetten Farbe und dem Duft ihres Briefpapiers. Der Duft scheint noch immer daran zu haften. Chids zerdrückte Briefe hingegen sind offenbar von sämtlichen charakteristischen Gerüchen Indiens durchtränkt, von Gewürzen, Urin und Betel.

Inder Lal ist immer begierig, Chids Briefe zu hören. Er kommt abends in mein Zimmer herauf, damit ich sie ihm vorlesen kann. Ihm gefällt diese ganze Philosophie. Er erklärt mir, Chid sei eine sehr alte Seele, die viele Inkarnationen durchlaufen habe. Die meisten davon in Indien, und deshalb sei Chid in diesem Leben zurückgekommen. Aber was Inder Lal nicht versteht, ist, warum *ich* hergekommen bin. Er glaubt nicht, daß ich in einem früheren Leben indisch war; warum also sollte ich in diesem herkommen?

Ich bemühe mich, eine Erklärung für ihn zu finden. Ich erzähle ihm, daß viele von uns den Materialismus des Westens satt haben, und selbst wenn die spirituelle Botschaft des Ostens keine besondere Anziehung auf uns ausübt, kommen wir hierher in der Hoffnung, eine einfachere und natürlichere Art zu leben zu finden. Diese Erklärung verletzt ihn. Er empfindet sie als Verhöhnung. Er sagt, warum sollten Menschen, die alles haben – Autos, Kühlschränke – hierherkommen in ein Land, wo es nichts gibt? Er sagt, er schämt sich oft vor mir, wegen der Art, wie er lebt. Wenn ich versuche dagegen Einwände zu machen, steigert er sich noch mehr hinein. Er sagt, es ist ihm vollkommen klar, daß nach westlichen Begriffen sein Haus ebenso wie seine Nahrung und seine Art zu essen als primitiv betrachtet würden, als unzureichend – ja, auch er selbst wäre so zu betrachten wegen seines unwissenschaftlichen Geistes und seiner Unkenntnis der modernen Welt. Ja, er weiß sehr gut, daß er in all diesen Belangen sehr rückständig ist, und auf Grund dessen bin ich durchaus berechtigt, über ihn zu lachen. Warum sollte ich nicht lachen!, ruft er aus und läßt mir gar keine Gelegenheit, etwas zu sagen – ihm selbst ist oft nach Lachen zumute, wenn er sich umblickt und die Bedingungen sieht, unter denen die Menschen leben, und welchen Aberglauben sie in ihren Köpfen haben. Wer würde da nicht lachen, sagt er und zeigt aus dem Fenster nach draußen, wo zufällig gerade einer der Bettler der Stadt vorüberkommt, ein halbwüchsiger Junge, der nicht aufrecht stehen kann, sondern den verkrüppelten unteren Teil seines Körpers durch den Staub hinter sich herschleift – wer würde nicht lachen, fragt Inder Lal, bei einem Anblick wie diesem?

Bei solchen Gelegenheiten fallen mir Karim und Kitty ein. Ich habe sie in London besucht, unmittelbar bevor ich nach Indien fuhr. Karim ist der Neffe und Erbe des Nawab, und Kitty, seine Frau, stammt ebenfalls aus einem indischen Fürstenhaus (oder besser, einem ehemaligen Fürstenhaus). Als ich Karim anrief und ihm erzählte, daß ich nach Indien fahren würde, um Nachforschungen über die Geschichte von Khatm anzustellen, forderte er mich auf, bei ihnen in Knightsbridge vorbeizukommen. Er öffnete mir selbst die Tür: »Hallo«, sagte er. Er war ein ausgesprochen hübscher junger Mann, nach der letzten Londoner Boutique-Mode gekleidet. Ich fragte mich die ganze Zeit, ob er wohl dem Nawab ähnelte. Wahrscheinlich nicht, da Karim sehr schlank, beinahe zart ist, mit feinen Gesichtszügen und langem gelocktem Haar, während der Nawab in seinen besten Jahren ein kräftiger Mann mit einem energischen, eher raubvogelartigen Gesicht gewesen sein soll.

Karim führte mich in ein Zimmer voller Leute. Zuerst dachte ich, es sei eine Party, aber dann wurde mir klar, daß sie nur so vorbeigekommen waren. Es waren Karims und Kittys Freunde. Die meisten saßen auf dem Boden, der mit Kissen, Polstern und Teppichen bedeckt war. Alles war indisch, auch die meisten der Leute dort. Ein Tonbandgerät lief mit *Sarod*-Musik – niemand hörte zu, aber es ergab einen guten Hintergrund für ihre Unterhaltung, die sie mit hohen, beinahe vogelähnlichen Stimmen führten. Kitty hatte sich auf einem roten und goldenen Sofa zusammengerollt, das einmal eine Schaukel gewesen war und an langen goldenen Ketten von der Decke herabhing. Auch sie trug elegante, lässige Londoner Kleidung – eine Hose und ein seidenes Hemd –, trug sie so graziös wie einen Sari: Dies bewirkten vielleicht ihre sehr schlanken Glieder, die schmale Taille, der schlanke Hals, und dazu ihre erstaunlich sinnlichen Hüften. Auch sie sagte »Hallo« und machte dann eine unbestimmte, den Raum umfassende Handbewegung, und murmelte: »Setz dich irgendwohin.«

Ich fand nie heraus, wer all die Leute waren und ob sie in London lebten oder nur gerade zu Besuch da waren. Ich hatte den Eindruck, daß sie recht häufig herumreisten, und manchmal wußte ich nicht, ob sie über etwas sprachen, das sich in London zugetragen hatte oder in Bombay. Sie schienen ziemlich intensiv mit allen möglichen Transaktionen beschäftigt zu sein und sprachen sehr informiert darüber, welche Familienschätze man sicher im eigenen Handgepäck aus Indien herausbringen konnte und welche auf anderem Weg herausgebracht werden mußten.

Die einzigen Engländer außer mir waren ein Paar, das Keith und Doreen hieß. Sie sahen größer, kräftiger und gröber aus als die anderen Menschen im Raum und hörten aufmerksam – mir schien es, sogar gierig – der Unterhaltung über Familienschätze zu. Sie erzählten mir, sie seien Designer und wollten mit der Herstellung von Boutique-Mode beginnen, und zwar ausschließlich aus indi-

Die Bilder zeigten Prinzen und Prinzessinnen in vergnüglicher Unterhaltung. Die Prinzen sahen aus wie Karim, die Prinzessinnen wie Kitty. Alle trugen eine Menge Schmuck. Karim erzählte mir, daß der Großteil des Familienschmucks schon seit langem verschwunden sei – übrigens, sagte er lächelnd, war hauptsächlich der Nawab, für den ich mich interessierte, verantwortlich dafür. Er hat immer Geld gebraucht, und es war ihm gleichgültig, wie er es in die Finger bekam. Er hat ein ziemlich wildes Leben geführt – es gab alle möglichen Skandale, sogar (vielleicht hatte ich davon gehört?) mit einer Engländerin in Indien, der Frau eines Beamten der Indischen Zivilverwaltung, dem Indian Civil Service.

»Ja«, sagte ich und ging weiter zum nächsten Bild. Dieses, erklärte Karim, war der Begründer ihrer Linie, Amanullah Khan (der bei Baba Firdaus Zuflucht gefunden hatte). Er sah eindrucksvoll genug aus auf dem Bild – in einem geblümten Gewand, rosa Turban, einem langen Schnauzbart und eine Wasserpfeife rauchend. Aber, erklärte Karim, das Bild zeigte ihn am Ende seines Lebens, als man ihm seine Eroberungen durch einen Vertrag mit der Ostindischen Handelskompanie bestätigt hatte. Vorher hatte er meistens im Sattel gelebt, mit wenig mehr Besitz als seinem Schwert und mit einer Gruppe von Gefolgsleuten, ebenso rauhen Gesellen wie er selbst.

»Das war ein Kerl!« sagte Karim, er sprach mit der gleichen Bewunderung von Amanullah Khan, wie es der Nawab immer getan hatte. »Er war sehr klein und vierschrötig und hatte krumme Beine, weil er immer zu Pferde saß. Alle fürchteten sich vor ihm wegen seines schrecklichen Temperaments. Er wurde sehr streitsüchtig, wenn er trank, und einmal, als ihm einer seiner Trinkkumpane widersprach, wurde er so wütend, daß er sein Schwert nahm und dem armen Kerl den Arm abschlug. Ganz einfach so, mit einem einzigen Hieb. *Wui.* Es gibt eine Menge Geschichten, und die Leute singen noch immer Lieder über ihn – Volkslieder und so. Die Familie war seit 1817 dort, und damals wurden wir die Nawabs; wenn ich je fürs Parlament kandidieren wollte, würden sie mich auf der Stelle wieder zurückholen. Manchmal glaube ich, ich täte es gerne – schließlich *ist* man ja Inder und will seinem Land dienen und all das –, aber weißt du, immer wenn wir nach Khatm fahren, bekommt Kitty einen verdorbenen Magen von dem Wasser. Und natürlich gibt es keinen ordentlichen Arzt dort; also, was bleibt uns übrig, wir müssen so schnell wie möglich wieder zurück in das Hotel nach Bombay. Aber jetzt denken wir daran, eine Wohnung in Bombay zu kaufen, wegen des Geschäfts, das wir mit Keith und Doreen aufbauen wollen. Kitty hat sich intensiv mit früher indischer Malerei aus Adschanta und anderen legendären Orten beschäftigt, und ihre Entwürfe werden darauf basieren, du siehst also, wir werden mit diesem Import-Export-Geschäft unserem Land dienen.«

Er sah mich an mit Augen, die tief und voller Sehnsucht waren (ganz ähnlich wie die Inder Lals, wie ich später entdecken sollte). Ich bin ihm nicht wieder begegnet nach diesem einen Besuch, und wenn ich auch manchmal hier an ihn denke – es *ist* schwer, sich ihn und Kitty in Khatm oder in Satipur vorzustellen. Oder auch in Bombay, soweit ich es kennengelernt habe.

1923

Jetzt kam nicht mehr Harry, um Olivia abzuholen, sondern nur der Wagen und der Chauffeur. Harry fühlte sich nicht gesund. Er sagte, er könne die Hitze nicht vertragen und auch das Essen aus der Küche des Nawab nicht. Er hatte ständig irgendwelche Magenbeschwerden, obwohl der Nawab selbst die Anordnung seiner Speisen übernommen hatte und nur der in Europa ausgebildete Chefkoch sie zubereiten durfte. Aber nichts davon schien Harry zu bekommen.

Er blieb meistens in seiner eigenen Zimmerflucht, und Olivia besuchte ihn dort. Aber er zeigte sich ihr gegenüber sehr verstimmt. Einmal sagte er sogar ganz unvermittelt: »Douglas weiß nicht, daß Sie nach Khatm kommen, oder?« Und noch ehe sie sich fassen konnte, fuhr er fort: »Sie sollten nicht herkommen. Sie sollten nicht hier sein.«

»Das gleiche sagt Douglas über Sie«, erwiderte sie. »Aber mir scheint, eigentlich geht es Ihnen hier gar nicht so schlecht.«

Sie ließ ihre Augen über seine Umgebung schweifen, um

zu zeigen, was sie meinte. Der Nawab hatte Harry seine beste Suite gegeben. Es war eine Flucht marmorverkleideter Räume, deren durchbrochene Fenster auf die Springbrunnen und Rosengärten hinaussahen. Die Räume waren aufs reizvollste mit ein paar schönen europäischen Möbelstücken eingerichtet. Nur die Bilder an den Wänden waren indisch. Sie stammten aus der Miniaturensammlung der Familie des Nawab und hatten meist erotische Themen – in Frauengemächern schäkernde Prinzen, Prinzessinnen, die auf die Freuden der Hochzeitsnacht vorbereitet wurden.

Harry sagte: »Ist Ihnen etwas aufgefallen? Daß Sie nie mitgenommen worden sind, um die Begum und ihre Damen kennenzulernen?«

»Ich *habe* sie kennengelernt, danke.« Sie lachte gezwungen: »Es war reichlich mühsam.«

»Trotzdem«, sagte Harry. »Es ist eine Unhöflichkeit.«

»Gegen wen?«

»Gegen Sie, gegen Sie.«

Sie schwiegen beide, dann sagte er: »Ich habe mit ihm gestritten deshalb... Ihretwegen. Ich habe ihn gefragt...«

»Was?«

»›Warum nimmst du Olivia – Mrs. Rivers – nicht mit und stellst sie der Begum vor?‹ Er...«

»Was?« fragte sie wieder.

»Ach«, sagte Harry, »Sie wissen ja, wie er sein kann, wenn er auf etwas nicht antworten will. Er lacht, und wenn man hartnäckig bleibt, dann behandelt er einen so, daß man sich wie ein Narr und prüde und dumm vorkommt, weil man solche Fragen stellt. Das versteht er sehr gut.«

»Ich *will* der Begum gar nicht vorgestellt werden«, sagte sie und spielte mit ihrem Armband. Sie fuhr fort: »Ich komme her, um mit Ihnen zusammenzusein – und mit ihm, natürlich –, rein aus Freundschaft, meine ich. Für Sie beide. Ich kann doch mit denen nicht befreundet sein, oder? Nicht mit jemandem, der nicht die gleiche Sprache spricht... Ich bin gerne hier. Ich bin gern mit Ihnen beisammen. Wir unterhalten uns gut miteinander. Schauen Sie nicht so, Harry. Jetzt sind Sie schon wie alle anderen, geben mir zu verstehen, daß ich nicht begreife. Daß ich Indien nicht kenne. Es stimmt, ich kenne es nicht, aber was hat das damit zu tun? Deshalb können Menschen doch miteinander befreundet sein, auch in Indien.« Sie sprach sehr rasch. Sie wollte keine Antwort darauf, sie erklärte ihren Standpunkt, den sie für richtig hielt. Dann fragte sie: »Was hat es mit den Raubüberfällen auf sich, Harry? Sagen Sie mir's«, setzte sie hinzu, da er es nicht tat.

Er seufzte, und nach einer Weile sagte er: »Ich weiß es wirklich nicht, Olivia. Alles Mögliche geht da vor sich, und mir ist lieber, ich weiß von nichts. Puuh, mir ist schlecht. Schrecklich.«

»Kommt es vom Magen?«

»Das auch. Und diese gräßliche Hitze.«

»Aber hier drinnen ist es *kühl.* Es ist *angenehm.*«

»Aber draußen, draußen!« Er schloß die Augen.

Sie ging zum Fenster. Natürlich brannte die Sonne herunter – die goldene Kuppel der Moschee im Garten des Palastes sandte blendende Strahlen aus –, aber die Rasenflächen leuchteten grün, und die Springbrunnen, in denen sich die Sonnenstrahlen brachen, sprühten funkelnd Licht und Wasser. In der Ferne, jenseits der perlgrauen Palastmauern, lag die Stadt, dehnte sich armselig mit ihren zerbrochenen Dächern dort aus, und jenseits davon das unfruchtbare Land; aber warum so weit schauen?

Der Nawab kam herein – auf Zehenspitzen: »Ich störe doch nicht? Bitte, sag es, und ich laufe sofort wieder davon.« Er sah Harry mit forschender Besorgtheit an und wandte sich dann an Olivia: »Wie finden Sie ihn? Was meinen Sie? Ich habe Ärzte hergerufen, aber er mag unsere indischen Ärzte nicht. Er findet, sie sind – was findest du, Harry, sind sie?»

»Quacksalber.«

»Lächerlich«, kommentierte lächelnd der Nawab. »Dr. Puri aus Chatra Bazaar hat einen akademischen Titel vom College in Ludhiana – er ist ein äußerst qualifizierter Mann ...«

»Er ist ein Hexendoktor«, sagte Harry.

»Lachhaft«, sagte der Nawab wiederum lächelnd. Er setzte sich auf den Rand des Sofas, auf dem Harry lag. »Wir möchten gerne, daß du schnell wieder gesund wirst, ganz schnell. Du fehlst uns. Es ist sehr langweilig ohne dich – nicht wahr, Olivia?« Und jetzt wandte er sich ganz ihr zu, sah sie an, als wollte er auch sie schützend in seine Zuneigung und Fürsorge einschließen.

»Sie hat nach den Dakoits gefragt«, sagte Harry.

Da die Augen des Nawab in diesem Moment so voll in ihre blickten, sah sie darin einen Ausdruck, den er normalerweise sorgfältig verborgen hätte. Und er durchforschte ihr Gesicht noch ein paar Sekunden lang. Dann wandte er sich ab.

Er sagte mit sanfter Stimme: »Ich hoffe, Olivia, wenn Sie etwas wissen wollen – wenn Ihnen etwas sonderbar vorkommt –, daß Sie in solchen Fällen nicht Harry oder irgendwen sonst fragen, sondern nur mich selbst.« Er beugte sich vor: »Wer hat mit Ihnen darüber geredet? Was haben sie gesagt? Nein, Sie müssen es mir sagen, wie kann ich mich sonst gegen Verleumdungen verteidigen, die die Leute über mich verbreiten? Diese Chance müssen Sie mir geben.«

Harry sagte: »Was verlangst du von ihr – daß sie dir aus den »Civil Lines« in Satipur berichtet? Daß sie für dich spioniert?«

Der Nawab lehnte sich wieder zurück. Er senkte die Augen wie aus Scham. Mit demütiger Stimme sagte er: »Ich hoffe, Sie glauben so etwas nicht von mir, Olivia.«

Sie rief spontan: »Natürlich nicht! Wie können Sie so etwas denken!« und sah Harry vorwurfsvoll an.

An Sonntagabenden gingen Douglas und Olivia oft durch den Friedhof. Sie wanderten Arm in Arm die Wege zwischen den Gräbern entlang, blieben stehen, um die Inschriften zu lesen, so daß ihnen die Namen der Toten vertraut wurden. Olivia nannte diese Sonntagsausflüge ihre Besuchsrunde, aber Douglas entschuldigte sich dafür. Er sagte, es sei eine Schande, daß die einzige Unterhaltung, die er ihr bieten könne, ein Spaziergang durch den Friedhof sei. »Wenn ich da an Marcia denke«, sagte er zerknirscht, »im leichtlebigen Paris.«

»Du Dummer.« Sie drückte seinen Arm. »Wo glaubst du denn, daß ich lieber wäre?«

Sie standen am Grab eines jungen Leutnants – E. A.

Edwards von den Vierundfünfzigern, der mit fünf seiner Offizierskameraden an der Spitze seines Regiments am 11. Mai 1857 gefallen war. 29 Jahre alt. Er war ihnen ein spezieller Freund geworden, weil Olivia die Inschrift gefiel: »Als Soldat stets bereit, wo die Pflicht ihn rief, ein pflichtbewußter Sohn, ein gütiger und nachsichtiger Vater, vor allem jedoch ein liebevoller Ehemann.«

»Genau wie du, Liebster«, sagte sie zu Douglas und drückte wieder seinen Arm. Nach einer Weile setzte sie hinzu: »Außer, daß du noch kein gütiger und nachsichtiger Vater bist.«

»Aber ich werde einer sein«, versprach er.

»Freilich wirst du das sein.«

Aber sie wurde nicht schwanger. Das fing an, ihr Sorgen zu machen: War irgend etwas nicht in Ordnung? Sie konnte es nicht glauben; sie war sicher, daß ein Paar wie sie und Douglas dazu bestimmt war, Kinder zu haben, die Begründer von Generationen schöner Menschen zu sein. Auch er war dessen sicher. Manchmal dachte sie, es könnte psychologische Ursachen haben – weil sie so erschrocken war über all die kleinen Kinder auf dem Friedhof, gestorben an den Pocken, gestorben an Cholera, gestorben an Typhus.

Sie hatte ein paar Blumen für das Grab des Saundersschen Kindes mitgebracht. Sie kniete nieder, um sie zu Füßen des italienischen Engels zu legen. Als sie sich erhob, strahlte ihr Gesicht. Sie nahm Douglas' Arm und flüsterte ihm ins Ohr: »Ich habe mir etwas gewünscht ... weißt du, so wie man das an Baba Firdaus' Schrein am Hochzeitstag des Ehemanns macht.« Beide lächelten, aber dann wurde sie ernst und fragte: »Douglas, was ist da eigentlich los mit den Raubüberfällen?«

»Eine Bande treibt rund um Khatm ihr Unwesen. Sie terrorisieren die Dörfer der Umgebung – machen Überfälle, plündern, und auch ein paar Tote hat es gegeben.«

»Wie entsetzlich.« Sie setzte hinzu: »Aber was hat *er* damit zu tun?«

»Unser Freund? Das ist es ja gerade. Man nimmt allgemein an, daß er mit ihnen unter einer Decke steckt und einen Anteil bekommt, als Gegenleistung dafür, daß er sie deckt.«

»Das kann nicht sein«, sagte Olivia.

Douglas lachte über ihre Ahnungslosigkeit. Sie gingen weiter. Er wies sie auf noch ein paar andere Gräber aus der Zeit des großen Aufstands hin, aber sie hatte kein Interesse mehr.

Sie sagte: »Aber er ist doch ein *Herrscher*: Er würde sich doch nicht auf diese Weise mit einer Räuberbande einlassen. Schließlich ist er ein Fürst.« Als Douglas laut herauslachte, sagte sie mit beinahe beleidigter Stimme: »Er hat sogar irgendeinen englischen Titel.«

»Ach ja, er hat alles Mögliche... Schau her, hier ist noch einer am 11. Mai 1857 gefallen: *Lt. Peter John Lisle aus Clifton, Bristol:* Er muß im gleichen Kampf gefallen sein wie Lt. Edwards. Es gab einen Aufstand in Satipur, angestiftet vom damaligen Radscha von Satipur, der sich den Aufständischen angeschlossen hatte, wofür er später sehr teuer bezahlte. Im Gegensatz zu seinem Nachbarn in Khatm, dem Urgroßvater unseres Freundes, der ›loyal‹ blieb – *nachdem* er sich vergewissert hatte, welches die bessere Seite war, um ihr gegenüber loyal zu bleiben. So kam er zu seinem englischen Titel und all seinen anderen extra Vergünstigungen. Ein schlauer Bursche.« Behutsam zupfte er ein paar Unkrautpflänzchen aus Leutnant Lisles Grab. Viel Unkraut wuchs da nicht – die Gräber waren außerordentlich gepflegt. Man hatte einen ständigen Aufseher eingestellt, und Mr. Crawford selbst kam regelmäßig den Friedhof inspizieren, um sich zu vergewissern, daß den toten Engländern die gebührende Achtung erwiesen wurde.

»Ganz abgesehen von allem anderen«, sagte Olivia und sah zu, wie Douglas das Unkraut herauszupfte. »Er hätte es doch nicht nötig, sich einer Räuberbande anzuschließen. Das ist lächerlich. Ich meine, immerhin muß er ein reicher Mann sein... Bitte laß das!«

»Aber das ist doch Unkraut.«

»O Gott, gehen wir. Hier werde ich noch trübsinnig.«

Douglas stand auf und klopfte sich den Staub von der Hose. Jetzt sah er gekränkt aus; er sagte: »Ich dachte, es gefällt dir hier.«

»Die Bäume gefallen mir.«

Sie drehte sich um und ging von ihm weg den Weg

hinunter. Sie wollte nicht, daß er bemerkte, wie sehr sie von ihm und den toten Helden irritiert war. Aber sie mußte ihn noch mehr fragen, daher blieb sie stehen und wartete, bis er sie eingeholt hatte. »Was für Räuberbanden?« fragte sie.

»Ich will nicht darüber reden.« Douglas machte sein unzugängliches Gesicht. Er starrte geradeaus wie ein Soldat bei einer Parade. Er ging geradewegs auf den Ausgang zu.

Jetzt war es Olivia, die zurückblieb. Sie blieb noch einmal am Saundersschen Grab stehen und kniete sich hin, um ihre Blumen zu ordnen. Sie verweilte dort. Es wurde dunkler, und die Schatten vertieften sich. Traurigkeit erfüllte ihr Herz. Sie wußte nicht, warum. Vielleicht weil sie kein Kind bekam? Sie dachte, wenn sie ein Kind bekäme – einen strammen blonden, blauäugigen Jungen –, würde alles gut. Sie würde ruhig und friedlich mit Douglas leben und eins mit ihm sein und über alles genauso denken wie er.

»Komm jetzt«, rief Douglas zu ihr herüber, mit gereizter Stimme. »Es wird finster.«

Sie erhob sich gehorsam, aber im nächsten Augenblick – sie wußte gar nicht, wie ihr geschah – sank sie wieder auf die Knie und bedeckte das Gesicht mit den Händen. Der Engel schimmerte weiß über ihr. Die letzten Vögel regten sich noch in den Bäumen, ehe sie einschliefen; sonst war kein Laut zu hören. Olivia weinte still. Dann hörte sie Douglas' Schritte auf dem Weg knirschen, als er zu ihr zurückkam. Aber auch er schwieg, als er wartend neben ihr stand.

»Tut mir leid«, sagte sie nach einer Weile. Sie schneuzte sich in ihr Taschentuch und trocknete die Tränen. Sie stand auf, aber er half ihr nicht. Sie blickte ihm ins Gesicht – in der wachsenden Dunkelheit konnte sie es gerade noch erkennen, es schimmerte über ihr wie der Engel. Er stand steif und aufrecht da; er sagte: »Du hättest nach Simla fahren sollen. Die Hitze strengt dich zu sehr an.«

»Das ist es also«, sagte sie und war froh über diese Ausrede.

15. Juni: Unter den Bettlern ist eine sehr alte Frau; wenigstens sieht sie sehr alt aus, aber das kann auch an ihrem entbehrungsreichen Leben liegen. Sie bittet nicht um Almosen, aber wenn sie hungrig ist, steht sie dort mit ausgestreckter Hand. Ich sehe sie nie mit jemandem sprechen. Obwohl sie in der Stadt bleibt, scheint sie nirgends einen festen Unterschlupf zu haben. Manchmal sehe ich sie in der Gegend der »Civil Lines«, manchmal bei den Fürstengräbern, manchmal im Basar oder in den Gassen in seiner Umgebung. Sie schlurft in ihren Lumpen umher, und wenn sie müde ist, hockt oder legt sie sich nieder, wo immer sie gerade ist, und die Vorübergehenden müssen in einem Bogen um sie herumgehen.

Während der letzten paar Tage habe ich sie immer an der gleichen Stelle gesehen. Hinter unserem Haus gibt es eine schmale Gasse, wo unser Wäscher wohnt (es ist die gleiche Gasse, in der ich die Eunuchen tanzen sah). Vor ein paar Tagen brachte ich ein paar Kleider zu ihm, und ich bin zwar nicht sicher, aber ich glaube, sie könnte damals schon dort gelegen haben. Man ist eben so an sie gewöhnt, daß man sie meistens gar nicht mehr wahrnimmt. Aber ich habe sie bestimmt gesehen, als ich wieder hinging, um die Kleider abzuholen. Irgend etwas an der Art, wie sie dalag, erregte meine Aufmerksamkeit.

Die Gasse endet in unbebautem Gebiet, auf dem in einem Schuppen ein Mann mit zwei Büffeln lebt. Gleich außerhalb seines Schuppens hat die Stadtverwaltung einen betonierten Abfallplatz angelegt, aber die meisten Leute halten es nicht für nötig, ihre Abfälle innerhalb der Betonabgrenzung abzuladen, so daß sie verstreut daneben umherliegen und einen kleinen Hügel bilden. Der Grund, weshalb ich die Bettlerin bemerkte, war, daß sie bei den Ausläufern dieses Abfallhügels lag. Zuerst dachte ich, sie sei tot, dann aber wurde mir klar, sie konnte es nicht sein, weil niemand auf dem Weg besorgt zu sein schien. Auch die Tiere, die in den Abfällen herumschnüffelten, beachteten sie nicht. Nur die Fliegen schwirrten über ihr in einem kegelförmigen Schwarm.

Der Wäscher war nicht zu Hause, und seine Frau war sehr beschäftigt mit ihren häuslichen Arbeiten, und außerdem mußte sie mit einer langen Holzstange in den zum Kochen aufgesetzten Kleidern stochern. Als ich erwähnte, daß die Bettlerin dort draußen liege, hatte sie keine Zeit, mir zuzuhören. Auch der Kohlenmann, der in einer Öffnung in der nächsten Mauer wohnt, hatte keine, und auch der Mann mit den Büffeln nicht. Sie murmelten irgend etwas Unbestimmtes, als ich sie fragte, wie lange die Bettlerin schon dort liege. Plötzlich kam mir der Gedanke, daß sie vielleicht doch tot war, und es war niemandes Sache, sie wegzubringen. Auch meine nicht, und ich trug meine Wäsche nach Hause.

Später fragte ich mich, was mit mir los war – daß ich mir nicht einmal die Mühe genommen hatte, näher hinzugehen und nachzusehen, ob sie am Leben oder tot war. Ich erzählte Inder Lal von ihr, aber er war damit beschäftigt, sich für das Büro fertigzumachen. Ich wollte, daß er mit mir hinginge, um nachzusehen, daher folgte ich ihm, als er losging. Er fuhr mit dem Rad, hatte den Behälter mit seinem Mittagessen an die Lenkstange gebunden. Obwohl es ihm sehr widerstrebte, überredete ich ihn dazu, mit mir in die Gasse einzubiegen. Ich sah sofort, daß sie noch dort war. Wir blieben stehen, um von weitem zu ihr hinzusehen. »Lebt sie?« fragte ich ihn. Er wußte es nicht und verspürte keine Neigung, es genauer zu überprüfen. Ohnedies war es Zeit für ihn zu gehen, er durfte nicht zu spät ins Büro kommen. Doch ich fand, ich müsse nachsehen. Ich ging näher – Inder Lal rief: »Nein, tun Sie das nicht!« und klingelte sogar als Warnung mit seiner Fahrradglocke. Ich ging zu dem Abfallhaufen und beugte mich über die Bettlerin: Ihre Augen waren offen, sie stöhnte, sie war am Leben. Es roch fürchterlich, und Unmengen von Fliegen waren dort. Ich blickte hinunter und sah ein dünnes Rinnsal Kot aus ihr heraussickern. Mein erster Gedanke galt Inder Lal: Ich bedeutete ihm wegzugehen, in sein Büro zu gehen. Ich war froh, daß er weiter weg stehengeblieben war. Ich gestikulierte heftiger und war erleichtert, als er sich umdrehte und ging – rein in seinen oft gewaschenen Kleidern und mit seinem frisch gekochten Essen im Traggeschirr. Ich ging fort, und als ich beim Kohlenhändler vorbeikam, sagte ich: »Sie ist krank.« Er murmelte irgend etwas zur Bestätigung. Durch den Torbogen war der Wäscher zu sehen, der in seinem Hof aß. Ihn konnte ich nicht stören. Ja, ich hatte das Gefühl, daß ich niemanden stören, zu niemandem hingehen konnte. Zum erstenmal verstand ich – *empfand* ich – die Furcht der Hindus vor Verunreinigung. Ich ging nach Hause und badete sehr gründlich, ließ immer wieder Wasser über mich laufen. Ich hatte Angst. Verunreinigung – Ansteckung – schien überall zu sein; diese Fliegen konnten es leicht von ihr auf mich übertragen haben.

Später ging ich ins Ortskrankenhaus, das im Viertel der »Civil Lines« lag. Es war ein altes, düsteres Gebäude – das gleiche, dem Dr. Saunders vorgestanden hatte –, und es ist zu klein für die Bedürfnisse der Stadt. Stationär und ambulant behandelte Patienten quollen auf die Veranden und die Gänge und die kleine Rasenfläche davor hinaus. Ich ging geradewegs in das Zimmer des medizinischen Leiters, das groß und luftig, sauber und ordentlich war. Der Chefarzt, Dr. Gopal, war ebenfalls sauber und ordentlich – ein gutaussehender Mann in einem weißen Mantel und mit glänzendem Schnurrbart. Er war sehr höflich, ja zuvorkommend, und erhob sich hinter seinem Schreibtisch, um mich zu begrüßen und mir einen Platz ihm gegenüber anzubieten. Der Schreibtisch und die Stühle waren solide alte englische Möbel, stammten wahrscheinlich aus der Zeit von Dr. Saunders. Dr. Gopal hörte sich meine Geschichte teilnahmsvoll an und sagte, wenn ich sie herbrächte, wolle man sehen, was sich tun lasse. Als ich fragte, ob es möglich sei, sie mit einem Krankenwagen herzubringen, sagte er, daß der Krankenwagen unglücklicherweise gerade in Reparatur sei und auch nur für dringende Fälle bestimmt sei.

»Aber das ist doch ein dringender Fall.«

Der Arzt lächelte melancholisch und strich sich den Schnurrbart. Er stellte mir die übliche Frage: »Aus welchem Land kommen Sie?« Obwohl er zweifelsohne ein vielbeschäftigter Mann war, schien er durchaus bereit, sich länger mit mir zu unterhalten. Ich hatte den Eindruck, daß er sich unterhalten wollte, vielleicht um wieder englisch zu reden.

Zwei Ambulanz-Patienten kamen herein, mit Zetteln in den Händen. Es waren Leute aus dem Dorf mit einfältigen Gesichtern unter großen Turbanen; sie hielten Dr.

Gopal die Zettel hin. Auf seine strenge Frage stellte sich bald heraus, daß die beiden Rezepte verwechselt worden waren, und daß Meher Chand, der an Hämorrhoiden litt, die Medizin von Bacchu Ram nahm, der Gallensteine hatte. Dr. Gopal klärte diesen Irrtum rasch auf und entließ die beiden Patienten, die offenbar zufrieden weggingen.

Ich fragte: »Passiert das oft?«

»Natürlich. Diese Leute können nicht lesen, und die Krankenpfleger sind nicht verläßlich. Sie sehen ja unsere Schwierigkeiten. Wenn sie stirbt«, sagte er, »bringen Sie sie nicht her. Wir können nicht viel tun.«

»Aber wo soll sie dann sterben?«

»Sie sehen ja unsere Schwierigkeiten«, wiederholte er. »Unser Krankenhaus ist seit mehr als zwanzig Jahren nicht vergrößert worden. Wir haben keine Betten, wir haben kein Personal und keine Geräte.« Er redete weiter. Es war eine lange Liste von Schwierigkeiten. Und wieder merkte ich, daß er gern mit mir sprach – teilweise, um sich im Englischen zu üben, dies war wohl ein Beweggrund; aber auch, um sich auf diese Weise bei jemandem Erleichterung zu verschaffen. »Sie haben gesehen, was für Patienten wir haben; und wir machen auch unsererseits Fehler, wie soll man das vermeiden? Ich hätte gern mehr Personal, ich mache Gesuche in dreifacher Ausfertigung, ich gehe zum Minister: Wenn ich schließlich das Personal bekomme, sind es oft unbrauchbare Leute.« Er sprach ein fließendes Englisch, und er drückte sich gut aus. Er hatte eine Menge auszudrücken – seine Gefühle waren tief und sein Leben schwierig. Er blickte mich über den Schreibtisch hinweg mit den gleichen Augen an wie Inder Lal, um Verständnis flehend.

Was ich am besten verstand, war, daß das Problem der Bettlerin, wenn ich mich ihrer annehmen wollte, jetzt mein Problem war. Alle anderen hatten selbst zu viele eigene Probleme. Ich überlegte, was zu tun sei. Vielleicht konnte man sie noch behandeln, und für diesen Fall mußte ich sie in das Krankenhaus schaffen. Ich könnte eine Rikscha oder einen Pferdewagen mieten, um sie hinzufahren. Dann überlegte ich, wie sie in das Fahrzeug zu bringen wäre. Ich würde sie selbst hineinheben müssen, denn ich konnte von niemand anderem erwarten, daß er das Risiko auf sich nahm, sie zu berühren; außerdem war ich keineswegs sicher, ob ich einen Fahrzeugbesitzer dazu bringen könnte, sie zu übernehmen.

Ich bahnte mir meinen Weg aus dem Büro von Dr. Gopal durch die überfüllten Gänge des Krankenhauses. Immer wieder mußte ich über Patienten hinwegsteigen, die auf dem Fußboden lagen. »Wo soll sie denn dann sterben?« hatte ich Dr. Gopal gefragt. Es war mir in dem Augenblick wie eine eindrucksvolle Frage vorgekommen, aber jetzt war sie es nicht mehr. Jetzt stellte sich ein neuer Gedanke – ein neues Wort – bei mir ein, daß die alte Frau *entbehrlich* war. Ich war über mich selbst überrascht. Ich erkannte, daß ich mich veränderte, daß ich immer mehr wurde wie alle anderen. Aber ich dachte auch, daß es, wenn man hier lebte, am besten ist, so zu sein wie alle anderen. Vielleicht bleibt einem nicht einmal eine andere Wahl: Alles um mich herum – die Menschen und die Landschaft, alles, was es hier Lebendes und Unbelebtes gab – schien mich zu diesem Verhalten zu drängen.

Als ich vom Krankenhaus zurückging, kam ich an Majis Hütte bei den Fürstengräbern vorbei. Sie saß davor und winkte mich heran. Sie sah mir ins Gesicht und fragte mich, was los sei. Ich erzählte es ihr; inzwischen sprach ich bereits ebenso gleichgültig davon wie alle anderen. Aber über Majis Reaktion erschrak ich, denn sie war ganz und gar nicht so wie die aller anderen.

»Was?« rief sie. »Leelavati? Ist ihre Zeit gekommen?« Leelavati! Die Bettlerin hatte einen Namen! Plötzlich wurde die ganze Angelegenheit wieder dringend. Maji rappelte sich auf und eilte mit einer für eine ältere und so dicke Person erstaunlichen Behendigkeit zum Basar. Ich lief hinter ihr her, um sie zu dem Abfallhaufen zu führen. Aber als wir hinkamen, war sie weg. Wir fragten den Wäscher, den Kohlenhändler, den Büffelbesitzer: alle zuckten die Achseln wie zuvor, sie sei woanders hingegangen. Sie vermuteten, sie sei wohl hungrig geworden und habe sich weggeschleppt, um Essen zu erbetteln. Ich kam mir töricht vor, so viel Aufsehen gemacht zu haben.

Aber Maji sagte: »Ich weiß, wo sie sein kann«, und zog im gleichen Trab wieder los, ruderte mit den Ellbogen, um rascher vorwärts zu kommen. Wir eilten zum Basar zurück, dann durch das Tor, das aus der Stadt hinausführte, bis wir zu dem Wasserreservoir kamen mit den Sati-Grabsteinen am Ufer. »Ah!« rief Maji. Sie hatte sie eher gesehen als ich. Sie lag unter einem Baum, genauso wie sie neben dem Abfallhaufen gelegen hatte. Der Kot floß noch immer aus ihr heraus, aber jetzt nur noch als dünnes Rinnsal. Maji ging zu ihr und sagte: »Da bist du. Ich habe dich gesucht. Warum hast du mich nicht gerufen?« Die alte Frau starrte in den Himmel, aber mir schien, als wären ihre Augen schon blicklos. Maji setzte sich unter den Baum und nahm den Kopf der alten Frau in ihren Schoß. Sie streichelte ihn mit ihren dicken Bäuerinnenhänden und blickte auf das sterbende Gesicht hinunter. Plötzlich lächelte die alte Frau. Ihr zahnloser Mund öffnete sich mit dem gleichen seligen Erkennen wie der eines Säuglings. Waren ihre Augen noch nicht blicklos – konnte sie Maji sehen, die auf sie herabblickte? Oder spürte sie nur ihre Liebe und Zärtlichkeit? Was es auch war, dieses Lächeln erschien mir wie ein Wunder.

Ich setzte mich zu ihnen unter den Baum. An diesem Tag hatte zuvor ein besonders heftiger Sandsturm geweht und, wie es manchmal geschieht, die Luft gereinigt, so daß nun die letzte helle Stunde des Tages von Leuchten erfüllt war. Das Wasser in dem Becken war so klar wie der Himmel, nur hie und da von einem darüber hinjagenden, sich darin widerspiegelnden Eisvogel gekräuselt oder den Bäumen, die für einen Augenblick ihre Blätter in seine Oberfläche tauchten. An seinem anderen Ende badeten ein paar Büffel, standen so tief im Wasser, daß nur ihre Köpfe darüber sichtbar waren. Ein ganzes Rudel magerer, lebhafter Affen hüpfte am Ufer umher, zwischen den Witwengrabsteinen hindurch und über sie hinweg.

»Siehst du«, sagte Maji. »Ich wußte, sie würde hierher kommen.« Sie streichelte weiter das Gesicht der alten Frau, nicht nur voller Zärtlichkeit, sondern auch mit einem gewissen Stolz; ja wirklich, als wäre sie stolz auf sie, weil sie etwas Besonderes geleistet hatte. Sie fing an, mir von dem Leben der alten Frau zu erzählen: wie sie als Witwe zurückgeblieben und aus dem Haus ihres Schwiegervaters vertrieben worden war. Dann waren ihre Eltern und ihr Bruder an einer Pockenepidemie gestorben und hatten sie heimat- und mittellos zurückgelassen. Was wäre ihr dann anderes übriggeblieben, fragte Maji: Sie war buchstäblich auf diese Welt zurückgeworfen worden, um sich ihren Lebensunterhalt zu erbetteln. Damals war sie nicht an einem Ort geblieben, sondern war überall herumgezogen, meistens von einer Pilgerstätte zur anderen, weil sie für Bettler am lohnendsten waren. Vor ungefähr zehn Jahren war sie in die Stadt gekommen und hier krank geworden. Sie hatte sich erholt, war aber nicht wieder kräftig genug geworden, um weiterzuziehen, also war sie einfach dageblieben.

»Aber jetzt ist sie müde«, sagte Maji. »Jetzt ist es Zeit. Jetzt hat sie genug getan.« Und wieder streichelte sie ihr Gesicht und wieder voller Stolz, als hätte die alte Frau sich tapfer gehalten.

Es war angenehm, hier zu sitzen – kühl an dem Wasser –, und wir waren darauf gefaßt, viele Stunden so zu bleiben. Aber sie ließ uns nicht lange warten. Als das Leuchten verblaßte und der Himmel, die Luft und das Wasser sich in fahles Silber verwandelten und die Vögel in den dunklen Bäumen einschliefen und nur noch Fledermäuse geräuschlos über den silbrigen Himmel flatterten: in dieser lieblich-sanften Stunde starb sie. Ich hätte es nicht bemerkt, denn sie hatte sich lange nicht bewegt. Es gab kein Todesröcheln und keinen Todeskampf. Es war, als wäre alles schon aus ihr herausgepreßt und ihr nichts mehr zu tun übriggeblieben, als ganz einfach hinüberzugehen. Maji war zufrieden. Sie sagte, Leelavati habe es gut gemacht und sei mit einem guten, einem gesegneten Ende belohnt worden.

1923

Eines Tages erzählte Olivia Douglas, daß Harry in Khatm krank läge und daß sie hinfahren und ihn besuchen wolle. Douglas sagte: »Ach so?« und sonst nichts. Sie nahm dies als die Erlaubnis, die sie haben wollte: Von jetzt an, fand sie, *wußte* Douglas, daß sie nach Khatm fuhr, sie hatte es ihm gesagt, er war von den Tatsachen in Kenntnis gesetzt worden. Es würde in Zukunft nicht mehr nötig sein, sich mit der Rückkehr zu beeilen, damit er nicht vor ihr zu Hause wäre. Und wenn, konnte sie ihm einfach und wahrheitsgemäß sagen, daß sie den kranken Harry in Khatm besuchen war. Aber er kam nie vor ihr nach Hause; durch irgendwelche Umstände schien er immer länger und länger im Büro aufgehalten zu werden, und wenn er nach Hause kam, war er so müde, daß er sehr bald schlafen ging. Olivia blieb viel länger auf, saß am Fenster, um noch ein wenig die kühle Luft zu genießen. Für gewöhnlich schlief sie noch, wenn er am Morgen wegging; er verließ das Haus immer sehr früh, um seine Inspektionsritte machen zu können, ehe die Sonne zu heiß wurde.

Eines Morgens jedoch war sie wach. Sie kam in das Frühstückszimmer (das heute das Postamt ist) und setzte sich zu ihm, was sie schon eine ganze Weile nicht getan hatte. Sie sah ihm zu, wie er Schinken und Wurst aß. Ihr fiel auf, daß sein Gesicht voller geworden war, ja sogar ein wenig fleischig, wodurch er mehr Ähnlichkeit mit anderen Engländern in Indien bekam. Sie schob den Gedanken weg: Er war unerträglich.

»Douglas«, sagte sie, »Harrys Befinden scheint sich nicht zu bessern.«

»Ach so?« Er hatte das, was auf seinem Teller lag, in kleine Stücke geschnitten und kaute langsam und teilnahmslos.

»Ich habe gedacht, ob wir nicht Dr. Saunders bitten könnten, ihn sich einmal anzusehen.«

»Dr. Saunders nimmt keine Privatpatienten.«

»Aber er ist der einzige englische Arzt hier in der Gegend.« Als Douglas nicht reagierte, setzte sie hinzu: »Und Harry ist schließlich Engländer.«

Douglas hatte sein Frühstück beendet und zündete jetzt seine Morgenpfeife an (er rauchte jetzt fast ständig Pfeife). Er zog daran ebenso langsam und mechanisch, wie er gegessen hatte. Sie hatte ihn immer um dieser Eigenschaften willen geliebt – um seiner gleichmütigen Ruhe, seiner englischen Festigkeit und Stärke willen, seiner Männlichkeit. Aber jetzt dachte sie plötzlich: welche Männlichkeit? Er kann mich nicht einmal schwanger machen.

Sie rief: »Mußt du diese gräßliche Pfeife rauchen? Bei dieser Hitze?«

Er blieb ruhig, klopfte die Asche in einem Aschenbecher aus – sorgfältig, um nichts auf das Tischtuch zu streuen. Schließlich sagte er: »Du hättest nach Simla fahren sollen.«

»Und was sollte ich dort? Mit Mrs. Crawford spazierengehen? Zu den gleichen todlangweiligen Einladungen zum Abendessen gehen – o Gott«, sagte sie und schlug verzweifelt die Hände vors Gesicht, »noch ein solches Abendessen, und ich falle tot um.«

Douglas verabsäumte es, auf diesen Ausbruch einzugehen. Er rauchte weiter seine Pfeife. Es war sehr still im Zimmer. Auch die Diener, die den Frühstückstisch abräumten, taten dies so leise wie möglich, um den Sahib und die Memsahib nicht zu stören, die einen Streit auf englisch hatten.

Nach einer Weile sagte Olivia mit zerknirschter Stimme: »Ich weiß nicht, was mit mir los ist.«

»Ich habe dir gesagt, es ist die Hitze. Keiner englischen Frau sollte man zumuten, sie auszuhalten.«

»Du hast wahrscheinlich recht.« Sie murmelte: »Übrigens, Liebster, ich möchte Dr. Saunders auch konsultieren.«

Er sah sie an. Sein Gesicht mochte sich verändert haben, aber seine Augen waren so rein und klar geblieben wie eh und je.

»Weil ich nicht –« sie blickte schüchtern zu Boden, dann wieder ihm in die Augen – »schwanger werde.«

Er legte seine Pfeife in den Aschenbecher (ein Diener klopfte sie eilfertig aus), stand dann auf und ging in das Schlafzimmer. Sie folgte ihm. Sie umschlangen einander; sie flüsterte: »Ich will nicht, daß sich etwas ändert ... Ich will nicht, daß *du* dich änderst.«

»Das tu ich ja nicht«, sagte er.

»Nein, du nicht, das stimmt.« Aber sie umschlang ihn fester. Sie sehnte sich danach, schwanger zu werden; dann wäre alles gut – er würde sich nicht verändern, sie würde sich nicht verändern, sie würden so sein, wie sie es vorgehabt hatten.

»Warte noch ein bißchen«, sagte er. »Es wird schon in Ordnung kommen.«

»Glaubst du?«

»Sicher.«

Sie lehnte sich an seinen starken Arm und ging mit ihm hinaus vor das Haus. Obwohl es noch so früh am Morgen war, war die Luft abgestanden.

»Ich wünschte, du wärst nach Simla gefahren.«

»Weg von dir?«

»Es ist so schlecht für dich hier. Dieses gräßliche Klima.«

»Aber ich fühle mich wohl!« Sie lachte – weil es wirklich so war.

Er drückte dankbar ihren Arm: »Wenn ich wegkann, fahren wir beide.«

»Glaubst du, du kannst?... Aber du brauchst es nicht meinetwegen«, sagte sie. »Mir geht es gut – es macht mir nichts – wirklich nicht. Ich fühle mich wohl«, sagte sie wieder.

Er rühmte ihre Standhaftigkeit. Er wäre gerne noch daheimgeblieben, aber der Stallknecht stand schon da und hielt sein Pferd, und seine Ordonnanz stand mit den Akten bereit, sein Hausdiener wartete mit dem Tropenhelm auf ihn.

»Komm nicht mit hinaus«, sagte Douglas, aber sie ging doch hinaus. Sie sah zu ihm auf, als er im Sattel saß und zu ihr herabblickte. An diesem Morgen fiel es ihm schwer, das Haus zu verlassen.

Er sagte: »Ich werde mit Dr. Saunders wegen Harry reden.«

Sie winkte ihm nach, solange sie ihn sehen konnte. Ein Diener hielt ihr die Tür auf, aber sie schaute noch ein Weilchen in die Ferne. Nicht in die Richtung, in die Douglas davongeritten war, sondern nach der anderen Seite; nach Khatm, wo der Palast lag. Es war einerlei, denn alles lag unter der gleichen Staubglocke. Aber es stimmte, was sie Douglas gesagt hatte, sie fühlte sich wohl – gänzlich unbeeinträchtigt von der Hitze oder der dunstigen Atmosphäre. Es war, als sprudle in ihr eine kleine Quelle, die sie frisch und froh hielt.

Später an diesem Morgen – sie sah auf die Armbanduhr, es war noch Zeit, bis der Wagen des Nawab sie abholen kommen würde – ging sie hinüber zum Haus des Ehepaares Saunders. Aber Dr. Saunders war bereits ins Krankenhaus gegangen, und nur Mrs. Saunders war daheim. Olivia war überrascht, sie außer Bett zu finden. Sie saß in einem der höhlenartigen Zimmer und starrte in einen leeren Kamin. Sie erklärte Olivia: »Es ist nicht gut, wenn sie einen im Bett sehen ... die Diener«, und sie senkte die Stimme mit einem Blick auf die Tür. »Ich möchte im Bett sein. Da gehöre ich eigentlich hin. Aber man weiß ja nicht, was in ihren Köpfen vorgeht.«

Sie starrte weiter in den Kamin – es war nicht einmal ein Schutzgitter davor –, als sähe sie dort irgendwelche unheimlichen Visionen. Das Zimmer hatte etwas Unheimliches: Vielleicht lag das an den Möbeln, die nicht den Saunders gehörten, sondern von einer Generation von Regierungsbeamten zur anderen weitergereicht worden waren. Auch die Drucke an den Wänden hingen schon lange Zeit dort; die meisten zeigten Szenen des Sepoy-Aufstands; etwa jene, als Sir Henry Lawrence in der Residenz von Lucknow von einer Kugel getroffen wurde.

»Man hört alle möglichen Geschichten«, sagte Mrs. Saunders. »Da gab es zum Beispiel in Muzzafarbad oder hier irgendwo eine Dame – eine Dame aus Somerset.« Sie seufzte (dachte sie an das Schicksal dieser Dame oder an das ferne Somerset?) – »Ihr *dhobi*, der Wäscher«, Mrs. Saunders flüsterte und beugte sich nahe zu Olivia hinüber, »er bügelte ihre Unterwäsche, und das muß zu viel für ihn gewesen sein. Sie sind sehr erregbar, das ist ihre Veranlagung. Ich habe gehört, ihr stark gewürztes Essen hat was damit zu tun – ich kann zwar nicht sagen, ob daran was Wahres ist, aber eines weiß ich sicher, Mrs. Rivers: Sie haben nur eines im Kopf, und das ist ... Sie können sich schon denken, was, mit einer weißen Frau zu tun ...«

Olivia starrte sie an. Mrs. Saunders nickte voll düsterer Gewißheit; sie zog ihr Kleid über ihrer mageren Brust zurecht. Olivia bemerkte, daß auch sie unwillkürlich ihre Hand gehoben hatte, um den ziemlich tiefen Ausschnitt ihres blaßbraunen Seidenkleids zurechtzuschieben. Lächerlich! Sie sprang auf – es war Zeit zu gehen; der Wagen des Nawab würde gleich da sein.

Der Nawab lachte über die Vorstellung, Dr. Saunders zu holen. Er sagte, wenn ein europäischer Arzt gebraucht würde, würde er selbstverständlich nach dem besten Spezialisten schicken – wenn nötig sogar nach Deutschland oder England. Aber um Olivia und Harry einen Gefallen zu tun, erklärte er sich einverstanden, Dr. Saunders einen Wagen zu schicken.

Dr. Saunders, erfreut und geschmeichelt, daß ein Fürst nach ihm schickte, legte seine Fingerspitzen aneinander und gebrauchte viele Fachausdrücke. Er schnaufte beim Sprechen, und bei jedem Wort blies er seine Schnurrbarthaare weg, so daß sie ihm um den Mund flatterten, als würden sie von einem Windstoß bewegt. Der Nawab behandelte ihn mit jener übertriebenen Höflichkeit, die – wie Olivia zu erkennen gelernt hatte – seine Art war, Verachtung auszudrücken. Doch dies veranlaßte Dr. Saunders, der sie für bare Münze nahm, sich in seinem engen Shantung-Anzug noch mehr aufzublähen. Der Anblick der beiden einander Gegenübersitzenden – der Nawab offenbar respektvoll lauschend vorgebeugt, während Dr. Saunders sich in immer weiteren Details verlor – löste bei Harry Gekicher aus, und als Olivia ihn ansah, konnte auch sie sich nicht zurückhalten. Dr. Saunders bemerkte es nicht, der Nawab hingegen sehr wohl, und da es ihn freute, seinen Freunden eine so köstliche Unterhaltung zu bieten, bestand er darauf, daß der Arzt zum Essen blieb.

Dr. Saunders schwang sich beim Mittagstisch zu neuen Spitzenleistungen auf. Mit gerötetem Gesicht voll genießerischer Freude über seines Gastgebers Essen und Trinken, ließ er sich dazu hinreißen, seine wohlabgewogene Meinung über Indien und die Inder von sich zu geben. Er hatte viele Anekdoten zur Illustration seines Themas zu erzählen, die er zum Großteil aus seiner Krankenhauserfahrung bezog. Obwohl Olivia die meisten schon zuvor gehört hatte, teilte sie Harrys Vergnügen über die Art des Nawab, sie ihm herauszulocken.

»Und was haben Sie da getan, Doktor?«

»Dann, Nawab Sahib, ließ ich den Burschen in mein Büro rufen, und ohne weitere Debatten haute ich ihm fest ein paar herunter, eins-zwei, eins-zwei.«

»Das haben Sie gut gemacht, Doktor. Sehr gut. Da haben Sie ein Exempel statuiert.«

»Es ist die einzige Möglichkeit, mit ihnen umzugehen, Nawab Sahib. Es hat keinen Zweck, mit ihnen zu debattieren, sie sind Vernunftgründen nicht zugänglich. Sie haben's nicht hier, verstehen Sie, hier oben, so wie unsereiner.«

»Ganz richtig, Doktor. Damit treffen Sie – wie heißt das, Harry?«

»Den Nagel auf den Kopf.«

»Ganz richtig. Den Nagel auf den Kopf.« Der Nawab nickte ernsthaft.

Nach einer Weile hatte Olivia genug. Dr. Saunders lärmende Dummheit war einfach zu plump, der Spaß dauerte schon zu lange. Auch Harry war seiner inzwischen überdrüssig geworden. Mit der ihm eigenen Sensibilität spürte der Nawab sofort den Stimmungswechsel. Er warf seine Serviette hin und sagte: »Kommt, Olivia und Harry.« Und abrupt, ohne Formalität, ließ er den Arzt sitzen und führte die beiden anderen hinauf in Harrys Suite. Dort warf er sich in einen Sessel, legte den Kopf zurück und brach in lautes Lachen aus. Er war geradezu beleidigt, daß sie nicht mit einstimmten. »Ich habe mich so angestrengt und so viel getan, nur um euch beide zu amüsieren«, erklärte er.

»Das ist Tierquälerei.«

»Aber er bezeichnet *uns* als Tiere«, machte ihnen der Nawab klar.

Harry sagte: »Er ist doch bloß ein langweiliger alter Kerl. Wozu hast du ihn eigentlich hergeholt?«

»Das war *sie*«, sagte der Nawab und zeigte auf Olivia. Aber als sie darüber in Verlegenheit geriet, bemühte er sich, es wiedergutzumachen: »Er ist kein Langweiler. Er ist sehr amüsant. ›Wir Ärzte daheim in England‹«, sagte er und legte die Fingerkuppen aneinander und blies einen imaginären Schnurrbart weg. Es war keine sehr gelungene Imitation, aber ihm zu Gefallen lachten sie doch. Zuerst freute es ihn, aber dann schlug seine Stimmung um, und er sagte angewidert: »Du hast recht, er ist ein langweiliger Kerl. Tcha, wieso haben wir ihn hergeholt? Schicken wir ihn wieder weg.«

Olivia fühlte sich verpflichtet zu sagen: »Er ist wirklich ein außerordentlich unangenehmer Mensch. Nehmen Sie ihn nicht als Maßstab.«

Der Nawab blickte sie ziemlich kühl an: »Als Maßstab wofür?«

»Für uns alle.«

»Wer sind wir?« fragte Harry sie. Auch dies klang feindselig.

Olivia hatte das Gefühl, den Boden unter den Füßen zu verlieren – es war das gleiche Empfinden, das sie bei der Crawfordschen Abendeinladung gehabt hatte, nämlich nicht zu wissen, wo sie hingehörte.

»Ich weiß nicht, wie Sie dazu stehen« – Harry blieb beim Thema –, »aber bitte werfen Sie mich nicht mit denen allen in einen Topf.«

»Aber, Harry, die Crawfords – zum Beispiel –, die sind nicht wie Dr. Saunders, Sie wissen, die sind nicht so. Oder die Minnies. Oder, wenn wir schon davon sprechen, Douglas und –«

»Sie?«

»Sie sind alle gleich«, sagte der Nawab plötzlich und entschieden.

Olivia erschrak zutiefst – meinte er auch sie? Schloß er sie mit ein? Sie sah ihm ins Gesicht und bekam Angst vor dem Gefühl, das sie so klar darin ausgedrückt sah; und ihr schien, daß sie es nicht ertragen könnte, daß dieses Gefühl auch ihr galt, daß sie alles tun würde, damit es *nicht* auch für sie gälte.

»Ich werde ihn wegschicken«, sagte der Nawab und rief laut nach seinen Dienern. Er gab Anweisungen, daß Dr. Saunders in ein Auto gesetzt und nach Hause gebracht werden sollte. »O ja, und bezahlt ihn, bezahlt ihn«, sagte er. »Du zahl ihn. Gib ihm einfach das Geld, er wird es nehmen«, sagte er zu seinem Diener und lachte; und auch der Diener lächelte über die Beleidigung, die Dr. Saunders damit angetan werden sollte, daß er von Dienern bezahlt würde.

»Ich werde lieber auch fahren«, sagte Olivia, den Tränen nahe.

»Sie?« rief der Nawab. »Mit ihm?« Es klang empört. »Glauben Sie denn, ich würde Ihnen erlauben, im gleichen Wagen mit ihm nach Hause zu fahren? Ist das die Vorstellung, die Sie von meiner Gastfreundschaft haben? Von meiner Freundschaft?« Er schien zutiefst verletzt.

Sie widersprach: »Aber ich muß bald nach Hause – und *wenn* der Wagen schon fährt –« Sie lachte, mit einem Mal war ihr ganz leicht ums Herz.

»Ein anderer Wagen wird fahren: zehn Wagen, wenn nötig. Bitte, setzen Sie sich. Ach, anstatt vergnügt zu sein, machen wir uns das Leben schwer; warum tun wir uns das an? Harry! Olivia! Bitte, seid lustig! Ich werde euch einen Traum erzählen, den ich letzte Nacht hatte – ihr werdet lachen –, von Mrs. Crawford. Nein, wartet mal – es war nicht Mrs. Crawford, es war ein *hijra*, und sie oder er machte so.« Er klatschte in die Hände wie jemand, der tanzt, und lachte schallend. »Sie war mit einer ganzen Gruppe von *hijras*, und alle sangen und tanzten, aber ich erkannte sie sofort. Es ist ja wahr«, sagte er, »sie sieht tatsächlich wie ein *hijra* aus.«

Olivia fragte: »Was ist ein *hijra*?«

Der Nawab lachte wieder: »Ich werde es Ihnen zeigen.«

Und er rief dann seine jungen Gesellschafter und trug ihnen auf, Eunuchen zum Singen und Tanzen herbeizuholen. So verlief der restliche Aufenthalt im Palast an diesem Tag für Olivia noch recht vergnüglich.

20. Juni: Kurz vor dem Monsum wird die Hitze außerordentlich groß. Es heißt, je größer sie wird, um so reichlicher wird sie den Regen herabholen, daher wünscht man es sich so heiß wie möglich. Und inzwischen hat man sie auch akzeptiert – nicht sich an sie gewöhnt, aber sie akzeptiert; und außerdem ist man viel zu erschöpft, um dagegen anzukämpfen, man gibt auf und erduldet sie. Manches entschädigt einen auch dafür. Je heißer es ist, desto süßer sind die Mangofrüchte und die Zuckermelonen, um so würziger der Duft des Jasmins. Der Gul-Mohar-Baum, der seine Zweige ausbreitet wie eine Tänzerin, blüht mit erregend scharlachroten Blüten, alle möglichen Arten süßer Scherbetts werden im Basar verkauft, und die Gläser, in denen sie angeboten werden, sind, wenn auch vielleicht nicht sehr sauber, bis obenhin mit Eisstückchen angefüllt (das auch nicht sehr sauber ist, aber wen kümmert das schon).

Am Sonntag waren Inder Lal und ich im Hain des Baba Firdaus zu einem Picknick. Es war meine Idee: Als wir allerdings von Schweiß durchnäßt im Autobus saßen und durch die hitzebrodelnde Landschaft fuhren, fragte ich mich, ob das eine gar so gute Idee gewesen war. Wir stiegen aus und plagten uns den steinigen, völlig kahlen, unbewachsenen Weg hinauf, der zu dem Hain führte. Aber als wir dann dort ankamen, war es, als würde man ins Paradies aufgenommen. Hier konnte die Sonne nicht durch das dichte Laub der Bäume dringen; das Gluckern der kleinen Quelle klang kühl und frisch. Inder Lal legte sich sofort unter einen Baum, aber ich war so entzückt von dem Ort, daß ich erst einmal umherwanderte. Der Gegensatz zum vorigen Mal, als ich hier war – am Hochzeitstag des Ehemanns –, hätte kaum größer sein können. Damals hatte es von Pilgern und Lautsprechern gewimmelt. Jetzt war es ganz, ganz still, bis auf das Wasser und die Vögel, und manchmal raschelten die Blätter. Ich wusch meine Hände und mein Gesicht in der Quelle, die so seicht war, daß ich die sehr kalten Kiesel auf ihrem Grund berühren konnte. Ich inspizierte den Schrein und stellte fest, daß er ein ganz einfacher Bau ist, mit einem Rundbogentor und einer kleinen gestreiften Kuppel, die wie eine Zuckermelone obenauf sitzt. Das Innere war weiß getüncht, eine dicke Schicht – wahrscheinlich wird jedes Jahr vor dem Hochzeitstag des Ehemanns rasch eine neue Farbschicht draufgekleistert. Das vergitterte Fenster war mit roten Fäden überdeckt, die von Hilfesuchenden dort angebracht worden waren. Es gab kein Grab – man wußte nicht, wo sich Baba Firdaus zum Zeitpunkt seines Todes aufgehalten hatte –, doch ein weißgestrichener Stein stand in der Mitte. Darüber waren einige Blumengirlanden drapiert, die meisten davon schon verwelkt, eine oder zwei jedoch waren noch frisch. Der Ort war so völlig verlassen, so voller Stille und Einsamkeit, daß ich mich fragte, wer sie wohl dagelassen haben könnte.

Als Inder Lal aufwachte, packte ich die Sandwiches aus, die ich für uns mitgenommen hatte. Er hatte noch nie Sandwiches gegessen und vertilgte sie jetzt mit Interesse;

es freute ihn immer, etwas Neues kennenzulernen. Ebenso neu für ihn war es, einen Ausflug mit nur einem anderen Menschen zu machen, anstatt der üblichen Menge von Familienangehörigen und Freunden. Er sagte, er schätze die Unterhaltung, die man haben könne, wenn nur zwei Menschen beieinander seien, weil dann jeder von beiden in der Lage sei, dem anderen das Innere seines Herzens zu enthüllen. Ich wartete darauf, daß er es täte, aber er stellte mir nur einige banale Fragen, wie etwa über Picknicks in England. Er hörte sich meine Antworten höchst interessiert an und versuchte ständig, mir noch weitere Einzelheiten zu entlocken. »Ausschließlich für meine persönliche Information«, sagte er. Das ist eine Redewendung, die er oft gebraucht, wenn er mir Fragen stellt. Er scheint es besonders zu genießen, ganz unbedeutende Informationen, Bruchstücke von Informationen zu sammeln, und sie dann für den späteren Gebrauch aufzuheben. Seine Mutter macht es so mit Dingen. Ich habe beobachtet, wie sie ehrfürchtig das Schokoladenpapier, das ich weggeworfen hatte, aufhob und glattstrich; Korken, leere Flaschen, Stoffetzchen. Sie hortet sie in ihrer großen Truhe. Für sie, ebenso wie für ihn, ist jedes kleine Stückchen nützlich oder könnte es in Zukunft sein.

Er sagte: »Schauen Sie, was ich mitgebracht habe.«

Er holte zwei kurze rote Bindfäden hervor; er sagte, die müßten wir an das Gitter in dem Schrein binden, und dann gingen unsere Wünsche in Erfüllung. Wir zogen unsere Sandalen aus und betraten den Schrein. Er band sein Stückchen Faden zuerst an, um mir zu zeigen, wie man es machte; er schloß die Augen und wünschte sich inständig etwas. Ich sagte: »Ich dachte, das ist nur für unfruchtbare Frauen.«

»Alle Wünsche werden gehört«, sagte er. »Jetzt wünschen Sie sich etwas.« Er gab mir den Faden und beobachtete mich mit Interesse. »Sie können Ihren Wunsch auch laut aussprechen«, ermutigte er mich. »Wenn Sie allein sind oder nur ein einziger Freund dabei ist.«

Statt zu antworten, wies ich auf die frischen Girlanden, die auf dem Stein lagen: »Wer, glauben Sie, kann sie dort hingelegt haben? Es sieht doch aus, als wäre hier schon eine Ewigkeit niemand gewesen.«

Er sagte: »Selbst wenn ein Ort wie der hier mitten in der Wüste liegt, tausend Meilen weit weg von überall, kommen immer Menschen her... Was haben Sie sich gewünscht?«

Ich lächelte und ging zurück zu unserem Platz unter dem Baum und setzte mich wieder; er folgte mir. »Sagen Sie's mir«, bettelte er, die Neugier verzehrte ihn geradezu.

»Na, was glauben Sie?« Aber was er auch glauben mochte, er genierte sich, es zu sagen. Daher wurde jetzt ich neugierig und hätte gern gewußt, was er dachte.

Er parierte meine Frage mit einer Gegenfrage: »Wie soll ich das wissen? Ich bin kein Zauberer oder jemand, der irgendwelche Fähigkeiten besitzt, anderer Leute Gedanken zu lesen. Aber wenn Sie es mir erzählen«, erklärte er verschmitzt, »erzähle ich es Ihnen auch.«

»Probieren wir mal zu raten.«

»Sie zuerst.« Das Spiel machte ihm Spaß.

Ich tat so, als ob ich mich sehr konzentrierte, während er mich gespannt ansah. »Ich glaube«, sagte ich schließlich, »es hat etwas mit Ihrem Büro zu tun.«

Sein Gesicht verlor augenblicklich den gespannten Ausdruck – vor Erstaunen, vor Betroffenheit: »Wieso wissen Sie das?«

»Ach, ich habe halt nur geraten.«

Doch ich wünschte, ich hätte es nicht getan. Er wurde bedrückt und verlor die Lust an dem Spiel. Als ich sagte: »Jetzt sind Sie dran«, schüttelte er nur unglücklich den Kopf. In seinen eigenen Kummer versunken, interessierten ihn meine Wünsche nicht mehr.

Aber jetzt wollte ich, daß sie ihn interessierten. Ich hatte wirklich das Bedürfnis – wie er gesagt hatte –, einem anderen das Innere meines Herzens zu enthüllen. Doch das ist schon schwer genug einem Menschen gegenüber, dem die eigene Art von Leben und Problemen vertraut ist. Was sollte ich *ihm* sagen, dem das alles völlig fremd und unbekannt war! Hätte ich einen bestimmten Wunsch gehabt – wie etwa nach einem Ehemann, einem Kind oder der Beseitigung eines Feindes –, ich hätte es ihm nur allzugern erzählt. Tatsächlich aber war mir in dem Augenblick, als ich den Faden neben all die anderen band, nichts eingefallen, das ich mir wünschen wollte. Nicht, daß ich ein so erfülltes Leben führe, daß es gar nichts mehr zu wünschen gäbe – im Gegenteil, es fehlt mir an so vielem Wesentlichen, daß ein einziger Wunsch diese Lücken nicht füllen könnte.

In diesem Augenblick jedoch hatte ich ein Verlangen, und ein sehr starkes obendrein: ihm nahe zu sein. Und da dieser Wunsch mit Worten zu äußern unmöglich schien, legte ich meine Hand auf die seine. Da sah er mich auf ganz andere Art an als zuvor. Jetzt zeigte er keineswegs mehr einen Mangel an Interesse! Aber es war schwer zu sagen, *was* da war. Ich konnte fühlen, wie seine Hand unter meiner zitterte; und dann sah ich, daß auch seine Lippen bebten. Vielleicht weil er etwas sagen wollte; vielleicht vor Verlangen oder aus Angst. In seinen Augen stand sicherlich Angst, als er mich ansah. Er wußte nicht, was er als nächstes tun sollte, oder was ich als nächstes tun würde. Ich konnte sehen – es war absurd! –, wie alles, was er je über westliche Frauen gehört hatte, durch seinen Kopf raste. Und doch war er zugleich ein gesunder junger Mann – seine Frau war nicht da –, wir waren allein an einem romantischen Ort (der mit jedem Augenblick romantischer wurde, da die Sonne zu sinken begann). Obwohl es an mir war, die nächsten Schritte zu tun – als ich sie getan hatte, zögerte er nicht lange, darauf einzugehen. Nachher machte er den gleichen Witz, den der Nawab seinerzeit gemacht hatte über das, was hier ursprünglich am Hochzeitstag des Ehemanns geschehen war, um die unfruchtbare Frau schwanger zu machen.

1923

Eines Tages kam Harry mit dem Wagen, der Olivia abholen sollte. Sie war bereit, sofort wegzufahren, aber er sagte, sie solle noch ein wenig warten, er wolle sich ausruhen, ehe sie zurückzfuhren. Er blieb sitzen und sitzen. Er schien den ganzen Tag bei ihr verbringen zu wollen. Sie sagte mehrmals: »Wenn wir nicht bald fahren, wird es zu heiß.«

»Spielen Sie etwas«, sagte er und deutete auf das Klavier. »Also kommen Sie, spielen Sie doch, ich habe Sie schon eine Ewigkeit nicht mehr gehört.«

»Aber dann fahren wir...«, ließ sie sich auf einen Handel ein.

Sie setzte sich ans Klavier und begann mit ihrem üblichen Schwung zu spielen. Sie spielte Debussy, und Harry lehnte den Kopf an die gelbe Sessellehne und schloß die Augen, und mit einem Fuß tappte er hingebungsvoll den Takt. Aber nach einer Weile spielte sie zu schnell und verhaspelte sich, und ein- oder zweimal blieb eine Taste hängen, und sie schlug ungeduldig darauf. Sie brach ab. »Ich bin außer Übung. Kommen Sie jetzt, Harry, wir müssen fahren.«

»Warum sind Sie außer Übung?«

»Es ist zu heiß zum Spielen. Und haben Sie gehört, wie das Klavier klingt, in was für einem Zustand es ist?« Sie hämmerte noch einmal auf eine der verstimmten Tasten. »Das ist ganz einfach kein Klima hier für ein Klavier, und damit hat sich's. Stehen Sie auf, Harry, bitte.«

»Sie könnten einen Klavierstimmer bekommen, aus Bombay.«

»Das lohnt sich nicht. Ich spiele jetzt kaum.«

»Wie schade.«

Er sagte das mit soviel Gefühl, daß sie nachdenklich wurde. Warum hatte sie eigentlich nicht gespielt? Sie hatte sich bisher diese Frage nicht gestellt, hatte nur verschwommen gedacht, es sei zu heiß oder ihr sei einfach nicht danach zu Mute. Aber da war noch etwas, und sie versuchte darauf zu kommen, was das sein könnte.

»Debussy«, sagte sie. »Schumann. Das ist so ... unpassend.« Sie lachte.

»Mir paßt es«, sagte Harry.

»Hier?«

»Warum nicht?« Er sah sich in dem Raum um und wiederholte: »Warum nicht. Sie haben es sich sehr hübsch gemacht hier drinnen. Wirklich sehr hübsch.« Er ließ sich noch tiefer in den Sessel sinken, als wollte er nie wieder weggehen. »Die Oase«, sagte er.

»Oh, fangen Sie nicht schon wieder damit an, bitte.« Es irritierte sie wirklich. »Ich verstehe nicht, warum irgendwer eine Oase haben muß. Warum das nötig sein sollte.«

»Mein Gott«, sagte er, »wie zäh Sie sind, Olivia, wer hätte das gedacht... Und Sie sind auch nie krank, oder?«

»Natürlich nicht. Warum sollte ich?« Sie war voller Verachtung. »Das ist doch alles nur psychologisch.«

»Letzte Nacht ging es mir wieder so schlecht. Und dabei habe ich seit Wochen kein indisches Essen gegessen. Ich weiß nicht, woher es kommt.«

»Ich habe Ihnen gesagt, es ist psychologisch.«

»Vielleicht haben Sie recht. Ich fühle mich wahrhaftig ganz psychologisch, wie Sie so schön sagen ... Genaugenommen habe ich das Gefühl«, sagte er und schloß wieder die Augen, aber diesmal vor Schmerzen, »als könnte ich es nicht einen Tag länger aushalten.« Und es klang, als könnte er es tatsächlich nicht.

Sie bemühte sich um Mitgefühl, aber sie konnte ihre Ungeduld nicht überwinden. Vor allem wollte sie endlich weg! Und er saß einfach da und machte keine Anstalten, sich vom Fleck zu rühren. Aus den Quartieren der Diener kam der Klang einer Stimme, die etwas sang, und zur Begleitung wurde eine Trommel geschlagen, beides immer auf dem gleichen Halbton und ohne Pause, absolut monoton.

»Das ist wie ein Nervenfieber«, sagte Harry.

»Was? ... Ach das. Ich höre es gar nicht mehr. Das geht schon seit Tagen so. Irgend etwas ist immer los in ihren Behausungen. Jemand stirbt oder wird geboren oder heiratet. Es kann sein, daß ich deshalb nicht mehr Klavier spiele. Ich meine, es harmonisiert nicht gerade miteinander, finde ich ... Harry, wir müssen fahren, oder wir kommen um vor Hitze unterwegs.«

»Ich will nicht fahren«, sagte Harry.

Ein Schreck durchfuhr sie. Ihre Stimme zitterte: »Und was ist mit dem Wagen?«

»Den schicken wir zurück.«

Olivia blickte auf die Spitzen ihrer weißen Schuhe hinunter. Sie saß sehr still. Harry beobachtete sie, aber sie tat, als bemerkte sie es nicht. Schließlich sagte er: »Was ist los mit Ihnen, Olivia?« Er sprach sehr behutsam. »Wieso sind Sie so erpicht darauf, hinzufahren?«

»Wir werden erwartet.« Da sie hörte, wie wenig überzeugend das klang, wurde sie noch ärgerlicher über ihn: »Und Sie glauben doch nicht etwa, es macht mir Spaß, den ganzen Tag hier herumzusitzen, einen Tag nach dem anderen, und die Wände anzustarren und zu warten, bis Douglas nach Hause kommt, oder? Ich kann ganz gut verstehen, daß die Leute auf diese Weise überschnappen... wie Mrs. Saunders. Nichts als im Haus herumsitzen und sich alle möglichen Dinge einbilden. Ich will nicht so werden wie Mrs. Saunders. Aber wenn ich weiter alleine hier herumsitze, dann werde ich genauso.«

»Und deshalb kommen Sie so gern in den Palast?«

»Douglas weiß, daß ich hinfahre. Er wußte, daß Dr. Saunders dort war – er hatte selbst mit ihm darüber gesprochen – und daß ich hinfuhr, um Sie zu besuchen.«

»Ja, *mich* besuchen.«

Das blieb in der Luft hängen, auch noch, nachdem sie erwidert hatte: »Sie sind eifersüchtig, Harry, das ist es. Doch, das sind Sie!« Sie lachte. »Sie wollen der einzige sein –« sagte sie, »ich meine, im Palast, der einzige Gast im Palast.« Die letzten Worte sprach sie sehr rasch, aber nicht rasch genug. Sie errötete jetzt und hatte das Gefühl, sich in einem Netz verfangen zu haben.

»Na schön«, sagte er. »Gehen wir.«

Er stand auf und ging zur Tür, setzte seinen Tropenhelm auf. Sie hatte das Gefühl, daß jetzt sie – aus Stolz oder um ihre Unschuld zu beweisen – diejenige sein müßte, die mit dem Weggehen zu zögern habe. Sie blieb einen Augenblick zurück, stellte aber fest, daß sie dazu doch nicht genügend stolz (oder unschuldig) war. Sie folgte ihm recht schnell zum Wagen.

Es war eine unangenehme Fahrt, und nicht nur der Hitze und des Staubes wegen. Sie sprachen kaum miteinander, als wären sie aufeinander böse. Aber Olivia war nicht böse auf ihn, und ein- oder zweimal versuchte sie mit ihm zu reden, aber was dabei herauskam, hätte geradesogut ungesagt bleiben können. Sie konnte sich nicht dazu überwinden, über das zu sprechen, was sie beunruhigte – sie fürchtete, wenn sie es täte, womöglich mehr zu sagen, als sie wollte; oder er könnte das, was sie wirklich meinte, falsch auslegen.

Plötzlich sagte Harry: »Da ist er.«

Ein roter offener Sportwagen stand quer auf der Straße. Als sie näher kamen, stand der Nawab – er trug eine karierte Mütze und eine Autobrille – in dem Wagen auf und gestikulierte wie ein Verkehrspolizist. Sie hielten, er sagte: »Wo wart ihr? Ich warte schon eine Ewigkeit.«

Er war ihnen entgegengekommen, weil er zum Schrein von Baba Firdaus wollte. Er habe genug davon, im Palast eingesperrt zu sein, sagte er. Er lud sie ein, in seinen Sportwagen umzusteigen, den er selbst lenkte. Als Harry sagte, ihm sei nicht danach zumute, er wolle nach Hause, verschwendete der Nawab weiter keine Zeit mit ihm, sondern sagte: »Aber Sie kommen, Olivia.«

Auch sie hielt sich nicht lange wegen Harry auf, sondern stieg ein und setzte sich neben den Nawab. Sie fuhren in die eine Richtung davon, während der Chauffeur Harry in die andere brachte. Man konnte ihn allein hinten in der Limousine sitzen sehen, blaß und schlecht gelaunt.

»Warum ist er so schlecht gelaunt?« fragte der Nawab Olivia. »Glauben Sie, er ist krank? Ist er krank? Hat er etwas zu Ihnen gesagt?«

Er war tief beunruhigt und redete fast während der ganzen Fahrt über Harry. Er sagte, er wisse, daß Harry oft Heimweh habe und nach England zurück zu seiner Mutter wolle; und der Nawab wollte, daß er zurückfahre, aber gleichzeitig – »Olivia, können Sie das verstehen, klingt es sehr egoistisch?« – konnte er sich nicht dazu überwinden, sich von ihm zu trennen. »Ich sehe schon, Sie denken, ich bin egoistisch«, schloß er traurig.

Sie wußte, es war nicht nötig, ihm zu widersprechen. Ihre Rolle war es, zuzuhören, und sie war damit zufrieden; auch damit, neben ihm zu sitzen und manchmal verstohlen einen Blick auf ihn zu werfen, wie er da mit einer Kappe und Brille verkleidet sein Auto lenkte.

»Ich habe ihm oft sagen wollen: ›Harry, deine Mutter möchte, daß du bei ihr zu Hause bist, und du möchtest bei ihr sein: Geh.‹ Manchmal *habe* ich es sogar gesagt. Einmal war schon alles fertig, seine Kabine bestellt, seine Koffer gepackt. Im letzten Moment habe ich versagt. Ich konnte sein Weggehen nicht ertragen. Und da war er es, der sagte: ›Nein, ich bleibe.‹ ... Jetzt müssen wir aussteigen und zu Fuß gehen, wird es Ihnen zu heiß werden, Olivia?«

Er sagte: »Es gibt Menschen, wenn sie nicht da sind, wird einem das Leben schwer erträglich. Einmal fragte ich einen Fakir aus Ajmere (einen sehr heiligen Mann):

›Warum gerade diese Menschen? Warum gerade sie und niemand anderer?‹ Und er gab mir diese Antwort, die mir sehr gut gefällt: ›Das sind die Menschen, die einst neben dir im Paradies saßen.‹ Ist das nicht eine schöne Vorstellung, Olivia? Daß wir einmal nebeneinander im Paradies gesessen haben?«

Sie hatten den Hain erreicht. Er bog die Zweige für sie auseinander, und sie traten ein. Aber im gleichen Augenblick kamen einige Männer aus dem Schrein. Olivia erschrak. Es waren rauhe Gesellen, bewaffnet, und einen Augenblick starrten sie den Nawab und Olivia bedrohlich an. Aber im nächsten Augenblick, als sie erkannten, wen sie vor sich hatten, fielen sie dem Nawab zu Füßen.

Er sagte Olivia, sie solle sich unter einen Baum setzen. Sie beobachtete ihn, wie er mit den Männern sprach. Sie standen in demutsvoller Haltung und mit einem Ausdruck der Bewunderung in ihren Desperado-Gesichtern vor ihm. Sie war ganz sicher, daß es Desperados waren. Sie betrachtete sie sehr genau – sie sahen aus wie Räuber aus dem Mittelalter –, aber nicht ein einziges Mal wagten sie, in ihre Richtung zu schauen. Der Nawab entließ sie sehr bald, dann rief er sie an den Schrein.

»Schauen Sie, was ich mitgebracht habe«, sagte er.

Er hielt zwei rote Fäden in der Hand. Sie band ihren zuerst an, dann er seinen. Nachher fragte er sie: »Was haben Sie sich gewünscht?«

»Muß man denn das sagen?«

»Wenn nur *ein* anderer Mensch mit dabei ist … Sie wissen, weshalb Frauen hierherkommen? Was sie sich wünschen? Haben Sie sich das auch gewünscht?«

»Ja«, sagte sie.

»Oh.«

Sie schwiegen; dann sagte er: »Das ist alles Aberglaube. Aber vielleicht ist es auch wahr. Es könnte wahr sein. Es gibt viele Geschichten über Wunder, die geschehen sind. Haben Sie die Geschichte vom Hochzeitstag des Ehemanns gehört? Das ist natürlich alles sehr unwissenschaftlich, und gebildete Leute wie Sie und ich –«

»Trotzdem haben wir die Fäden angebunden.«

»Nur spaßeshalber.«

»Wer waren diese Männer?«

Er antwortete nicht gleich, und als er es tat, tat er es mit einer Gegenfrage: »Wer, glauben Sie, waren sie?« Er warf ihr einen seiner scharfen, durchdringenden Blicke zu, dann lachte er: »Ich nehme an, Sie denken, es sind böse Männer. Sie müssen viele Geschichten gehört haben, vermute ich, und Sie glauben, daß sie wahr sind.« Wieder hatte sie das Gefühl, sich nicht verteidigen, noch ihm antworten zu müssen.

»Aber wenn sie böse Männer sind«, fuhr er fort, »glaube ich doch, daß sie nicht gar so böse sein können, denn sehen Sie einmal, wozu sie hergekommen sind.« Er zeigte auf den Stein in der Mitte des Schreins, auf den eben einige frische Girlanden gelegt worden waren, und Räucherstäbchen qualmten noch. »Sehen Sie, sie sind zu keinem bösen Zweck hergekommen, sondern um ihre Andacht zu verrichten.«

Er sah sie an, als wollte er ihre Reaktion prüfen. Aber sie reagierte nicht darauf, sondern nahm nur sehr stark ihre Umgebung wahr: Die ungeheure, hitzeerfüllte, siedende Weite, die den Hain umgab, sickerte hier und da durch die Blätter. Die überwältigende Gegenwart des Nawab konzentrierte sich jetzt auf sie ganz allein.

»Kommen Sie«, sagte er, »setzen Sie sich zu mir.«

Beide setzten sich auf die Stufe, die in den Schrein führte. Er sprach mit sanfter, überredender Stimme: »Ja, es sind vielleicht Banditen, das stimmt, aber sie sind doch auch Menschen, die hierher kommen – verstehen Sie –, um zu beten und ihre Wünsche auszusprechen. So wie Sie und auch ich.« Er schwieg eine Weile, wie um sie die Wahrheit dieser Worte spüren zu lassen; oder vielleicht die Verbundenheit zwischen ihr und ihm; um sie wirken zu lassen.

»Wenn wir von hier weggehen, Olivia, werden Sie nach Satipur zurückkommen und sagen, ja, der Nawab ist ein schlechter Mensch, jetzt habe ich mit eigenen Augen gesehen, daß er mit Banditen, mit Räubern zusammentrifft – er ist dick befreundet mit ihnen. Sie werden zurückkommen und das sagen, Olivia?«

Jetzt wartete er wirklich auf eine Antwort, und sie zögerte nicht, sie ihm zu geben. »Glauben Sie, das würde ich tun?« sagte sie mit solcher Ernsthaftigkeit – ja Empörung –, daß er mit ihr zufrieden war. Respektvoll berührte er ihren Arm mit den Fingerspitzen.

»Nein, das glaube ich nicht«, sagte er. »Und deshalb öffne ich Ihnen auch mein Herz und erzähle Ihnen alles... Bitte, glauben Sie nicht, ich möchte nur, daß Sie sagen, er ist ein sehr guter Mensch, eine edle und vornehme Seele. Keineswegs. Natürlich wäre ich gern eine edle und vornehme Seele – wir alle müssen danach streben –, aber ich weiß auch, wie weit ich von einem solchen Ziel entfernt bin. O ja, sehr weit entfernt«, sagte er und sah mutlos aus.

»Wer nicht«, sagte Olivia. Er berührte ihren Arm wieder auf die gleiche Weise wie zuvor, und teils wünschte sie, er täte es nicht, und teils sehnte sie sich danach, daß er es wieder täte.

»Sie haben recht. Wir alle sind weit entfernt davon. Aber es gibt ein paar Leute – viele Leute«, sagte er und machte eine Pause, um sie nachdenken zu lassen, was für Leute, »die machen sich zum Richter über andere, erklären, das ist gut und jenes schlecht, als wären sie allwissend. Wer ist Major Minnies, daß er mir sagen darf, tun Sie dies nicht und tun Sie jenes nicht, wer gibt ihm das Recht, mir das zu sagen? *Mir*!« sagte er und deutete ungläubig auf sich selbst. »Dem Nawab Sahib von Khatm.« Einen Augenblick lang war er sprachlos.

»Wissen Sie, wie wir zu unserem Titel kamen? Es war 1817. Mein Vorfahre, Amanullah Khan, hatte viele, viele Jahre lang gekämpft. Manchmal kämpfte er gegen die Mahrattas, manchmal gegen die Rajputs oder gegen die Moguln oder die Engländer. Das waren sehr unruhige Zeiten damals. Er zog mit seinen Männern von einem Ort zum anderen, wo immer gerade gekämpft wurde und wo es Beute zu holen gab. Sie mußten schließlich leben, alle miteinander. Manchmal, wenn er nicht die nötigen Mittel hatte, um seine Soldaten zu bezahlen, meuterten sie gegen ihn, und dann mußte er fliehen, nicht vor dem Feind, sondern vor seinen eigenen Leuten. Stellen Sie sich das vor! Aber wenn die Lage wieder besser aussah, kamen sie alle wieder zurück, und andere schlossen sich ihm noch an. So war er manchmal ganz oben und manchmal ganz unten. Das war sein Leben. Olivia, ich beneide ihn. Sein

Name wurde von allen gefürchtet, auch von den Engländern! Als sie merkten, sie konnten ihn auf keinerlei Weise unterkriegen, da wollten sie ihn zum Verbündeten. O ja, sie waren immer sehr schlau und wußten, wie sie zu ihrem Vorteil kommen konnten. Sie boten ihm das Land und die Steuereinnahmen von Khatm und außerdem den Titel eines Nawab. Und weil er damals müde war, sagte er, gut, in Ordnung, und wurde Nawab und ließ sich hier nieder. Weil er müde war.« Er war jetzt bedrückt. »Aber ich finde, man kann auch müde werden, wenn man in einem Palast sitzt. Dann hat man das Gefühl, es wäre besser, gar nichts zu besitzen, aber statt dessen gegen seine Feinde zu kämpfen und sie zu töten. Man hat das Gefühl, daß man das sehr gerne tun möchte. Glauben Sie nicht, Olivia, es wäre besser, seinen Feinden auf diese Art zu begegnen, anstatt sie insgeheim sich gegen einen verschwören zu lassen und flüsternd Verleumdungen zu verbreiten? Ich glaube, es ist um vieles besser!« rief er und war plötzlich sehr erregt.

Sie streckte die Hand aus und legte sie auf seine Brust, als wollte sie ihn beruhigen. Und tatsächlich beruhigte es ihn. Er sagte: »Wie freundlich Sie zu mir sind.« Er legte seine Hand auf ihre und drückte sie fester an seine Brust. Sie fühlte sich zu ihm hingezogen, mit einer geradezu magnetischen Kraft, wie sie es in ihrem ganzen Leben noch bei niemandem erlebt hatte.

»Hören Sie zu«, sagte er. »Es geschah einmal, daß ein Marwar-Fürst etwas tat, um ihn zu ärgern. Ich glaube, er bot ihm Opium nicht aus dem richtigen Silberkelch an – es war nur eine ganze Kleinigkeit, aber Amanullah Khan war nicht der Mann, der stillhielt, wenn man ihn beleidigte. Nicht so wie ich.« Als sie dazu ansetzte, ihm zu widersprechen, sagte er: »Ich muß ja, was kann ich schon tun. Ich bin hilflos ... Er lud diesen Marwar-Fürsten und all sein Gefolge zu einem Festessen ein. Ein Prunkzelt wurde aufgestellt und alle Vorbereitungen getroffen, und die Gäste kamen, um zu essen und zu trinken. Amanullah Khan begrüßte seinen Feind am Eingang des Zeltes und drückte ihn an sein Herz. Aber als alle drinnen waren, gab er heimlich ein verabredetes Zeichen, und seine Männer durchschnitten die Zeltschnüre, und der Marwar-

Fürst und alle seine Gefolgsleute waren in den Zeltbahnen gefangen. Als sie in der Falle saßen wie die Tiere, ergriffen Amanullah Khan und seine Männer ihre Dolche und stießen sie immer wieder durch die Zeltbahn, bis kein einziger Feind mehr am Leben war. Wir haben dieses Zelt noch immer, und das Blut daran ist so frisch und neu, Olivia, als wäre alles erst gestern geschehen.« Er mußte gespürt haben, daß sie versuchte, ihre Hand von seinem Herzen wegzuziehen, daher preßte er sie selbst fester an sich. Sie konnte ihm jetzt nicht entfliehen, selbst wenn sie es gewollt hätte.

»Nicht hier«, sagte er. Er führte sie von dem Schrein weg, und sie lagen beieinander unter einem Baum. Nachher scherzte er: »Das ist das Geheimnis vom Hochzeitstag des Ehemanns«, sagte er.

»Wozu hast du mich dann den Faden anbinden lassen?« fragte sie.

Er lachte und lachte, hatte seine Freude an ihr.

31. Juli: Maji hat mir mitgeteilt, daß ich schwanger bin. Zuerst glaubte ich ihr nicht – wie konnte denn irgendwer das so früh schon feststellen, selbst wenn es stimmte –, aber sie war absolut sicher. Obendrein warnte sie mich noch, ich sollte lieber aufpassen, weil bald sämtliche Hebammen der Stadt zu mir kommen und mir ihre Dienste anbieten würden. Sie wissen es immer, sagte sie, lange ehe irgend jemand sonst es weiß. Sie erkennen es an der Art, wie eine Frau geht, und an ihrer Haltung. Es ist ihr Geschäft, und sie halten stets nach Kundschaft Ausschau. Es gab gar keinen Zweifel, sagte sie, daß sie sich bald bei mir einstellen würden.

Sie war so sicher, daß ich angefangen habe, ihr zu glauben. Ich vermutete, sie wußte es durch eine Art sechsten Sinn – mir scheint es immer, als hätte sie Kräfte, die andere nicht haben. Einmal hatte ich Kopfschmerzen, und sie legte mir die Hand auf die Stirn; ich kann die seltsamen Empfindungen gar nicht beschreiben, die sich auf mich übertrugen. Sie hielten tagelang an. Daher glaubte ich, nichts an Maji könnte mich je in Erstaunen versetzen – bis sie mir ganz nebenbei erzählte, daß sie über mich Bescheid wisse, weil sie selbst Hebamme gewesen sei. Das überraschte mich mehr, als wenn sich tatsächlich herausgestellt hätte, daß sie übernatürliche Kräfte besaß.

Sie lachte über meine Reaktion. Sie sagte, was ich denn dächte, daß sie immer so ein untätiges Leben geführt hätte? Keineswegs. Sie war verheiratet gewesen und hatte etliche Kinder. Unglücklicherweise war ihr Mann kein sehr großartiger Brotverdiener gewesen – er hatte seinen Tari, seinen Zitronenpunsch, vorgezogen und die Gesellschaft seiner Freunde, die sich um den Punschladen versammelten –, daher war die Last der Sorge für die Familie ihr zugefallen. Ihre Mutter war Hebamme gewesen, ebenso wie ihre Großmutter, und die beiden hatten sie alles gelehrt, was sie selber wußten. (Ich machte mir so meine Gedanken über ihre Mutter und ihre Großmutter – sie könnten die Frauen gewesen sein, die sich Olivias angenommen hatten! Möglich war es.) Aber nachdem ihr Mann gestorben war und ihre Kinder ihren eigenen Hausstand hatten, gab sie ihren Beruf auf und verbrachte etliche Jahre damit, zu den heiligen Stätten zu ziehen, um an Kenntnissen zu erwerben, was immer sie konnte. Schließlich kam sie hierher nach Satipur zurück und baute sich diese kleine Hütte, um darin zu leben. Seither haben ihre Freunde immer für sie gesorgt und bringen ihr, was sie an Nahrung braucht, daher hat sie überhaupt keine Sorgen. Ihre Kinder leben alle ziemlich weit entfernt, aber ab und zu kommt das eine oder andere sie besuchen oder schreibt ihr einen Brief.

Ich war so erstaunt über alles, was ich hörte – ich hatte nie gedacht, sie könnte ein weltliches Leben gelebt haben –, daß ich ganz vergaß, was sie mir über mich selbst gesagt hatte. Sie war es, die mich daran erinnerte; sie legte mir ihre Hand auf den Leib und fragte mich, was ich zu tun beabsichtigte. Sie sagte, sie würde mir helfen, wenn ich Hilfe brauchte – zuerst verstand ich sie nicht, und erst, als sie es wiederholte, begriff ich, daß sie mir eine Abtreibung anbot. Sie sagte, ich könne ihr vollständig vertrauen, denn obwohl es viele Jahre her ist, seit sie ihren Beruf ausgeübt hat, weiß sie noch alles, was es auf diesem Gebiet zu wissen gibt. Es gibt etliche Methoden, einen Abortus herbeizuführen, und irgendwann hatte sie alle einmal angewandt. Es ist ein notwendiger Bestandteil der Fähigkeiten einer indischen Hebamme, denn in vielen Fällen ist es die einzige Möglichkeit, Menschen vor Schande oder Leiden zu retten. Sie erzählte mir von etlichen Abtreibungen, die sie im Dienste einer solchen guten Sache vorgenommen hatte, und ich war so gefesselt davon, daß ich wiederum meinen eigenen Fall vollständig vergaß. Aber später, auf dem Heimweg durch den Regen – der Monsun hatte eingesetzt –, dachte ich sehr wohl daran. Nun empfand ich hauptsächlich Interesse, und vor allem war ich vergnügt, so daß ich durch die Pfützen hüpfte und lachte, wenn ich in eine hineintrat und mich anspritzte.

11. August: Chid ist zurückgekommen. Er ist so verändert, daß ich ihn zuerst gar nicht erkannte. Er trägt nicht mehr sein orangefarbenes Gewand, sondern besitzt jetzt eine khakifarbene Hose und ein Hemd und ein Paar Schuhe. Auch die Gebetsschnur und die Bettelschale sind verschwunden, und sein abgeschorenes Haar fängt an, in winzigen Stoppeln nachzuwachsen. Aus einem Hindu-Asketen ist er zu dem geworden, was ich nur als einen christlichen Jungen bezeichnen kann. Die Verwandlung ist mehr als rein äußerlich. Er ist sehr still geworden – nicht nur redet er nicht mehr auf die gleiche Art wie früher, sondern er redet überhaupt fast gar nichts. Und er ist wieder krank.

Abgesehen von seinen Ausflügen auf die Toilette schläft er meistens in einem Winkel meines Zimmers. Er hat mir nichts darüber erzählt, wie oder warum er sich von Inder Lals Mutter und Ritu getrennt hat. Noch habe ich die leiseste Vorstellung davon, was ihm zugestoßen ist, das ihn derart verändert hat. Er will nicht davon sprechen. Höchstens sagt er: »Ich halte diesen Geruch nicht aus.« (Natürlich weiß ich, was er damit meint – den Geruch von Menschen, die anders leben und sich anders ernähren als man selbst; ich habe das seinerzeit sogar in London bemerkt, wenn ich im überfüllten Autobus oder der U-Bahn dicht neben Indern stand.) Chid verträgt indisches Essen nicht mehr. Er nimmt nur einfache, gekochte Nahrung zu sich, und am liebsten hat er, wenn ich ihm eine englische Suppe koche. Wenn er riecht, daß indisches Essen gekocht wird, stöhnt er gequält vor Übelkeit und Ekel.

Inder Lal ist sehr enttäuscht von ihm. Er wartet ständig darauf, daß das Feuerwerk überspannter Hindu-Doktrin wieder losgeht, aber nichts von alledem ist übriggeblieben bei Chid. Jedenfalls ist Inder Lal nicht erfreut über Chids Rückkehr. Ich sollte erklären, daß sich mein Verhältnis zu Inder Lal nach unserem Picknick am Schrein des Baba Firdaus verändert hat. Er kommt jetzt nachts in mein Zimmer. Der Nachbarn wegen tut er so, als ginge er unten zu Bett, aber wenn es dunkel ist, kommt er heraufgeschlichen. Ich bin überzeugt davon, daß es alle wissen, aber das spielt keine Rolle. Sie haben nichts dagegen. Es ist ihnen klar, daß er einsam ist und ihm seine Familie fehlt; kein Mensch sollte ohne Familie leben.

Nachdem Chid wieder eingezogen war, fühlte sich Inder Lal zunächst gehemmt bei seinen nächtlichen. Besuchen. Aber ich habe ihn beruhigt, daß es in Ordnung ist, weil Chid fast die ganze Zeit schläft. Er liegt nur dort und stöhnt, und es ist schwer zu glauben, daß das derselbe Mann ist, der seinerzeit diese unwahrscheinlichen Kraftakte mit mir aufführte.

Inder Lal und ich liegen auf meiner Matratze auf der gegenüberliegenden Seite, und es ist eine immer größere Freude, mit ihm zusammen zu sein. Er vertraut mir jetzt ganz und gar und ist sehr zärtlich geworden. Ich glaube, er ist lieber mit mir zusammen, wenn es dunkel ist. Dann ist alles verborgen und heimlich nur zwischen uns beiden allein. Ich glaube auch, es spielt eine Rolle, daß er mich nicht *sehen* kann, denn ich bin mir bewußt, daß mein Äußeres seit jeher ein Hemmnis für ihn war. Im Dunkeln kann er es vergessen, und er braucht sich auch nicht vor anderen meinetwegen zu schämen. Er kann völlig ungehemmt sein, und er ist es auch. Ich meine nicht nur körperlich (obwohl das auch), sondern in allem, was er ist – all seiner zärtlichen Zuneigung und seiner Verspieltheit. Dann fallen mir oft die Geschichten ein, die von dem Kind Krischna erzählt werden, die vielen Possen und kühnen Streiche, die es ausheckte. Ich denke auch an meine Schwangerschaft, und ich denke daran als einen

Teil von ihm. Aber ich habe ihm noch nichts davon gesagt.

Ich habe *versucht*, es ihm zu sagen. Ich ging ihn extra von seinem Büro abholen und führte ihn über die Straße zum britischen Friedhof, weil das der abgelegenste Ort ist, der mir einfiel. Es ist kein Ort, für den er auch nur das geringste Interesse hat. Ja, er hat es überhaupt noch nie für der Mühe wert gehalten, dort hinzugehen. Das einzige, was einen gewissen Eindruck auf ihn machte, war der Saunders'sche italienische Engel, der noch immer die anderen Gräber überragt, nicht mehr mit huldvoller Segensgeste, sondern als kopf- und flügelloser Torso. Inder Lal schien diese Verstümmelung nicht weiter zu stören. Wahrscheinlich schien sie ihm natürlich – schließlich ist er unter armlosen Apsaras und kopflosen Schiwas aufgewachsen, die auf irgendwelchen Resten ihrer Stiere reiten. In seinem derzeitigen Zustand sieht der Engel tatsächlich nicht mehr italienisch, sondern indisch aus.

Ich zeigte ihm das Grab von Leutnant Edwards und las ihm die Inschrift vor: »›Ein gütiger und nachsichtiger Vater...‹ Das bedeutet«, erklärte ich Inder Lal und wandte mich ihm zu, »er war ein sehr guter Ehemann und Vater. Wie du.«

»Was kann ich schon tun?« war seine sonderbare Antwort.

Ich nehme an, er wollte sagen, daß ihm gar nichts anderes übrig blieb, als ein guter Ehemann und Vater zu sein, da er nun einmal in diese Art von Leben gestellt worden war, ob es ihm gefiel oder nicht. Aber im großen und ganzen, glaube ich, gefällt es ihm nicht. Jedenfalls habe ich mich entschlossen, ihm nichts von meiner Schwangerschaft zu erzählen. Ich möchte nicht alles verderben.

1923

Als Olivia feststellte, daß sie schwanger war, erzählte sie es Douglas nicht. Sie schob es von einem Tag zum anderen hinaus, und letzten Endes geschah es, daß sie es zuerst dem Nawab erzählte.

Eines Vormittags, als sie in den Palast kam, liefen dort alle hin und her, schleppten Sachen, packten und gaben einander die widersprüchlichsten Anweisungen. Sogar Harry packte in seinem Zimmer und schien recht guter Laune. Er sagte, sie führen endlich nach Mussoorie, die Begum hätte sich am letzten Abend dazu entschlossen. Eine ihrer Damen war schon einige Zeit indisponiert, und ihr war Luftwechsel empfohlen worden, also sagte die Begum, sie führen alle. Es würde auch Harry guttun, fand sie; sie hatte sich große Sorgen gemacht seinetwegen.

»Ach so?« sagte Olivia. »Sehen Sie sie oft?«

Seit dem Tag, als Harry darauf aufmerksam gemacht hatte, daß es eine Unhöflichkeit gegenüber Olivia sei, nicht in den Frauengemächern empfangen zu werden, hatten sie die Begum nicht mehr erwähnt. Aber Olivia war es klar, daß Harry dort aus und ein ging.

»Jeden Tag«, sagte er. »Wir spielen Karten, das tut sie gern.« Er wechselte das Thema: »Und der Nawab sagt auch, er langweilt sich hier, also packen heute alle.«

»Er langweilt sich?«

»Das sagte er jedenfalls. Aber da ist noch etwas anderes.« Er runzelte die Stirn und fuhr fort, sorgfältig zu packen.

»Was?«

»Ach, ich weiß nicht, Olivia.« Obwohl er nur widerstrebend sprach, hatte er doch offenbar das Bedürfnis, sich jemandem mitzuteilen. »Er will es mir nicht sagen, aber ich weiß, es gibt Ärger. Major Minnies ist übrigens gerade bei ihm. Haben Sie seinen Wagen nicht gesehen? Ich habe mir schon Gedanken gemacht deshalb und gehofft, daß Sie nicht auf der Treppe mit ihm zusammenstoßen.«

»Na und? Wenn schon. Was ist schon dabei? Ich bin Sie besuchen gekommen.«

»Natürlich.« Er fuhr fort mit dem Packen.

Sie unterbrach ihn ungeduldig. »Jetzt hören Sie doch schon auf damit, Harry, und erzählen Sie mir, was los ist. Ich sollte es wissen.« Da drehte er sich um, wo er kniete, und sah sie mit einem Blick an, der sie veranlaßte, sich zu verbessern: »Ich möchte es wissen.«

»Ich auch«, sagte Harry. Er ließ den Koffer offen stehen und setzte sich neben sie. »Oder möchte ich es wirklich? Manchmal habe ich das Gefühl, ich wüßte es lieber nicht.«

Sie schwiegen. Beide blickten durch das vergitterte Fenster wie durch einen Rahmen in den Garten unten. Die Wasserkanäle, die die Rasenflächen unterteilten, spiegelten einen Himmel wider, an dem, sich übereinanderschiebend, die Monsunwolken dahinsegelten.

Harry sagte: »Ich weiß, daß er in allen möglichen Schwierigkeiten steckt. Schon seit Jahren. Finanzielle Schwierigkeiten – Khatm ist bankrott – und dann die ganzen Geschichten mit Sandy und den Cabobpurs, die sich rechts und links beschweren und versuchen, wegen der Mitgift zu klagen. Woraufhin er natürlich, erst recht dickköpfig, sie nun seinerseits bekämpft, obwohl er es sich eigentlich nicht leisten kann. Simla ist letzthin sehr scharf geworden, und ich weiß, daß er etliche recht schwierige Gespräche mit Major Minnies hatte. Ich *hasse* diese Besuche von Major Minnies.« Er wurde rot und schien nur ungern weiterzusprechen; aber er sprach weiter: »Denn nachher ist er immer so aufgeregt. Sie werden ja sehen, wenn er jetzt heraufkommt. Meistens läßt er es dann an mir aus – denken Sie nicht, ich will mich beschweren. Ich beschwere mich nicht, ich bin froh darüber, wenn es ihn erleichtert. Denn ich sehe ja, wie es ihn verletzt. Er ist schrecklich sensibel, Olivia, und natürlich, wenn Major Minnies auf diese Art mit ihm umspringt – ihm droht –«

»Wie können die sich unterstehen!« rief Olivia.

»Ja, wissen Sie, tatsächlich ist er ja nur ein ganz kleiner Fürst, und daher haben sie es nicht nötig, mit ihm besonders vorsichtig umzugehen, wie sie das etwa bei der Familie Cabobpur tun müssen. Und er spürt das ganz entsetzlich. Er weiß, was er ist, verglichen mit den anderen. Sie sollten den alten Cabobpur sehen: Er ist weiter nichts als ein dickes altes Schwein, der hat überhaupt nichts von einem Fürsten an sich. Wogegen *er* natürlich –«

»Ja.«

Sie hörten seine Stimme, seinen unverkennbaren Schritt auf der Treppe. Beide warteten. Er stürzte ohne anzuklopfen herein – was ungewöhnlich war: Sonst bewies er stets äußerst höfliche Zurückhaltung beim Betreten der

Suite seines Gastes. Aber jetzt war er natürlich ungeheuer aufgeregt. Er stürmte herein und steuerte direkt auf das Fenster zu und setzte sich, kochend vor Wut.

Er sagte: »Ich werde direkt zum Vizekönig gehen. Es ist sinnlos, mit Major Minnies oder irgend so jemandem zu reden. Das ist, als ob man mit – Dienern redete. Ich rede nicht mit Dienern.« Er blähte die Nüstern. »Wenn er das nächste Mal herkommt, werde ich mich weigern, ihn zu empfangen. Und ich werde die Briefe, die er mir zu schreiben wagt, zerreißen und ihm die Papierfetzen zurückschicken.« Er wandte sich an Harry: »*Du* kannst sie ihm zurückbringen. Du kannst sie ihm ins Gesicht schleudern und sagen, da ist Ihre Antwort. Aber ich nehme an, das würdest du nicht tun wollen.« Er richtete seinen wütenden Blick auf Harry, der zu Boden sah. Auch Olivia mochte den Nawab in diesem Augenblick nicht ansehen.

»Ich nehme an, du hast Angst davor. Du hast Angst vor Major Minnies und anderen Kreaturen dieser Art. Antworte! Sitz nicht da wie ein Stück Holz, antworte! Ihr seid ja beide gleich, du und Major Minnies. Ich möchte wissen, wieso du überhaupt hier bei mir bleibst. Du willst doch viel lieber mit ihm und anderen Engländern zusammen sein. Für mich hast du ja überhaupt kein Gefühl, nur für die.«

»Du weißt, daß das nicht stimmt.« Harry tat sein möglichstes, um ruhig und vernünftig zu bleiben.

Das machte den Nawab nur noch wütender. Er wandte sich an Olivia: »Jetzt spielt er den Engländer mit mir. Ganz kühl und ruhig und ja nie die Fassung verlieren. Er spielt Major Minnies mit mir. Was für ein Unterschied zu diesen gräßlichen Orientalen. Und du, Olivia, haßt und verachtest du die Orientalen auch? Natürlich tust du das. Und du glaubst, du hast recht. Weil wir ganz dumme Menschen sind, mit Gefühlen, auf denen wir die anderen herumtrampeln lassen, uns nach Herzenslust von ihnen verletzen lassen. Die Engländer haben Glück – sie haben überhaupt keine Gefühle. Sieh ihn dir doch an«, sagte er und zeigte auf Harry. »So viele Jahre ist er schon bei mir, aber was macht er sich schon aus mir? Du siehst ja, er versucht nicht einmal zu antworten.« Er saß am Fenster;

sein Profil hob sich gegen den Garten draußen und den Himmel ab, wie das Porträt eines Herrschers vor dem Hintergrund seiner eigenen Ländereien. »Und du«, sagte er zu Olivia. »Du machst dir auch überhaupt nichts aus mir.«

»Nein? Wieso bin ich denn dann hier?«

»Du bist Harry besuchen gekommen. Du willst bei ihm sein. Und ich bin dir sehr dankbar, daß du so nett zu ihm bist, denn ohne dich wäre er äußerst gelangweilt und einsam hier. Es geht ihm ja auch gesundheitlich nicht gut.« Er stand auf und ging zu Harry hinüber und berührte liebevoll seine Schulter.

Harry sagte: »Ich kann das nicht ertragen.«

»Das weiß ich. Ich bin ein unerträglicher Mensch. Major Minnies hat recht.«

»Das habe ich nicht gemeint.«

»Aber es ist wahr.«

Er ging hinaus, und Olivia folgte ihm. Als er die Treppe hinunterging, rief sie ihn beim Namen, was sie noch nie zuvor getan hatte. Er blieb stehen und sah überrascht zu ihr auf.

Sie lief auf ihn zu, und als sie einander auf der Treppe begegneten, wußte sie überhaupt nicht, was sie ihm sagen sollte. Als sie später darüber nachdachte, schien ihr, daß sie gar nicht beabsichtigt hatte, ihm von ihrer Schwangerschaft zu erzählen. Aber genau das tat sie. Sie mußte es ihm leise sagen, und er mußte sich mit seiner Reaktion zurückhalten, denn sie standen mitten im Palast mit Dienern und Gefolgsleuten auf jedem Treppenabsatz und wer weiß wie vielen lauschenden Damen hinter den Vorhängen.

Danach wäre es nicht fair gewesen, es nicht auch Douglas zu sagen, und sie tat es am gleichen Abend.

Am nächsten Tag wartete sie auf Douglas und auch auf Major Minnies, den sie zum Essen eingeladen hatten; aber um acht Uhr schickte Douglas seine Ordonnanz aus dem Büro mit der Nachricht, daß sie beide sich verspäten würden. Irgend etwas war wieder passiert, obwohl er nicht sagte, was. Olivia saß wartend auf der Veranda. Sie hatte den ganzen Tag gewartet – nicht auf Douglas, sondern auf eine Nachricht aus dem Palast. Es kam keine. Sie wußte nicht, was geschehen war: Sie sollten ja nach Mussoorie abgereist sein, aber sie konnte nicht glauben, daß sie abreisen würden, ohne sie zuvor noch zu besuchen oder sich sonst mit ihr irgendwie in Verbindung zu setzen. Falls sie abgereist wären, beschloß sie, auch wegzufahren. Sie würde Douglas erklären, sie könne die Hitze nicht mehr aushalten und müsse sofort ins Gebirge fahren. Wie sie so dort saß, allein und vergeblich wartend, wurde ihr klar, daß es ihr nicht möglich war, dazubleiben.

Aber als Douglas und ihr Gast endlich kamen, tat sie ihr Bestes, um ihren verstörten Gemütszustand zu überwinden und die Rolle zu spielen, die man von ihr erwartete. Sie saß zwischen weißen Kerzen am Eßtisch – auch ihr Kleid war weiß, weiße Spitze – und plauderte mit ihnen über eine Champagner-Boots-Party in Cambridge, die Marcia und sie mitgemacht hatten und bei der ein Boot umgekippt war. Die ganze Zeit spürte sie, daß die beiden Männer ebenso angespannt und verstört waren wie sie selbst. Als sie die zwei ihrem Cognac und ihren Zigarren überließ, konnte sie die Herren miteinander in besorgtem Tonfall sprechen hören; und als sie dann später zu ihr auf die vordere Veranda kamen, waren beide sehr ernst. Sie bat: »Wollt ihr mir nicht sagen, was geschehen ist?«

Sie taten es widerstrebend. Major Minnies sagte, es wäre schade, sich damit die Laune zu verderben. Natürlich war wieder der Nawab in die Sache verwickelt. Seine Räuberbande war, anstatt sich auf das Gebiet rund um Khatm zu beschränken, in die Provinz eingedrungen, die Mr. Crawford unterstand. Sie hatten ein Dorf etwa fünf Meilen außerhalb von Satipur überfallen und waren mit Bargeld und Schmuck entkommen. Es war niemand getötet worden, aber einige Dorfbewohner, die versucht hatten, ihre Wertsachen zu verstecken, waren sehr unsanft behandelt worden. Einer Frau war die Nase abgeschnitten worden. Sobald der Bericht der Dorfbewohner Satipur erreichte, hatten Mr. Crawford und Douglas Major Minnies benachrichtigt, der zum Palast gefahren war. Der Nawab hatte sich geweigert, ihn zu empfangen.

Olivia sagte: »Aber sie sind doch nach Mussoorie gefahren.« Sie setzte vorsichtshalber hinzu: »Harry hat es mir erzählt. Ich habe ihn gestern gesehen.«

»Sie hatten fahren wollen, aber wie üblich hat es sich die Begum anders überlegt«, sagte Major Minnies. »Ich weiß nicht, was es diesmal war – ich glaube, jemand hörte eine Eule, was natürlich ein sehr schlechtes Omen ist vor einer Reise – also mußten sie alle wieder auspacken.«

Olivia lachte – offenbar über den Aberglauben. Sie war froh und erleichtert; sie waren noch da, sie waren nicht weggefahren.

Major Minnies sagte: »Ich war keineswegs überrascht, daß er mich nicht sehen wollte; denn unglücklicherweise hatten wir erst gestern einen recht lebhaften Auftritt. Er war... ziemlich aufgeregt.«

»Verdammte Frechheit!« sagte Douglas hitzig. »Ich hoffe, Simla wird nicht mehr länger fackeln mit ihm.«

»Nein, es sieht eigentlich nicht so aus. Die Mühlen von Simla mahlen zwar langsam, aber sie mahlen außerordentlich sicher. Ich fürchte, ich habe ihm den Fall so dargelegt, daß es ihn aufgebracht hat.«

»Hat Sie das überrascht?« fragte Olivia.

Sie bemerkte trotz der Dunkelheit auf der Veranda, wie Major Minnies sie ansah. Seine Zigarre glühte auf, als er daran zog. Er antwortete ihr ruhig: »Nein.«

Es war Douglas, der nicht ruhig war: »Es wird Zeit, daß man ihm eine Lehre erteilt.«

»Du redest, als wäre er ein Schuljunge!« rief Olivia.

Major Minnies, verständnisvoll und gerecht, wollte wohl zwischen ihnen vermitteln. »In mancher Hinsicht«, sagte er, »ist er ein prächtiger Kerl. Er hat etliche gute Eigenschaften, wenn sie bloß mit ein bißchen Selbstkontrolle, ein bißchen Selbstdisziplin gepaart wären...« Und wieder spürte Olivia im Dunkeln seine Augen auf sich; er sagte: »Aber irgendwie bewundere ich ihn. Und ich glaube, Sie auch.«

Sie sagte: »Ja.«

Er nickte. »Sie haben recht. Nein«, sagte er, als Douglas dagegen protestieren wollte, »wir müssen gerecht sein. Er ist ein starker, kraftvoller Charakter und vielleicht, unter anderen Umständen – ich habe viel über ihn nachgedacht«, sagte er, und jetzt schien er sich nur an Olivia zu wenden. »Wie Sie wissen, habe ich schon etliche Jahre lang mit ihm zu tun, und wir hatten, ich kann es nicht leugnen, eine Menge Ärger mit ihm.«

»Und was für welchen«, sagte Douglas, unfähig, sich zurückzuhalten. »Er ist eine Gefahr für sich selbst, für uns und für die armseligen Einwohner seines armseligen kleinen Staates. Die übelste Sorte von einem Herrscher – die übelste Sorte von einem Inder –, die man sich vorstellen kann.«

»Vielleicht haben Sie recht; zweifelsohne haben Sie recht«, sagte Major Minnies. Er blieb lange still und nachdenklich; schließlich sagte er, langsam, wie jemand, der ein Bekenntnis ablegt: »Manchmal habe ich das Gefühl, ich bin ein für Indien nicht sehr geeigneter Mensch. Mary und ich haben immer wieder darüber gesprochen. Nicht, daß ich irgendwann während meiner Laufbahn daran gedacht hätte, meinen Posten zu wechseln, diesen Standort – nie, unter keinen Umständen!« sagte er mit einem Ausbruch von Leidenschaft, der Olivia überraschte. »Aber ich bin mir darüber im klaren, daß ich in vieler Hinsicht die Grenzen überschreite.«

»Grenzen wohin?« fragte Olivia.

»In die andere Dimension.« Er lächelte, wollte vielleicht nicht zu ernsthaft klingen. »Ich glaube, ich habe mich zu sehr faszinieren lassen. Zum Beispiel der Nawab: Ich kann nicht leugnen, daß er mich tatsächlich fasziniert – so wie sicherlich«, erklärte er Olivia, »auch Sie.«

»Du lieber Himmel«, lachte Douglas, »tut er das wirklich, mein Schatz?«

»Na ja«, sagte Olivia und lachte ebenfalls, »er ist schon ein faszinierender Mann... und unwahrscheinlich gutaussehend.«

»Wirklich?« fragte Douglas, als hätte er ihn nie unter diesem Gesichtspunkt betrachtet.

»Unbedingt«, sagte der Major. »Er ist – ein Fürst. Besser kann man ihn gar nicht beschreiben. Das Malheur ist, daß sein Staat unglücklicherweise nicht ganz so fürstlich ist, wie es nötig wäre, um seinen Ehrgeiz oder gar seinen Bedarf an Geld zu befriedigen.«

Das belustigte Douglas: »Daher muß er seine Zuflucht zu bewaffneten Raubüberfällen nehmen, um das auszugleichen?«

»Und außerdem glaube ich, daß er unendlich gelangweilt ist«, sagte der Major. »Er ist ein Mann, der Taten brauchte – eine große Arena. Ich weiß immer, wann er besonders unausgefüllt und rastlos ist, denn dann fängt er an, über seinen Vorfahren, Amanullah Khan, zu reden.«

»Diesen Banditen«, sagte Douglas.

»War er das?« fragte Olivia den Major.

»Ein Abenteurer – in einer Zeit der Abenteurer. Und das ist es, was unserem Freund fehlt – Abenteuer. Er ist eigentlich kein Mensch, der den ganzen Tag in einem Palast herumsitzen kann, oder er wäre es lieber nicht. Aber es bleibt ihm nichts anderes übrig, und obendrein ist es das einzige, was er je gekannt hat.«

»Das einzige, was er kann«, sagte Douglas.

»Ich habe seinen Vater gekannt«, erzählte der Major Olivia. »Das war eine eigenartige Type. Er hatte eine große Vorliebe für Bajaderen – bis er nach Europa kam und Varieté-Tänzerinnen entdeckte. Er brachte etliche von ihnen mit hierher, und eine blieb jahrelang bei ihm. Sie lebte in dem Zimmer, in dem jetzt dieser, wie heißt er doch? – lebt.«

»Harry?«

»Übrigens starb der alte Nawab in diesem Zimmer. Er erlitt einen Schlaganfall, während er mit ihr zusammen war... Er war ein großer Kenner der Urdu-Dichtung. Jedes Jahr fand in Khatm ein Symposium statt, zu dem die besten Dichter aus ganz Indien kamen. Der alte Nawab war selbst kein schlechter Dichter – er verfaßte immer Zweizeiler – warten Sie, vielleicht fällt mir noch einer ein ...«

Nach einer Weile begann er in wohltönendem Urdu zu rezitieren; es klang wunderschön. Olivia blickte zum Himmel hinauf, den Monsunwolken in kleinen Wellen durchzogen, und zum Mond, der langsam darüberhin segelte. Sie hing ihren eigenen Gedanken nach.

»Sind dies Tautropfen auf der Rose oder sind es Tränen? Mond, dein silbernes Licht verwandelt alles in Perlen«, übersetzte der Major. »Auf englisch klingt es nicht besonders, fürchte ich«, entschuldigte er sich.

»Nein, es klingt nie richtig«, stimmte ihm Douglas bei. Im Dunkeln nahm er Olivias Hand und hielt sie in der seinen. Der Major fuhr fort, in Urdu zu rezitieren. Seine Stimme war laut und voll, und hinter dieser Geräuschkulisse flüsterte Douglas seiner Frau zu: »Geht's dir gut?« Sie lächelte ihn an, und er drückte ihre Hand. »Glücklich?« fragte er, und als sie wieder lächelte, hob er ihre Hand an seine Lippen. Der Major sah es nicht; er blickte zum Himmel und rezitierte Urdu-Verse; Emotionen schwangen in seiner Stimme – eine Mischung von Andacht und Wehmut. Und nachher seufzte er: »Das packt einen«, sagte er. »Weiß Gott.«

»Nicht wahr«, stimmte ihm Olivia höflich zu. Aber es berührte sie nicht, weder die Verse noch seine Gefühle. Sie fand, sie wogen nicht sehr schwer. Ihr fiel wieder ein, was er vorhin gesagt hatte – vom Grenzenüberschreiten –, und das erboste sie. Was wußte denn er davon? Wenn er glaubte, daß man schon Grenzen überschritt mit wehmütigen Gefühlen, hervorgerufen von ein paar in einer Mondnacht gesprochenen Versen! Sie lachte laut auf über diese Anmaßung, und Douglas dachte, sie lache vor Glück, was auch ihn sehr glücklich machte.

»Haben Sie gewußt, daß der alte Nawab in diesem Zimmer gestorben ist?« fragte Olivia Harry.

Harry erwiderte: »Was wissen Sie denn sonst noch?«

»Ach, da gab es irgendeine Varieté-Tänzerin.«

Er brach in schallendes Gelächter aus und erzählte ihr dann die ganze Geschichte. Nach dem Tod des alten Nawab hatte die Begum dem Mädchen nicht eher erlaubt, den Palast zu verlassen, bis sie sämtliche Wertsachen abgeliefert hatte, die sie vom Nawab bekommen hatte. Das Mädchen – eine robuste kleine Person aus Yorkshire, sagte Harry – hatte versucht, ein paar davon zu behalten, aber da hatte sie ihre Rechnung ohne die Begum gemacht. Eines Tages – eigentlich, sagte Harry, war es mitten in der Nacht – war das Mädchen in Satipur aufgetaucht mit nichts als den Kleidern, die sie am Leibe trug (die zufällig ein seidenes Nachthemd und ein japanischer Kimono waren). Sie war in einer fürchterlichen Verfassung und behauptete, die Begum hätte versucht, sie zu vergiften. Der oberste Verwaltungsbeamte des Distrikts und seine Frau, die ihre Geschichte gar nicht so unglaubwürdig fanden, hatten sich die größte Mühe gegeben, sie zu beruhigen, und ihr versprochen, sie nach Bombay zu schicken und alles in die Wege zu leiten, daß sie mit dem nächsten Schiff nach Hause fahren könnte. Aber als sie ihr anboten, in den Palast nach ihren Kleidern und ihren übrigen Sachen zu schicken, war sie ganz hysterisch geworden und hatte sie gebeten, das nicht zu tun. Sie hatte ihnen eine Geschichte erzählt, die sie gehört hatte über vergiftete Hochzeitsgewänder, die man einer unerwünschten Braut in der Familie geschickt hatte: Kaum hatte die Unglückliche das golddurchwirkte Mieder angelegt, als es auch schon an ihr festklebte und die tödlichen Salben sie durchdrangen. Das Mädchen schwor, sie wisse, daß dies tatsächlich geschehen war, denn der alte Nawab selbst hatte es ihr erzählt; auch, daß alle Versuche, die Braut zu retten, vergeblich gewesen waren und sie unter Krämpfen gestorben war. Die alte Frau, die das todbringende Gewand präpariert hatte, war noch am Leben. Sie lebte im Palast in Khatm, in den Frauengemächern, wo man sie sehr verwöhnte, damit sie ihre Kunst anderen weitergäbe. »Ach, Sie wissen ja nicht, was sich dort abspielt«, hatte das Mädchen schaudernd gesagt. Niemand konnte ihr die Angst ausreden, und obwohl die Begum ihr aus eigenem Antrieb ihre Koffer nachschickte, hatte sich das Mädchen geweigert, sie anzurühren, und war nach Bombay abgereist, mit einem sonderbaren Sammelsurium von Kleidern, die ihr die englischen Damen in Satipur geliehen hatten.

Olivia lächelte, als sie diese Geschichte hörte: »Sie muß verrückt gewesen sein. Diese komischen alten Tanten in den Frauengemächern.« Sie fragte, ganz nebenbei: »Wissen sie von mir?«

»Wissen sie *was* von Ihnen?« entgegnete Harry.

Olivia dachte kaum je an die Damen in den Frauengemächern. Manchmal schien ihr, als bewegten sich die Vorhänge oben auf den Galerien, aber sie sah nicht hinauf. Der Nawab sprach nie mit ihr über seine Mutter.

Olivia war klar, daß die Begum in einen anderen Teil seines Lebens gehörte, vielleicht in eine Kammer im Inneren seines Herzens. Und das weckte Olivias Stolz und Eigensinn, so daß sie mit ihm nicht über seine Mutter sprechen, noch ihre Existenz zur Kenntnis nehmen wollte.

Aber sie bemerkte, daß der Nawab zärtlicher und rücksichtsvoller ihr gegenüber war, als sie ihn bisher gekannt hatte. Er schickte jeden Tag nach ihr und machte im Palast keinen Hehl aus den Beziehungen zwischen ihnen. Er fing sogar an, sie in sein Schlafzimmer mitzunehmen, wo sie nie zuvor gewesen war. Sie folgte ihm, wohin er sie auch rief, und tat, was immer er von ihr verlangte. Auch sie machte aus nichts ein Geheimnis. Sie erinnerte sich, daß Harry einmal zu ihr gesagt hatte: »Einem Menschen wie ihm sagt man nicht Nein«, und stellte fest, daß er recht hatte.

Der Nawab war entzückt über Olivias Schwangerschaft. Oft streichelte er ihre schlanken Hüften, ihren flachen Leib, dem noch nichts anzusehen war, und fragte: »Und das willst du wirklich für mich tun?« Es schien ihn mit Verwunderung zu erfüllen.

»Du hast keine Angst? Wie tapfer du bist!« Sie mußte über sein Erstaunen lachen.

Er zweifelte keinen Augenblick daran, daß das Kind seines wäre. Die Frage stellte sich ihm ganz einfach nicht, so daß Olivia – für die sie sich ständig stellte – nicht einmal wagte, sie zu erwähnen. Er fing an, Besitzansprüche an sie zu stellen, und jeden Abend, wenn es Zeit wurde, daß der Wagen sie zurückbrachte, tat er sein möglichstes, um sie aufzuhalten, bat sie sogar, doch noch länger bei ihm zu bleiben. Sie mochte es gar nicht, wenn er das tat, und dann war sie es, die ihn anflehte, sie gehen zu lassen. Und er sagte: »Na schön, geh«, aber er war so niedergedrückt, daß es mit jedem Mal schwerer für sie wurde. Und doch blieb ihr keine andere Wahl. Sie fürchtete die Stunde, da es für sie Zeit sein würde, zu gehen, und er sagen würde: »Nein. Bleib.«

Einmal sagte er: »Nein, bleib bei mir. Bleib immer da.« Dann sagte er: »Es wird sein müssen, sehr bald jetzt. Du mußt hier sein.« Er war sehr bestimmt.

Sie wußte, wenn sie fragte: »Und Douglas?«, würde er die Frage mit einer Handbewegung abtun, denn was ihn betraf, so war Douglas bereits abgetan.

Eines Sonntags kam ein englischer Kaplan aus Ambala und hielt in der kleinen Kirche einen Gottesdienst. Nachher blieben Olivia und Douglas noch auf dem Friedhof; sie hatten ihn seit jenem Tag, an dem sie sich gestritten hatten, nicht mehr besucht. Jetzt sah es dort ganz anders aus. Zwar schien die Sonne noch immer heiß, aber die Bäume waren nicht mehr staubig, sondern feucht und tropfend grün. Regenschauer hatten auch von den Gräbern den Staub gewaschen, so daß die Inschriften jetzt deutlicher lesbar waren und Büschel von Grün aus den Spalten in den Steinen sprossen.

Douglas, der zwischen den Gräbern umherging, las die inzwischen vertrauten Inschriften. Er war so darin vertieft, daß er für Olivia zu rasch ging und sie ihn rufen mußte. Er blickte zurück und sah sie auf sich zukommen in ihrem blaßvioletten Kleid mit schwingendem Rock und passendem Sonnenschirm. Er eilte zu ihr hin und nahm sie gleich dort zwischen den Gräbern in die Arme. Arm in Arm gingen sie weiter. Er erzählte ihr von all diesen jungen Männern, die hier begraben lagen, und dann von anderen jungen Männern, seinen eigenen Vorfahren, die auf Friedhöfen in anderen Teilen Indiens lagen. »Großartige Burschen«, nannte er sie. Da war Edward Rivers, der einer aus der Gruppe von Henry Lawrences jungen Verwaltungsbeamten im Pandschab gewesen war; John Rivers, ein berühmter Wildschweinjäger, der bei einem Sturz vom Pferd in Meerut ums Leben kam; und ein Namensvetter, ein früherer Douglas Rivers, der während des Sepoy-Aufstandes gefallen war. Er war beim Sturm auf das Kaschmir-Tor dabei gewesen, bei dem der Held von Delhi, John Nicholson, ebenfalls fiel. Douglas' Vorfahre starb genau einen Tag nach Nicholson an seinen Verwundungen und wurde ganz in der Nähe auf dem Nicholson-Friedhof in Delhi begraben. Die Art, wie Douglas das erzählte, veranlaßte Olivia, ihn zu nekken: »Das klingt ja geradezu, als beneidetest du ihn.«

»Na ja«, sagte Douglas und kam sich ein wenig töricht

vor, »es ist doch keine schlechte Art, zu gehen... Besser als sich zu Tode zu trinken», sagte er und versuchte einen etwas leichteren Ton anzuschlagen.

»Ein paar von ihnen haben auch das getan. Es kann sehr eintönig werden, wenn man zu lange ganz allein in einem Distrikt festsitzt.«

»Mit nur ein paar Millionen Indern«, konnte Olivia sich nicht zurückhalten zu sagen – aber gerade da kamen sie zu dem Saundersschen Engel, und Douglas war sehr darauf bedacht, ihre Aufmerksamkeit davon abzulenken. Er drückte ihren Kopf an seine Schulter und ließ sie nicht eher wieder los, bis sie vorbeigegangen waren und Leutnant Edwards erreichten. Hier machte er mit ihr halt, weil dieses Grab von einem Baum überschattet war. Sie blieben unter seinem Schutz stehen.

»Gütiger und nachsichtiger Vater«, las Douglas. Er wandte sich Olivia zu, küßte sie und raunte ihr zu: »Hättest du lieber einen Soldaten oder einen Zivilisten?«

»Woher weißt du, daß es ein *er* wird?«

»Ach, da bin ich ziemlich sicher... Und er wird auch etwas Ordentliches werden, du wirst schon sehen.« Er küßte sie wieder und strich mit den Händen über ihre schlanken Hüften und ihren flachen Leib. »Du hast keine Angst?« flüsterte er. »Du willst das wirklich für mich tun? Wie tapfer du bist.«

Er dachte, es wäre die Nähe des Saundersschen Grabes, die sie so aufregte. Oder vielleicht hatte der Ort als Ganzes einen ungünstigen Einfluß auf sie ausgeübt – Friedhöfe waren morbid, natürlich, und besonders für jemanden in ihrem Zustand. Wie so oft in seinem Umgang mit ihr – die seinem Empfinden nach so viel zarter, zerbrechlicher war als er oder irgend jemand anderer, den er kannte – klagte er sich an, ein grober Tölpel zu sein, und konnte sie gar nicht schnell genug wegführen.

20. August: Douglas bekam tatsächlich einen Sohn – nicht von Olivia, sondern von seiner zweiten Frau, Tessie. Dieser Sohn (mein Vater) wurde in Indien geboren und lebte dort bis zu seinem zwölften Lebensjahr, als er nach England zur Schule geschickt wurde. Er kehrte nie wieder nach Indien zurück. Als er alt genug dafür gewesen wäre, gab es nichts mehr, wohin er hätte zurückkehren können. Statt dessen ging er in den Antiquitätenhandel. Zum Zeitpunkt der indischen Unabhängigkeit kehrte Douglas, der gerade das Pensionsalter erreicht hatte, mit den anderen nach Hause zurück. Er und Tessie hatten ernsthaft überlegt, ob sie zurückgehen sollten oder bleiben, um die Jahre ihres Ruhestandes in Indien zu verbringen. Etliche ihrer Bekannten hatten sich entschlossen, dazubleiben – jene, die wie sie selbst den größten Teil ihres Lebens hier verbracht hatten und das Land mehr liebten als jedes andere. Tessies Schwester Beth und ihr Mann hatten ein reizendes kleines Haus in Kasauli gekauft und sich dort niedergelassen, wie sie glaubten, für den Rest ihres Lebens. Nach einigen Jahren jedoch fanden sie, daß es für sie nicht mehr so angenehm war wie früher. Die Indisierung Indiens war selbstverständlich höchst begrüßenswert, sagten die Crawfords – stets voller Gerechtigkeitssinn und alle Seiten eines Problems sehend. Aber sie war eher für Inder wünschenswert als für die Crawfords selbst. Auch sie kamen zurück und kauften ein Haus in Surrey in der Nähe von Douglas und Tessie, so daß sie sie häufig besuchen konnten. Nachdem sie beide Witwen geworden waren, zog Großmutter Tessie zu Großtante Beth und brachte ihre Lieblingssachen mit, so daß es ein paar Messingtischplatten und Elefantenstoßzähne doppelt gab. So lange wie möglich blieben sie mit Freunden in Indien in Verbindung – den Minnies, zum Beispiel, die in Ooty lebten –, aber langsam starb einer nach dem anderen oder wurde zu alt, um die Verbindung aufrecht zu erhalten. Ich hätte gern ein paar von ihnen besucht, jetzt, da ich endlich hierhergekommen bin, aber ich glaube nicht, daß noch jemand übrig ist.

Ich habe versucht, Chid ein bißchen von alledem zu erzählen, dachte, es könnte ihn interessieren, aber es interessiert ihn nicht. Seine eigene Familie hatte nie etwas mit Indien zu tun, und soviel ich weiß, ist er der erste aus seiner Familie, der je hierher gekommen ist. Er möchte jetzt sehr gern abreisen. Aber sein Gesundheitszustand scheint sich nicht zu bessern, und gestern überredete ich ihn dazu, mit mir ins Krankenhaus zu gehen. Dr. Gopal, der medizinische Leiter, untersuchte ihn und sagte sofort, er werde ihn aufnehmen. Chid war einverstanden – ich weiß nicht, was er dabei dachte, vielleicht sah er sich zwischen kühlen Laken in einem geweißten Zimmer, von Nonnen gepflegt. Die Wirklichkeit sah anders aus. Der Arzt rief einen seiner Untergebenen und befragte ihn wegen leerer Betten. Es gab keine, aber eines würde vermutlich in einer Stunde frei werden, weil ein alter Mann im Sterben lag. Er starb tatsächlich innerhalb dieser Zeit, und ich war Chid behilflich, auf die Station und in das Bett zu kommen.

27. August: Ich besuche Chid jeden Tag, um ihm Gesellschaft zu leisten und auch, um ihm Essen zu bringen. Es ist ihm unmöglich, das Spitalessen zu sich zu nehmen; es wird von einem Wärter ausgeteilt, der mit einem Eimer durch die Station geht. Die Patienten sitzen aufgereiht da und halten ihm ihre Schüsseln hin, in die Klumpen von kaltem Reis und Linsen geworfen werden, und manchmal ein bißchen Gemüse, alles durcheinandergemischt. Nur Menschen, die völlig mittellos sind, nehmen dieses Essen, und es wird auch tatsächlich mit einer Verachtung verabreicht, wie sie nur jenen zugemutet wird, die nichts und niemanden haben.

Ein solch armer Mann liegt mit gebrochenem Bein und gebrochenen Rippen neben Chid. Er hat mir erzählt, daß er vor ein paar Jahren aus seinem Dorf nach Satipur gekommen ist und seinen Lebensunterhalt damit verdiente, daß er mit einem Korb Obst verkaufen ging. Er hatte immer gehofft, genug zu verdienen, um seine Familie nachkommen zu lassen, aber das ist ihm bisher nicht gelungen, und er schätzt sich glücklich, wenigstens genug zu verdienen, um sich selbst von einem Tag zum anderen ernähren zu können. Für gewöhnlich schläft er, zusammen mit anderen Mittellosen, unter einem der alten Stadttore, die aus Satipur hinausführen. Und dorthin wird er auch zurückgehen, wenn sein Bein und seine Rippen geheilt sind. Das dauert unglücklicherweise sehr lange. Was ihn am meisten stört, ist seine Unfähigkeit aufzustehen und umherzugehen – sein Bein ist mit einer Spezialvorrichtung hochgeschnallt –, so daß er mit seinen natürlichen Funktionen auf die Spitalskehrer angewiesen ist. Von Zeit zu Zeit kommen sie und schieben ihm eine Leibschüssel unter; aber da er nicht in der Lage ist, ihnen auch nur eine bescheidene Summe zu zahlen, die sie verlangen, sind sie nicht sehr pünktlich damit, ihm zu dieser Erleichterung zu verhelfen, noch die Leibschüssel wieder unter ihm wegzunehmen. Einmal kam ich und fand ihn in großer Bedrängnis, weil sie ihn etliche Stunden darauf sitzen gelassen hatten. Ich nahm sie unter ihm weg und ging zur Toilette, um sie auszuleeren. Den Zustand dieser Latrinen muß man gesehen haben, um ihn für möglich zu halten, und als ich wieder herauskam, war mir tatsächlich ein wenig übel. Ich versuchte, das nicht zu zeigen, um niemandes Gefühle zu verletzen, aber anscheinend hatte ich bereits genug getan. Alle sahen mich an, als hätte ich damit eine schreckliche Untat der Verunreinigung begangen, und auch der Obstmann selbst schrak vor mir zurück, und als ich ihm wie üblich etwas von dem mitgebrachten Essen anbot, nahm er es nicht an.

Chid nimmt überhaupt keine Notiz von seiner Umgebung. Im Gegenteil, er tut sein möglichstes, um sie völlig auszuschließen. Wann immer ich ihn besuche, liegt er mit fest geschlossenen Augen da, und manchmal sickern Tränen daraus hervor. Ich habe bereits an seine Familie geschrieben und um eine Fahrkarte für ihn zurück nach Hause gebeten, und jetzt warten wir beide darauf, daß sie kommt und sich sein Gesundheitszustand soweit bessert, daß er reisen kann. Inzwischen will er nichts wissen und nichts sehen, nur dort liegen und warten.

Ich weiß noch immer nicht, was geschehen ist, daß er derart verändert ist. Das einzige, was er je sagt – die einzige Erklärung, die er über seine veränderte Einstellung zu Indien gibt –, ist, daß er den Geruch nicht aushalten kann. Ich weiß nicht einmal, was mit ihm nicht stimmt, was für eine Krankheit er hat. Ich fragte Dr. Gopal, und auch er konnte mir keine sehr klare Antwort darauf geben. Mit Chids Leber ist etwas nicht in Ordnung, und etwas anderes stimmt mit seinen Nieren nicht, und alles in allem sind seine inneren Organe in einem schrecklichen Zustand. Es ist zurückzuführen auf schlechte, falsche Ernährung und schlechte, falsche Lebensweise, sagt Dr. Gopal.

»Verstehen Sie«, versuchte er mir zu erklären – so beschäftigt er auch ist, ist ihm eine Unterhaltung in englischer Sprache doch immer willkommen –, »dieses Klima bekommt Menschen wie Ihnen nicht sehr gut. Überhaupt – es bekommt nicht einmal uns.« Er erklärte mir, daß nicht nur Menschen aus der westlichen Welt, sondern sogar die meisten Inder an Amöbenruhr leiden. Sie wissen es kaum, denn sie leiden auch noch an vielen anderen Krankheiten. Er wurde sehr gesprächig, als er sämtliche Krankheiten Indiens aufzählte. Es war tatsächlich eine schreckliche Liste, und als er endlich zu ihrem Ende kam (falls sie überhaupt ein Ende hat), sagte er: »Ich glaube, vielleicht lag es nie in Gottes Absicht, daß menschliche Wesen in einem solchen Lande leben sollten.«

In diesem Punkt widersprach ich ihm, und wir hatten (in englisch) eine längere Debatte über dieses Thema. Er hatte mir bereits erzählt, daß er während seines Studiums am Medizinischen College Mitglied der Diskussions-Gesellschaft gewesen war und sich bei etlichen inter-universitären Debatten mehrmals hervorgetan hatte. Er ist tatsächlich sehr gewandt darin, die Wahrheit mit Humor zu würzen, und so beendete er unsere Debatte folgendermaßen:

»Nehmen wir um unserer Diskussion willen an, daß wir Inder geeignet sind, hier zu leben – wo sonst wären wir es?« fragte er und machte eine Pause, in die hinein ich lachen konnte. »Aber niemand anderer«, sagte er. »Keiner von Ihnen. Sie wissen, daß sie in den schlechten alten Tagen ihre eigenen Klubs hatten, die ausschließlich Engländern vorbehalten waren. Und jetzt ist es so, daß wir unsere Krankheitskeime haben, und die haben wir ausschließlich uns vorbehalten. Nur für Inder! Betreten verboten!« Er warf sich in seinem Stuhl zurück und lachte, und er lachte noch immer, als er eine Injektionsnadel in einen ausgemergelten Arm stach, der ihm hingehalten wurde.

Natürlich muß ich zugeben, daß er bis zu einem gewissen Grad recht hat; sicherlich soweit es Chid betrifft. Offensichtlich ist Chids Körper nicht dafür geschaffen, das Leben eines heiligen Mannes in Indien zu führen. Und nicht nur körperlich ist Chid außer Gefecht gesetzt, sondern in anderer Weise – geistig – ebenfalls. Gelten die kritischen Bemerkungen des Arztes auch für die europäische Seele, ebenso wie für unseren Körper? Ich mag es nicht zugeben; ich möchte nicht, daß es so ist. Es hat auch in der Vergangenheit Menschen gegeben, die aus ihrem eigenen, freien Willen hiergeblieben sind. Nach dem großen Aufstand lebte ein namenloser Engländer ganz allein vor den Toren von Lucknow und tat religiöse Buße. Einen anderen namenlosen Engländer sah man jahrelang in den Basars von Multan, wie ein afghanischer Pferdehändler gekleidet (niemand hat je herausgefunden, wer er war oder woher er kam, und eines Tages wurde er ermordet aufgefunden). Und wie war das mit der Missionarin, der ich in meiner ersten Nacht in Bombay begegnet war? Sie sagte, sie sei bereits seit dreißig Jahren in Indien und bereit, hier zu sterben, wenn es sein sollte. Ja, und wie war das mit Olivia? Es scheint absurd, sie mit religiösen Heilssuchern, Abenteurern und christlichen Missionaren in einem Atem zu nennen, und doch, genau wie diese blieb sie.

Ich glaube noch immer nicht, daß Olivia irgend etwas Besonderes war. Ich meine, daß sie von vornherein irgendwelche besonderen Charaktereigenschaften besaß. Als sie herkam, war sie vielleicht wirklich so, wie sie schien: eine hübsche junge Frau, ziemlich eitel, vergnügungssüchtig, ein wenig launisch. Und doch, zu tun, was sie tat – und dann dazu gestanden zu haben ihr ganzes Leben lang –, sie kann nicht der gleiche Mensch geblieben sein, der sie anfänglich war. Aber es gibt keine Berichte darüber, wie sie später war, weder in unserer Familie noch sonstwo, soviel ich weiß. Mein Wunsch, es herauszufinden, wird immer stärker; aber ich glaube, die einzige Möglichkeit, wie ich daraufkommen kann, ist, das gleiche zu tun wie sie – und das ist, hierzubleiben.

1923

Die Landschaft, ein paar Wochen zuvor von Staub ausgelöscht, lag nun unter einem Schleier von Feuchtigkeit. Die Aussicht aus Harrys Fenster war von Wolken verhüllt, so daß man alles wie durch Tränen sah, die nicht flossen. Die dadurch entstehende Stimmung von Traurigkeit entsprach Harrys Verfassung.

Er erzählte Olivia: »Ich hatte gestern ein langes Gespräch mit ihm. Ich sagte ihm, daß ich nach Hause fahren wollte, daß ich es müßte... Und er stimmte mir zu. Er verstand es vollkommen. Er sagte, er würde alles regeln, ich sollte erster Klasse reisen, alles müßte tip-top sein.«

Olivia lächelte: »Ich höre es ihn direkt sagen.«

»Ja.« Harry lächelte durch seine Traurigkeit hindurch. »Und er gab mir eine Erklärung.«

»Ich glaube, ich kann auch die hören.«

»Sicher können Sie das. Selbstverständlich ist es immer die gleiche – aber, Olivia, sie ist *immer echt!* Haben Sie nicht auch das Gefühl? Daß, wenn er die Hand aufs Herz legt, wie er es immer tut, er es tut, weil er es wirklich so meint?

... Er hat auch von Ihnen gesprochen. Nein, bitte glauben Sie nicht, daß ich schlecht denke über irgendwas. Großer Gott, was für ein Mensch wäre ich denn da, was für ein Freund? Ich wäre – seiner doch nicht wert.«

Olivia fragte: »Wo ist er?«

»In Indore. Er hat gestern aus Simla gehört – sie drohen mit einer Untersuchung, und er ist die ganze Nacht aufgewesen und hat Telegramme abgefaßt, und heute morgen ist er nach Indore gefahren, um sich mit seinen Anwälten zu beraten.«

»Ist es wahr, Harry? Ist er wirklich da hinein verwikkelt?«

»Weiß Gott. Was mich betrifft, ist er immer im Recht und sie immer im Unrecht. Ich hasse sie. Das sind die Leute, die mir das Leben zur Hölle gemacht haben, so lange ich denken kann. In der Schule und überall. Schön, solange sie nur mich schikanieren – aber wenn ich mitansehe, wie sie es *mit ihm* machen – und *hier* – nein, das ist unerträglich. Und er erträgt es auch nicht. Sie werden schon draufkommen. Sie hätten ihn gestern abend hören sollen. Wartet nur, bis mein Sohn geboren wird, sagte er. Dann wird ihnen das Lachen im Halse stecken bleiben.«

»Das hat er gesagt?«

Sie wandte sich vom Fenster ab und starrte ihn an, und er wußte sofort, daß er zuviel gesagt hatte.

»Was hat er noch gesagt?« fragte sie. »Nein, jetzt müssen Sie es mir sagen. Ich muß es wissen.«

»Sie wissen, wie oft er Dinge sagt, die er eigentlich nicht meint. Wenn er so aufgeregt ist.« Aber so, wie sie ihn weiterhin ansah, mußte er weitersprechen. »Er sagte, wenn dieses Kind geboren wird, würde Douglas, würden alle miteinander den größten Schock ihres Lebens bekommen.«

»Hat er – auf die Farbe... angespielt?« Dann sagte sie: »Wieso ist er so sicher?« Sie sah Harry an. »Sie sind es auch, nicht wahr... Sie glauben, er ist eine unwiderstehliche Naturgewalt –«

»Sie nicht?«

Sie wandte sich wieder dem Fenster zu. Sie streckte ihre Hand hinaus, um zu sehen, ob es angefangen hatte zu regnen. Es hatte angefangen. Aber so sanft, daß man es weder sah noch hörte, und alles – die Gartenpavillons, die perlgrauen Mauern, die Moschee – schien sich aufzulösen, wie Zucker im Wasser.

»Ich habe daran gedacht, eine Abtreibung vorzunehmen«, sagte sie.

»Sind Sie völlig verrückt?«

»Auch Douglas ist ganz glücklich und macht schon alle möglichen Pläne. In seiner Familie gibt es ein Taufkleid, das von irgendwelchen Nonnen in Goa angefertigt wurde. Seine Schwester hat es momentan – ihr Jüngstes ist vor zwei Jahren darin getauft worden, in Quetta, wo sie stationiert sind. Aber jetzt will Douglas es herschicken lassen. Er sagt, es ist ganz wunderhübsch. Kaskaden weißer Spitze – sehr kleidsam für die Riversschen Kinder, die sehr, sehr hellhäutig sind. Douglas sagt, sie haben alle weißblondes Haar, bis sie ungefähr zwölf sind.«

»Neugeborene haben keine Haare.«

»Indische Neugeborene schon, ich habe sie gesehen. Sie kommen mit sehr vielen schwarzen Haaren auf die Welt... Sie müssen mir helfen, Harry. Sie müssen herausbekommen, wo ich hingehen kann.« Und als er steif und stumm dastand, sagte sie: »Fragen Sie Ihre Freundin, die Begum. Für sie wird es einfach genug sein.« Sie lachte: »Einfacher als vergiftete Gewänder jedenfalls«, sagte sie.

31. August: Als ich heute aus meinem Zimmer herunterkam, stand eine Frau vor dem Pantoffelgeschäft und begrüßte mich wie eine alte Bekannte. Ich konnte mich nicht erinnern, ihr je begegnet zu sein, dachte aber, sie könnte eine Freundin von Inder Lals Mutter sein; vielleicht eine der Frauen, die am Hochzeitstag des Ehemanns mit uns gefahren waren. Als ich durch den Basar wegging, folgte sie mir. Jetzt fiel mir ein, daß sie vielleicht vor dem Geschäft auf mich gewartet hatte; aber als ich stehenblieb und mich nach ihr umsah, versuchte sie nicht, mich einzuholen. Sie nickte nur und lächelte. Das geschah mehrmals. Sie machte mir sogar Zeichen, ich solle weitergehen; sie schien weiter nichts zu wollen, als hinter mir herzugehen. Ich hatte vorgehabt, ins Krankenhaus zu gehen, aber ich hatte ein sonderbares Gefühl, so verfolgt zu werden, daher bog ich bei den Fürstengräbern seitlich ein und ging zur Hütte von Maji. Als ich mich diesmal umdrehte, folgte mir die Frau nicht mehr, sondern ging geradeaus weiter, als hätte sie nichts mit mir zu tun.

Maji befand sich im Zustand des *samadhi:* In diesem Zustand zu sein, bedeutet, ein Stadium höheren Bewußtseins erreicht zu haben, und in diesem seligen Zustand unterzutauchen. Maji nimmt dann überhaupt nichts von dem wahr, was um sie herum vorgeht. Sie sitzt auf dem Boden in Lotushaltung; ihre Augen sind offen, aber die Pupillen nach oben gedreht, die Lippen, zwischen denen die Zungenspitze zu sehen ist, leicht geöffnet. Ihr Atem geht regelmäßig und friedlich wie in traumlosem Schlaf.

Als sie aufwachte – wenn das der richtige Ausdruck ist, aber das ist er nicht –, lächelte sie mich zur Begrüßung an, als wäre überhaupt nichts geschehen. Aber wie immer bei solchen Gelegenheiten war sie wie gerade einem belebenden Bad entstiegen, oder sonst einem Medium der Erneuerung. Ihre Wangen glühten, und ihre Augen leuchteten. Sie strich sich mit den Händen von unten nach oben über das Gesicht, als spürte sie, daß es gerötet brannte. Sie hat mir erzählt, daß es ihr früher schwerfiel, den Übergang von *samadhi* ins gewöhnliche Leben zu finden, es jetzt aber ganz leicht und mühelos geht.

Als ich ihr von der Frau erzählte, die mir auf so rätselhafte Weise gefolgt war, sagte sie: »Siehst du, es hat angefangen.« Offenbar war es ganz und gar nicht rätselhaft – die Frau war eine Hebamme, die mich als potentielle Klientin vormerkte. Ich muß ihr schon früher aufgefallen sein, und heute war sie mir gefolgt, um ihre Vermutung zu überprüfen. Mein Zustand mußte für sie vollkommen eindeutig sein, aus der Art, wie ich ging und mich hielt. In ein oder zwei Tagen würde sie mir wahrscheinlich ihre Dienste anbieten. Und nun bot mir Maji neuerlich die ihren an: »Jetzt wäre eine gute Zeit«, sagte sie. »Acht oder neun Wochen – es wäre nicht besonders schwierig.«

»Wie würdest du es tun?« fragte ich, fast aus purer Neugierde.

Sie erklärte, daß es mehrere Möglichkeiten gäbe und daß in diesem frühen Stadium eine einfache Massage, gekonnt angewandt, genügen könnte. »Möchtest du, daß ich es versuche?« fragte sie.

Ich sagte ja – wieder, glaube ich, einfach aus Neugier. Maji schloß die Tür ihrer Hütte. Es war keine richtige Tür, sondern eine Holzplanke, die ihr jemand gegeben hatte. Ich legte mich auf den Boden, und sie löste das Band um meine Pandschabhose. »Hab keine Angst«, sagte sie. Ich hatte keine, überhaupt keine. Ich lag da und sah zum Dach hinauf, das ein Stück Blech war, und auf die von ihrem Herdfeuer geschwärzten Lehmwände. Jetzt, da die einzige Öffnung geschlossen war, war es drinnen fast ganz dunkel, und allerlei Gerüche blieben eingeschlossen in dem Raum – Gerüche nach Feuchtigkeit, dem als Brennstoff verwendeten Kuhdung und den Linsen, die sie gekocht hatte; auch die von Maji selbst. Die einzigen Kleider, die sie zum Wechseln besaß, hingen an der Wand, ungewaschen.

Sie saß rittlings auf mir. Ich konnte sie im Dunkeln nicht deutlich sehen, aber sie erschien mir überlebensgroß, und ich mußte an eine mythologische Gestalt denken: eine jener mächtigen indischen Göttinnen, die Leben und Tod in einer Hand halten und damit spielen wie mit einem Jojo. Ihre Hände glitten langsam an meinem Leib entlang, ertasteten und drückten gewisse Stellen in seinem Inneren. Sie tat mir nicht weh – im Gegenteil, ihre Hände schienen eine gewisse beruhigende Fähigkeit zu haben. Sie waren sehr, sehr heiß; das sind sie immer, ich habe sie oft gespürt (sie berührt einen immerzu, als wollte sie damit etwas auf den anderen übertragen). Aber heute schienen sie besonders heiß, und ich dachte, es könnte noch eine Nachwirkung ihres *samadhi* sein, daß sie noch immer die Energie ausstrahlte, die ihr von woanders zugeflossen war. Und wieder hatte ich die Empfindung, daß sie mir etwas *übertrug* – nichts wegnahm, sondern gab.

Dennoch schrie ich plötzlich auf: »Nein, bitte hör auf!« Sie tat es sofort. Sie erhob sich und nahm die Holzplanke von der Tür weg. Licht strömte herein. Ich stand auf und ging hinaus in dieses strahlende Licht. Alles war glänzend grün und naß vom Regen. Blaue Fliesen blinkten an den Fürstengräbern, und überall waren kleine Wasserlöcher, die das Licht auffingen und aussahen wie über die Landschaft verstreute Edelsteine. Der Himmel leuchtete in monsunblauen Flecken durch bauschige Wölkchen, und in der Ferne türmten sich weitere Wolken von tiefdunklem Blau empor wie gewichtslose Gebirge.

»Es wird doch nichts passieren?« fragte ich Maji besorgt. Sie war aus der Hütte hinter mir herausgekommen, nun nicht mehr die dunkle, mythologische Gestalt, die sie drinnen gewesen war, sondern die gewöhnliche, ein bißchen schmuddelige, mütterliche Maji. Sie lachte, als ich sie das fragte, und tätschelte mir beruhigend die Wange. Aber ich wußte nicht, weshalb sie mich beruhigte. Ich wünschte mir vor allem, daß nichts geschehen möge – daß ihre Bemühungen sich nicht als erfolgreich erwiesen. Mir war jetzt vollständig klar, daß ich meine Schwangerschaft wollte und das völlig neue Gefühl – dieses schwebende Glücksgefühl –, wofür sie die Ursache war.

1923

Auch Satipur hatte seine verwahrlosten Straßen, doch Khatm hatte nichts anderes. Die Stadt duckte sich in den Schatten der Palastmauern in einem engen Knäuel schmutziger Gassen, über denen baufällige Häuser lehnten. Offene Gossen flossen durch die Straßen. Sie gingen oft über, besonders während der Regenzeit, und waren wahrscheinlich die Ursache, oder eine der Ursachen, der häufigen Epidemien, die in Khatm ausbrachen. Wenn es etwas stärker regnete, dann stürzten gelegentlich einige der älteren Häuser ein und begruben die Menschen darin unter sich. Das geschah regelmäßig jedes Jahr.

Auch in der Vorwoche war das geschehen, mit dem Haus gegenüber jenem, in das man Olivia brachte. Die Frauen, die sich ihrer annahmen, sprachen noch davon. Eine von ihnen beschrieb, wie sie auf dem Balkon gestanden hatte, um einem unten vorbeiziehenden Hochzeitszug zuzusehen. Als der Bräutigam vorbeiritt, drängten sich alle nach vorn, um ihn zu sehen, und es war so viel Lärm, die Musikkapelle spielte so laut, daß sie zuerst gar nicht begriffen, was passierte, obwohl es vor ihren Augen geschah. Sie sah das Haus gegenüber, das sie ihr ganzes Leben gekannt hatte, sich plötzlich einbeulen und zusammenbrechen, und im nächsten Augenblick flogen krachend Menschen, Ziegel, Steine, Kacheln, Möbel, Kochtöpfe wie Regen durch die Luft. Es war wie ein schrecklicher Traum, sagte sie.

Was mit Olivia geschah, war ebenfalls wie ein Traum. Obwohl das Verhalten der Frauen, die sich ihrer annahmen, nicht hätte sachlicher sein können – zwei einfache Hebammen mittleren Alters, die die ihnen übertragene Aufgabe ausführten. Die Dienerin, die sie hergebracht hatte, war ebenso sachlich gewesen. Sie hatte Olivia in ein *burka* gekleidet und sie hinter sich her zu Fuß durch die Gassen von Khatm gehen lassen. Niemand beachtete sie; sie waren nur zwei Frauen in *burkas* – die üblichen wandelnden Zelte. Um zur Straße der Hebammen zu gelangen, stieg man einige glitschige Stufen hinab (hier mußte Olivia in ihrem ungewohnten Mantelumhang besonders vorsichtig sein). Das Haus der Hebammen war in einem sehr heruntergekommenen Zustand – höchst wahrscheinlich würde es beim nächsten Monsun zusammenbrechen. Die Treppe sah besonders gefährlich aus. Dort war es so dunkel, daß ihre Begleiterin Olivia bei der Hand nehmen mußte. Einen Augenblick lang schreckte Olivia vor dieser körperlichen Berührung zurück, aber nur einen Augenblick lang; sie wußte, daß sie bald auf viel intimere Weise berührt werden würde, und an intimeren Stellen ihres Körpers.

Die Hebammen ließen sie sich auf eine Matte auf dem

Fußboden legen. Da das Haus gegenüber nicht mehr stand, hatte sie durch das Fenster eine ungehinderte Aussicht auf ein Stück Himmel. Sie versuchte, sich darauf zu konzentrieren und nicht auf das, was man ihr tat. Aber das war jedenfalls nicht unangenehm. Sie massierten ihren Leib auf außerordentlich geschickte Weise, ertasteten und preßten bestimmte innere Venen. Eine der Frauen saß rittlings auf ihr, während die andere auf dem Fußboden hockte.

Ihre Hände bearbeiteten sie ununterbrochen, während sie sich weiter unterhielten. Die Atmosphäre war sehr professionell und entspannt. Aber als man auf der Treppe Geräusche hörte, blickten die beiden Hebammen einander verblüfft an. Eine von ihnen ging zur Tür, und die andere versteckte Olivia rasch unter einem Laken. Als wäre ich tot, dachte Olivia. Sie fragte sich, wer da wohl gekommen war. Sie fragte sich auch, was geschähe – was sie tun würden –, wenn sie tatsächlich dort in diesem Zimmer an dieser Abtreibung stürbe. Sie würden ihre Leiche rasch und heimlich beseitigen müssen. Olivia nahm an, daß eine solche Beseitigung ohne allzu große Schwierigkeiten bewerkstelligt werden könnte. Die Begum würde dafür ebenso leicht sorgen können, wie sie für die Abtreibung gesorgt hatte. Wahrscheinlich hatte sie darüber bereits nachgedacht und entsprechende Pläne gemacht.

Es war die Begum selbst, die gekommen war, mit nur einer Begleiterin. Beide waren in schwarze *burkas* gehüllt, aber Olivia erkannte, welche die Begum war, an der respektvollen Art, mit der die Hebammen sie behandelten. Sie schien außerordentlich interessiert an der Operation zu sein (so viel persönliche Aufmerksamkeit, dachte Olivia; ich sollte mich geschmeichelt fühlen). Von ihrem *burka* verhüllt, sah die Begum zu, wie die beiden Hebammen ihre Massage fortsetzten. Dann stand eine von ihnen auf, um in einem Winkel des Raumes etwas vorzubereiten. Olivia versuchte zu sehen, was es war, und auch die Begum war neugierig und folgte der Hebamme in diesen Winkel hinüber. Olivia hob ein wenig den Kopf, aber die andere Hebamme drückte ihn wieder hinunter, so drehte sie nur die Augen in diese Richtung. Sie sah, wie die

Hebamme der Begum einen Zweig zeigte, auf den sie irgendeine Paste auftrug. Die Begum war so interessiert, daß sie die Kapuze ihres *burka* vorn hochschlug, um besser sehen zu können.

Jetzt war Olivia neugierig und wollte sowohl den Zweig als auch das Gesicht der Begum sehen. Sie hatte vergessen, wie sie aussah – dieser Besuch gemeinsam mit Mrs. Crawford schien schon so lange her zu sein –, und sie wollte wissen, ob sie Ähnlichkeit mit dem Nawab hatte.

Die Hebamme mit dem Zweig kam auf sie zu, den Zweig in der Hand. Olivia begriff, daß er in sie eingeführt werden sollte. Die beiden Frauen spreizten Olivias Beine auseinander, und eine von ihnen hielt sie an den Knöcheln fest. Auch die Begum beugte sich über sie, um es genau zu sehen. Obwohl die Hebamme rasch und geschickt arbeitete, tat der Zweig Olivia weh, als er in sie eindrang. Es gelang ihr nicht, einen Schrei zu unterdrücken. Dann beugte sich die Begum über sie und blickte ihr ins Gesicht, und Olivia erwiderte fest ihren Blick. Sie ähnelte tatsächlich dem Nawab, sehr sogar. Auch sie schien Olivias Gesicht zu studieren, mit dem gleichen Interesse wie Olivia das ihre. Einen Augenblick sahen sie einander in die Augen, und dann mußte Olivia die ihren schließen, als der Schmerz unten sich wiederholte.

Beth Crawford gestattete sich nicht, über Olivia zu sprechen, bis viele Jahre – eine Lebensspanne – vergangen waren. Ich weiß nicht, ob sie während all dieser Jahre überhaupt je an sie dachte. Wahrscheinlich nicht: Großtante Beth wußte, wo man die Grenzen zu ziehen hatte, nicht nur im Reden und in seinem Verhalten, sondern auch in Gedanken. Auf die gleiche Weise hatte sie, wenn diese halbe Stunde des formellen Besuchs einmal vorüber war, ihre Gedanken nie länger bei der Begum und ihren Damen verweilen lassen. Sie verspürte kein Bedürfnis, darüber nachzudenken, was in jenen Frauengemächern vor sich ging, nachdem sie sie verlassen hatte, die europäischen Stühle weggeräumt worden und die Damen auf ihren Diwans wieder unter sich waren. Beth hatte das

Gefühl, daß es orientalische Geheimnisse gab – rätselhafte Dinge –, an die man nicht rühren sollte, ob sie sich nun innerhalb des Palastes abspielten, im Basar von Satipur oder in den Gassen von Khatm. All diese düsteren Regionen lagen außerhalb ihres Tätigkeitsbereiches und außerhalb ihres Vorstellungsvermögens – ebenso wie Olivia, nachdem sie einmal die Grenzen dorthin überschritten hatte.

Der einzige Mensch, der sich keine Zurückhaltung über Olivia auferlegte, war Dr. Saunders. Er war derjenige, der herausgefunden hatte, was mit ihr los war. Die Hebammen hatten ihre Arbeit gut gemacht, und in der gleichen Nacht setzte bei Olivia die Fehlgeburt ein. Sie weckte Douglas, der sie ins Krankenhaus brachte, und früh am nächsten Morgen führte Dr. Saunders eine Ausschabung durch. Aber er wußte Bescheid über indische »Fehlgeburten« und die Mittel, die angewendet wurden, um sie herbeizuführen. Das üblichste war die Einführung eines Zweiges, der mit dem Saft einer bestimmten, nur indischen Hebammen bekannten Pflanze bestrichen war. Während seiner Amtszeit hatte Dr. Saunders viele solche Zweige aus Frauen entfernt, die man ihm mit sogenannten Fehlgeburten brachte. Nachher stellte er die schuldigen Frauen zur Rede und warf sie aus dem Spital hinaus. Manchmal verabfolgte er ihnen Ohrfeigen – er hatte strikte Vorstellungen über Moral, und wie sie aufrecht zu erhalten wäre. Aber selbst er gab zu, daß man diesen eingeborenen, in Unwissenheit und Schmutz aufgewachsenen Frauen gewisse Zugeständnisse machen müßte. Es gab keine solchen mildernden Umstände für Olivia. »Nun, meine junge Madame«, sagte er, als er sie zur Rede stellte. Die Oberschwester, eine in Indien geborene Schottin – die beiden gemeinsam, sie und Dr. Saunders, sorgten im Spital für Sauberkeit und Zucht –, stand mit finsterem Gesicht hinter ihm. Beide waren empört, aber Dr. Saunders empfand außerdem auch ein wenig Triumph, weil er recht behalten hatte.

Er hatte immer gewußt, daß an Olivia etwas Verderbtes war: Etwas an ihr war schwach und verderbt, was der Nawab natürlich (der selbst verderbt war) herausgefunden und zu seinem Vorteil ausgenutzt hatte.

Niemand zweifelte je daran, daß der Nawab Olivia als ein Werkzeug der Rache mißbraucht hatte. Selbst ein so überaus liberaler und wohlwollender Anglo-Inder wie Major Minnies war davon überzeugt. Wie die Crawfords und wahrscheinlich Douglas selbst (der niemanden seine Gefühle erraten ließ) verbannte Major Minnies Olivia aus seinen Gedanken. Sie hatte die Grenzen zu weit überschritten. Und doch stellte er viele Jahre lang Überlegungen an, weniger über ihren speziellen Fall, als über die Folgerungen daraus. Es paßte alles in seine Theorien. Während seines Ruhestandes in Ooty hatte er viel mehr Zeit, über die ganze Frage nachzudenken, und er veröffentlichte sogar – auf seine eigenen Kosten, es war kein Gegenstand von besonderem allgemeinem Interesse – eine Monographie über den Einfluß Indiens auf das europäische Bewußtsein und den europäischen Charakter. Er schickte sie unter seinen Freunden herum, und daher hatte Großtante Beth ein Exemplar, das ich las.

Obwohl der Major Indien so wohlwollend gegenüberstand, klingt seine Schrift wie eine Warnung. Er sagte, daß man sehr viel innere Festigkeit brauche, um Indien zu widerstehen – um sich Indien gegenüber behaupten zu können. Und die Verwundbarsten, sagte er, sind immer jene, die Indien am meisten lieben. Man kann Indien auf viele Arten lieben – und es gibt vieles, um dessentwillen man es lieben kann –, die Landschaft, seine Geschichte, seine Dichtung und seine Musik und wahrlich auch die körperliche Schönheit seiner Männer und Frauen – aber alle, sagte der Major, sind dem Europäer gefährlich, der es zuläßt, zu sehr zu lieben. Indien weiß immer den schwachen Punkt zu finden, sagt er: Sowohl Dr. Saunders als auch Major Minnies sprachen von dem schwachen Punkt. Aber während er für Dr. Saunders etwas oder jemand Verderbtes war, findet sich für Major Minnies der schwache Punkt bei den sensibelsten, oft den hervorragendsten Menschen – und obendrein in ihren edelsten Gefühlen. Dort weiß Indien sie zu finden, und dort zieht es die hinüber in das, was Major Minnies die andere Dimension nannte. Er bezeichnete es auch als ein anderes Element, eines, in dem der Europäer nicht zu leben gewohnt ist, so daß es ihn, wenn er darin eintaucht, seiner Kräfte beraubt oder gar (wie Olivia) zerstört. Ja, schloß der Major, es ist gewiß gut und schön, Indien zu lieben und zu bewundern – von einem intellektuellen, einem ästhetischen Standpunkt, er erwähnte den sexuellen nicht, aber er muß sich auch dieses Faktors bewußt gewesen sein –, jedoch immer mit kraftvoll männlichem, mit maßvollem, *europäischem* Gefühl. Man sollte es nie zulassen, warnte er, sich (wie die Inder) von einem Überschwang an Gefühl erweichen zu lassen. Denn in dem Augenblick, in dem das geschieht – dem Augenblick, in dem man sein Maß überschreitet –, läuft man Gefahr, auf die andere Seite hinübergezogen zu werden. Das scheint das letzte Wort zu sein, das Major Minnies zu diesem Thema zu sagen hatte, und seine letzte Schlußfolgerung. Er, der Indien so sehr liebte, es so gut kannte, entschied sich dazu, den Rest seiner Tage hier zu verbringen! Aber Indien blieb immer ein Gegner für ihn, manchmal sogar ein Feind, vor dem man sich hüten mußte und gegen den man, wenn nötig, kämpfen mußte, von außen und ganz besonders von innen: aus seinem innersten Wesen.

Olivia kehrte nie wieder zu Douglas zurück, sondern floh aus dem Krankenhaus direkt in den Palast. Das letzte klare Bild, das ich von ihr habe, habe ich nicht aus ihren Briefen, sondern von dem, was Harry uns erzählte. Er war im Palast, als sie dort aus dem Krankenhaus eintraf. Sie war so blaß, sagte er, daß sie geradezu blutleer zu sein schien. (Natürlich hatte sie durch ihren Abortus einen großen Blutverlust erlitten.) Es ist nicht gar so weit von Satipur nach Khatm – ungefähr fünfzehn Meilen –, und es war eine Reise, die sie täglich in einem der Wagen des Nawab zurückgelegt hatte. Aber damals, als sie aus dem Krankenhaus davonlief, gab es keinen Wagen. Harry erfuhr nie, wie sie gekommen war, vermutete aber, es war auf eine, wie er es nannte, eingeborene Art und Weise. Sie war auch wie eine Eingeborene gekleidet – in einen groben Dienerinnen-Sari –, so daß sie ihn an einen Druck erinnerte, den er einmal gesehen hatte, mit dem Titel ›Mrs. Secombe auf der Flucht vor den Sepoys.‹ Mrs. Secombe war auch in Einheimischenkleidung gewesen und in einem Zustand großer Erregung, mit wirrem Haar und schmutzverschmiertem Gesicht: Natürlich, sie war ja vor den Aufständischen in Sikrora geflohen, um ihr Leben zu retten, in die britische Sicherheit der britischen Residenz in Lucknow. Auch Olivia war geflüchtet – aber, wie Harry betonte, in entgegengesetzte Richtung.

Harry verließ Indien kurz danach. Er hatte sich nie darüber klar werden können, aus welchen Beweggründen der Nawab sich mit Olivia eingelassen hatte. Jedenfalls war diese Frage – wie der Nawab selbst – für viele Jahre aus Harrys Gesichtsfeld entschwunden. Er war froh darüber. Wenn er auf die Zeit zurückblickte, die er im Palast verbracht hatte, dann immer mit Mißvergnügen, manchmal sogar mit Abscheu. Und doch war er dort sehr, sehr glücklich gewesen. Wieder in England, glaubte er, daß es ein zu starkes Glück für ihn gewesen war. Nun wollte er nur sein ruhiges Leben mit seiner Mutter in ihrer Wohnung in Kensington führen. Später, nachdem seine Mutter gestorben war, zog sein Freund Ferdie zu ihm, gab seinen Posten in der Wäscherei auf, um für Harry zu sorgen. Ferdie lernte auch den Nawab kennen, aber das war viele Jahre später, und inzwischen – fand Harry – hatte sich der Nawab verändert. Auch seine Lebensumstände hatten sich geändert, und wenn er jetzt nach London kam, wohnte er nicht mehr im Claridge, da er wenig Geld hatte. Vielleicht brachte er deshalb Olivia nie mit, weil er es sich nicht leisten konnte; oder vielleicht wollte sie auch ganz einfach nicht mitkommen. Sie kam nie wieder nach England, sondern blieb in dem Haus in den Bergen, das er für sie gekauft hatte.

Als ich Maji erzählte, daß ich Satipur verlassen würde, fragte sie: »Wie Chid?« Chids Abreise nach England hatte sie belustigt, wie sie alles andere an ihm stets belustigt hatte. »Armer Junge«, sagte sie. »Er mußte davonlaufen.« Ihre breiten Schultern bebten vor Lachen.

Ich versicherte ihr, daß ich nicht wegliefe, sondern im Gegenteil weiterzöge, hinauf ins Gebirge. Das gefiel ihr. Dann nahm ich meinen Mut zusammen und fragte sie, wie ich es schon seit einiger Zeit vorhatte, was sie mit mir an jenem Tage getan hatte, an dem sie gesagt hatte, sie würde eine Abtreibung an mir vornehmen. Zu meiner

Erleichterung war nichts geschehen – aber ich hatte das Gefühl, hätte sie gewollt, daß etwas geschähe, dann wären ihre Bemühungen nicht ohne Erfolg geblieben. Was *hatte* sie denn getan? fragte ich sie. Natürlich wollte sie es mir nicht sagen, aber aus ihrem listigen Lachen schloß ich, daß sie nicht unschuldig war. Ich dachte an die Art, wie sie rittlings auf mir gesessen hat, eine übernatürliche Gestalt mit übernatürlichen Kräften, die sie, so schien es mir jetzt, eingesetzt hatte, nicht um meine Schwangerschaft zu beenden, sondern um sie zu sichern: dafür zu sorgen, daß ich sie durchhielte.

Die Regenzeit ist nicht die beste Zeit im Jahr, um in die Berge hinaufzuziehen. Es gibt immer Erdrutsche, und die Straßen werden auf Tage hinaus unpassierbar. Die Berge bleiben unsichtbar. Man weiß, daß sie da sind – die Bergketten des Himalaya, die sich in weiß Gott was für Fernen und was für Höhen erstrecken – man spürt sogar ihre Gegenwart, oder bildet es sich ein, aber sie sind nicht zu sehen. Sie sind vollständig ausgelöscht, und an ihrer Stelle sind Wolken, Dämpfe, Nebel.

Unmittelbar oberhalb der kleinen Stadt, an der steilsten Seite des Berges, liegen eine Handvoll Häuser verstreut. Selbst in der besten Zeit ist es schwierig, zu ihnen hinzugelangen, außer für die zähesten Kletterer; und jetzt während der Regenzeit sind sie nahezu unerreichbar. Man hat mir erzählt, daß bis vor ein paar Jahren außer Olivia noch etliche andere Europäer in diesen Häusern gelebt hatten. Die norwegische Witwe eines indischen Historikers, die sich das Ordnen der Papiere ihres Mannes zur Aufgabe gemacht hatte; ein Deutscher, der Buddhist geworden war; und zwei ehemalige Missionare, die versucht hatten, ein christliches Aschram zu errichten. Jetzt sind sie alle tot und auf dem alten britischen Friedhof begraben, auf einem etwa hundert Meter tiefer gelegenen Plateau (britische Friedhöfe gibt es überall! Sie haben sich als die dauerhaftesten Denkmäler erwiesen). Nur der deutsche Buddhist wurde auf dem Hindu-Verbrennungsgelände verbrannt, und Olivia. Die ehemaligen Missionare versuchten alle möglichen Einwände gegen die Verbrennung Olivias geltend zu machen – sie erklärten, sie gehöre auf den Friedhof, da sie nie zu irgendeiner indischen Religion übergetreten sei. Aber sie hatte ausdrücklich verlangt, verbrannt zu werden, also geschah es. Ich nehme an, ihre Asche ist über diese Berge verstreut worden, da es niemanden gab, der sich ihrer hätte annehmen können, denn der Nawab war vor ihr gestorben.

Ihr Haus steht noch. Ich mußte etliche Tage warten, bis der Regen so weit aufhörte, daß ich hinaufsteigen konnte. Es steht ganz für sich allein auf einem Felsvorsprung; ich vermute, es bietet eine herrliche Aussicht, obwohl es zu dieser Jahreszeit nichts zu sehen gibt außer, wie ich schon sagte, Wolken. Um den Besitz dieses Hauses gibt es einige Kontroversen, die Karim und Kitty zu regeln versuchen, zugleich mit jenen anderen um die umstrittenen Besitztümer des Nawab. Sie hoffen, es gelingt ihnen, ehe die Armee das Haus beschlagnahmt. Es hat bereits gefährliche Sprünge, und innen ist alles mit Schimmel überzogen.

Aber es hat das bewahrt, was ich für Olivias Ambiente halte. Es steht ein Klavier da, selbstverständlich – nicht das Pianino, das sie in Satipur hatte, sondern ein Flügel, den ihr der Nawab aus Khatm hinaufschicken ließ (zusammen mit dem Klavierstimmer aus Bombay). Die Vorhänge und Kissen, jetzt zerschlissen, sind gelb, die Lampenschirme haben Quasten; ein Grammophon steht darin. Ein Stuhl und ein Stickrahmen stehen in einer Fensternische; ich weiß nicht, ob nur als Dekoration, oder ob sie tatsächlich dort zu sitzen pflegte und von ihrer Stickerei aufsah, um ihre Blicke über die (jetzt unsichtbaren) Berge schweifen zu lassen. Draußen ist eine Reihe von Ställen, aber das einzige, was dort je untergebracht worden ist, war die Sänfte – sie ist noch immer dort, wenn auch verstaubt und zerbrochen –, in welcher der Nawab den Berg hinauf und herunter getragen wurde. Er war zu dick und zu faul geworden, um hinaufzusteigen.

Harry sagte, er erschrak, als er ihn in London wiedersah. Fünfzehn Jahre waren vergangen, der Nawab war fünfzig Jahre alt und so dick geworden, daß er etwas Weibisches angenommen hatte. Und auch die Art, wie er Harry umarmte, war weibisch: Er drückte ihn mit beiden Armen an seine gutgepolsterte Brust und hielt ihn lange so an sich gepreßt. Und da kamen all die alten Empfindungen bei Harry zurück. Aber nachher stellte er fest, daß sich seine Gefühle für den Nawab doch verändert hatten – vielleicht, weil der Nawab selbst sich so verändert hatte. Er schien sanfter und milder und mit vielen familiären Problemen belastet.

Ein Untersuchungsausschuß, der 1923 eingesetzt worden war, hatte gegen ihn entschieden, und als Folge dieses Entscheids war ein Premierminister damit beauftragt worden, die Angelegenheiten von Khatm zu regeln.

Obwohl er dem Namen nach noch immer Herrscher des Staates war, legte der Nawab keinen besonderen Wert darauf, viel Zeit dort zu verbringen. Auch die Begum residierte nicht oft dort, sondern hatte in Bombay ein Haus für sich und ihre Damen genommen. Der Nawab wohnte häufig bei ihnen, wenn er nicht bei Olivia in X war. Manchmal lebte er auch mit seiner Frau Sandy zusammen, da die Angelegenheit mit der Familie Cabobpur mehr oder minder beigelegt worden war. Aber Sandys Gesundheitszustand war nicht gut, und derzeit hielt sie sich irgendwo in der Schweiz auf, wo sie sich wegen ihres schlechten nervlichen Zustandes einer Behandlung unterzog.

Die Schwierigkeiten, in denen sich der Nawab befand, waren hauptsächlich finanzieller Natur. Nicht nur mußte er den Palast und drei verschiedene Haushalte erhalten – für seine Mutter, seine Frau und Olivia –, sondern es gab auch in Khatm noch viele, die von ihm abhängig waren. Er mußte für all die jungen Männer sorgen – die nun nicht mehr jung waren –, seine ehemaligen Gesellschafter im Palast, denn sie waren entweder Blutsverwandte oder Abkömmlinge von Vasallen seiner Familie; manche ließen sich bis zur Zeit von Amanullah Khan zurückverfolgen. Der Nawab fühlte sich zutiefst beschämt, daß er nicht mehr in der Lage war, sie so zu beschenken, wie sie es seinerzeit gewohnt waren. Jahrelang hatte er mit den britischen Behörden herumgestritten um eine Erhöhung seines Einkommens, das sie ihm aus den staatlichen Einkünften zugestanden hatten, aber sie waren völlig verständnislos, sie hatten überhaupt keine Vorstellung von den Verpflichtungen, denen ein Herrscher wie er nachzukommen hatte. Deshalb war er jetzt nach London gekommen, um persönlich an eine höhere Instanz zu appellieren. Er traf viele Verabredungen oder versuchte es zunächst und zog ständig irgendwelche Zettel aus der Tasche, auf die Namen und Telefonnummern gekritzelt waren, obwohl er sich oft nicht erinnern konnte, wessen Namen und Telefonnummer es waren.

Die meiste Zeit verbrachte er bei Harry und Ferdie. Es war nicht einfach für sie. Sie führten ein sehr geordnetes Leben, aber er war kein ordentlicher Mensch. Auch schien er zu groß für ihre Wohnung; tatsächlich zerbrach er zwei der Eßzimmerstühle, nur indem er sich darauf setzte. Und es gab Schwierigkeiten mit seiner Ernährung, denn er war nicht zufriedenzustellen mit dem Essen, das Ferdie für Harrys empfindlichen Magen bereitete (der sich nie mehr erholt hatte). Der Nawab hatte eine große Vorliebe für Süßigkeiten entwickelt, und da er in London kein indisches Zuckerwerk bekommen konnte, hatte er sich angewöhnt, Unmengen von Cremetorten zu essen. Seine Nachmittage verbrachte er für gewöhnlich in einem Restaurant – einem schloßähnlichen Saal mit Marmorsäulen, nicht unähnlich dem Palast in Khatm. Dreimal im Laufe des Nachmittags spielte eine Dame in einem langen Nachmittagskleid Potpourries auf einer vielfarbigen Orgel. Der Nawab pflegte ihrem Spiel genießerisch zu lauschen und dann zu Harry zu sagen: »Wie hübsch sie spielt – genau wie Olivia.« Er war schon immer gänzlich unmusikalisch gewesen.

Seit einigen Jahren rezitierte er ebenso wie sein Vater sehr gern persische Gedichte und Urdu-Verse, besonders solche, die von der Vergänglichkeit weltlichen Ruhms handelten. Er wies dann stets auf sich selbst hin als lebendes Beispiel für dieses Thema. Neben der Frage einer Erhöhung seiner Rente war ihm das dringlichste Problem damals jenes der Staatsjuwelen, die abhandengekommen waren. Die Regierung von Khatm beschuldigte die Begum, sie beiseitegeschafft zu haben, worauf sie energisch erwiderte, sie habe nichts genommen, was nicht ihr Eigentum sei. Dieser Fall zog sich dann noch viele Jahre lang hin und wurde nach der Unabhängigkeitserklärung zu einem Problem der Regierung Indiens, die versuchte, ein Verfahren gegen die Begum anzustrengen. Inzwischen befanden sich jedoch sowohl sie als auch die Juwelen in New York in Sicherheit.

Der Nawab regte sich immer sehr auf, wenn er davon sprach, wie man seine Mutter bedrängte. Er litt an zu hohem Blutdruck, und wenn er sich zu sehr erregte, versuchte Harry ihn immer zu beruhigen. »Du wirst einen Schlaganfall bekommen und sterben«, warnte ihn Harry. (Tatsächlich geschah genau das – aber erst fünfzehn Jahre später und zwar im New Yorker Park-Avenue-Apartment der uralten Begum und in ihren Armen.) Der Nawab lachte immer, wenn Harry das sagte: Er lachte wahrhaftig beim Gedanken daran zu sterben. Er erzählte immer wieder gern eine Geschichte, die sich in Khatm zugetragen hatte, etwa ein Jahr nach der Abreise Harrys. Eine Räuberbande, mit der in Verbindung zu stehen man den Nawab verdächtigt hatte, war von der (reformierten) Polizei dingfest gemacht worden. Einige von ihnen waren bei den Gefechten getötet worden, andere hatte man gefangengenommen und vor Gericht gestellt. Sie wurden allesamt zum Tode verurteilt für verschiedene Morde und Raubüberfälle, die sie im Laufe der Jahre begangen hatten. Der Nawab besuchte sie häufig im Gefängnis und fand sie bis zum Schluß heiter und gelassen. Er verbrachte sogar ihre letzte Nacht mit ihnen, sah zu, wie sie ihre letzte Mahlzeit zu sich nahmen, ihre letzte Partie Karten spielten und sich zum Schlafen niederlegten. Sie schliefen wirklich – er war es, der wach blieb. Er begleitete sie zum Richtplatz und betete mit ihnen gemeinsam ihr letztes Gebet. Er sah zu, wie ihnen die Schlinge um den Hals gelegt wurde, und blieb bis zum allerletzten Augenblick bei ihnen. In diesem letzten Augenblick wandte sich einer von ihnen – Tikku Ram, ein Mann aus einer hohen Kaste – plötzlich an den Henker und setzte zu der Frage an: »Bist du ein –?«, konnte aber seine Frage nicht vollenden, weil der Henker ihm die Kapuze über den Kopf gestülpt hatte. Das fehlende Wort war wahrscheinlich *»chamar«* – er war besorgt wegen der Kaste des Henkers, der diese letzte intime Aufgabe an ihm vollzog. Das war offenbar in diesem Augenblick des Scheidens seine einzige Sorge. Der Nawab pries diese Haltung und sagte, er hoffe, er würde die gleiche Gesinnung an den Tag legen, wenn die Reihe an ihn käme.

In späteren Jahren erfuhr man nichts mehr von Olivia. Der Nawab sprach nicht sehr viel von ihr; sie war für ihn ein so privates Thema geworden wie die Begum. Er sagte nie etwas darüber, wie es ihr ging und wie sie dort oben in X lebte. Vielleicht dachte er nie darüber nach, sondern nahm eben an, es gehe ihr gut mit all den Bequemlichkeiten, für die er gewissenhaft sorgte. Auch sie selbst gab keinerlei Hinweise. Sie korrespondierte noch immer mit Marcia, aber im Gegensatz zu ihren Briefen aus Satipur waren ihre Briefe aus X kurz und gänzlich nichtssagend. Und außerdem sehr spärlich – zunächst schrieb sie noch zwei- oder dreimal im Jahr, aber selbst das wurde weniger. Nach dem Tod des Nawab schrieb sie überhaupt nicht mehr, obwohl sie ihn um sechs Jahre überlebte.

Marcia erzählte Harry, daß sie und Olivia einander sehr ähnlich waren. Harry glaubte, das könnte gestimmt haben, solange sie noch jung waren – auch Marcia war klein und zart, allerdings dunkel, während Olivia blond gewesen war. Aber zu der Zeit, als Harry Marcia kennenlernte, fiel es ihm schwer, sie mit seiner Erinnerung an Olivia in Einklang zu bringen. Marcia trank und rauchte viel und hatte ein schrilles Lachen. Sie war geschwätzig, nervös und hatte bereits zwei Selbstmordversuche mit Schlaftabletten hinter sich. Sie sagte, worin sie und Olivia sich am meisten ähnelten, sei in ihrem Temperament, das leidenschaftlich sei. Sie behauptete, sie könne Olivia vollkommen verstehen. Selbstverständlich, sagte sie, hätten sie nicht den gleichen Geschmack – zum Beispiel hatte Marcia nie verstehen können, was Olivia an Douglas fand, denn was sie, Marcia, betraf, so war er weiter nichts als stocksteif und uninteressant, und es überraschte sie nicht im mindesten, daß Olivia sich mit ihm bald zu Tode langweilte und mit jemand Interessanterem auf und davon gegangen war. Als sie später den Nawab in London kennenlernte, sagte Marcia, daß er tatsächlich interessanter war als Douglas, obwohl wiederum, was sie persönlich betraf, er nicht ihr Typ sei. Aber die Tatsache, daß ihr und Olivias Geschmack verschieden waren, hatte nichts mit der Ähnlichkeit ihrer Temperamente zu tun noch mit der ihrer Charaktere – ihrer Bereitschaft, dem Diktat eben dieses Temperaments zu folgen, wohin sie das auch führen mochte. Als Harry den Nawab fragte, ob Marcia Olivia glich, sagte der Nawab: »O nein, nein, nein, nein!«, ohne einen Augenblick zu zögern. Die Vorstellung schien ihm zugleich absurd und erschreckend.

Wie war sie? Wie hat sie gelebt? Wenn ich mich in ihrem Haus oberhalb von X umsehe, habe ich den Eindruck, daß sie vielleicht gar nicht so anders gelebt hat als in Satipur oder in London. Die Räume waren in ihrem Stil eingerichtet, sie spielte noch die gleiche Musik am Klavier. Soviel erfuhr ich aus dem, was von ihrem Haus übrig war – allerdings nicht viel mehr. Ich kann mir noch immer nicht vorstellen, was sie in all den Jahren gedacht hat oder wie sie geworden ist. Leider regnete es die ganze Zeit, als ich dort war, heftig, so daß ich nicht sehen konnte, was sie sah, wenn sie mit ihrem Stickrahmen am Fenster saß. Vielleicht wäre es einfacher, wenn ich das wüßte.

Ich habe mir in der Stadt X ein Zimmer genommen und lebe dort auf die gleiche Weise, wie ich in Satipur gelebt habe. Auch die Stadt ist genauso wie Satipur – die Häuser sind baufällig, die Gassen verwinkelt und eng, nur liegt hier alles am Hang, so daß es aussieht, als könnte die ganze Stadt jeden Augenblick den Berg hinunterrutschen. Teile davon rutschen tatsächlich von Zeit zu Zeit ab, speziell jetzt, während der Regenzeit, und die Berge selbst bröckeln ab in Felsklumpen, die herabsausen und die morastigen Wege blockieren. Ich warte schon ungeduldig darauf, daß es zu regnen aufhört, weil ich weiterziehen möchte, höher hinauf. Ich schaue immer wieder hinauf, aber alles bleibt verborgen. Da ich nichts sehen kann, stelle ich mir Berggipfel vor, höher als alle, die ich mir je zuvor habe träumen lassen, auch der Schnee auf ihnen ist weißer, als Schnee sonst ist – so weiß, daß er leuchtet und glänzt gegen einen Himmel, der von tieferem Blau ist, als ich je einen Himmel sah. Das ist es, was ich zu sehen erwarte. Vielleicht ist es auch das, was Olivia sah: der Ausblick – oder die Vision –, von der ihre Augen in all diesen Jahren erfüllt waren und von der ihre Seele überging.

Kaum je blicke ich hinunter. Manchmal, wenn es aufhört zu regnen, wirbelt der Nebel im Tal umher, und nachher ist die Luft so mit Feuchtigkeit gesättigt, daß die Vögel darin zu schwimmen scheinen, und die Bäume schwanken wie Wasserpflanzen. Ich glaube, es wird lange dauern, ehe ich wieder hinabsteige. Zuerst werde ich selbstverständlich mein Kind zur Welt bringen. Weiter oben gibt es eine Art Aschram, und man hat mir gesagt, sie würden mich vielleicht dort aufnehmen. Ich habe schon ein paar von den Swamis gesehen, wenn sie in den Basar herunterkommen und ihre Einkäufe erledigen. Sie genießen hohes Ansehen in der Stadt wegen des vorbildlichen Lebens, das sie führen. Sie widmen sich völlig dem Studium jener alten philosophischen Schriften, die auf den höchsten Höhen dieses Gebirges, die ich noch nicht sehen kann, entstanden sind. Die Swamis sind fröhliche Männer, und sie lachen und scherzen mit dröhnenden Stimmen mit den Leuten im Basar. Man hat mir gesagt, daß jeder ernsthafte Sucher zu dem Aschram hinaufgehen kann, und sie erlauben einem, so lange zu bleiben, wie man will. Nur kommen die meisten Menschen sehr bald wieder herunter wegen der Kälte und der harten Lebensbedingungen.

Das nächste Mal, wenn ich einen Swami sehe, werde ich ihn ansprechen und ihn um Erlaubnis bitten, hinaufzukommen. Ich weiß noch nicht, wie lange ich bleiben werde. Jedenfalls wird es für einige Zeit sein müssen, wegen meines Zustandes, der es immer schwieriger machen wird, wieder herunterzukommen, selbst wenn ich es wollte.

Indien: Land der unerfüllten Wünsche

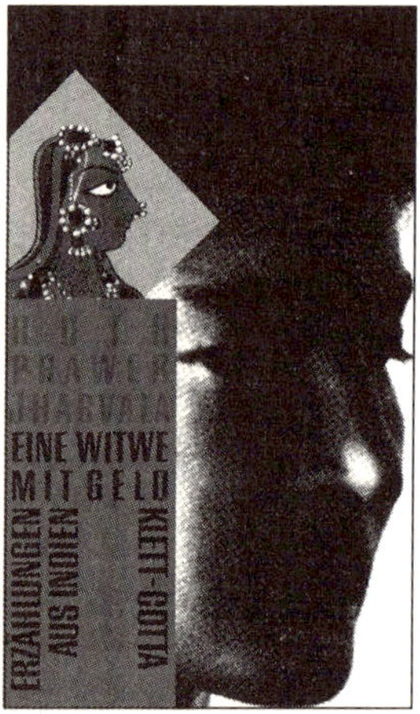

Ruth Prawer Jhabvala: Eine Witwe mit Geld
Erzählungen aus Indien.
Aus dem Englischen übersetzt von Utta Roy-Seifert
253 Seiten, Linson mit Schutzumschlag,
ISBN 3-608-95565-8

Das Leben in Indien spielt sich vorwiegend im Familienkreis ab. Wer sich selbst absondert, gilt als verblendet, und die Familie hat ein gutes Recht, hier einzugreifen. Besonders wenn der abtrünnige Verwandte reich ist. Durga ist zwar Witwe, aber keineswegs so alt, daß sie ohne Wünsche wäre. Für eine schlaue Tante ist es daher fast ein Kinderspiel, Durga Erfüllung ihrer wahren Sehnsüchte zu verheißen. Elf Geschichten, die besten aus Ruth Prawer Jhabvalas fünf Erzählsammlungen, zeigen uns die Vielfalt der exotischen Welt Indiens. In einem schnörkellosen Stil, völlig unromantisch, wird die glühend heiße Landschaft Indiens beschworen, der unvorstellbar weite Himmel, Dreck und Armut. Die Geschichten erzählen von Frauen, indischen Frauen und europäischen Frauen, von ihren Träumen und Wünschen, die schon deshalb anders sind, weil nicht jede frei wählen kann: Eine Europäerin kann das Land wieder verlassen, für eine Inderin ist es der einzige Ort, den sie hat.

Klett-Cotta

Postfach 10 60 16, 7000 Stuttgart 10

Marguerite Duras im dtv

Foto: Hélène Bamberger

Die Englische Geliebte

Den bestialischen Mord an der taubstummen Marie-Thérèse Bousquet kann sich in Viorne niemand erklären. Man findet Teile ihrer Leiche in Eisenbahnwaggons überall in Frankreich. Nur der Kopf bleibt verschollen. Die Kriminalpolizei besucht das örtliche Cafe, stellt Fragen, versucht dem Mörder auf die Spur zu kommen. Hauptleidtragende sind Claire und Pierre Lannes. Marie Thérèse war die Kusine von Claire und hat dem Ehepaar den Haushalt geführt. Obwohl noch kein Verdacht auf sie gefallen war, gesteht Claire überraschend den Mord. Ein Motiv scheint sie nicht zu haben, und sie scheint auch keine Reue zu empfinden ... dtv 10730

India Song

›India Song‹ ist eine Melodie aus der Zeit zwischen den Kriegen und die Geschichte einer Liebe, erlebt im Indien der dreißiger Jahre in einer übervölkerten Stadt am Ufer des Ganges. Im Mittelpunkt steht Anne-Marie Stretter, die schöne und elegante Frau des französischen Botschafters. dtv 10996

Zerstören, sagt sie

In einem abgeschiedenen Hotel, das umgeben ist von einem rätselhaften, undurchdringlichen Wald, erholt sich Elisabeth Alione von einer Fehlgeburt – und wird zum Objekt der Begierde. Die achtzehnjährige Alissa und ihre beiden Liebhaber, ein Pariser Professor und der Jude Stein, beobachten sie, verfolgen sie, wollen sie besitzen, vielleicht auch zerstören. Die Identitäten verschmelzen ... dtv 11063

Die grünen Augen

Kino ist für Marguerite Duras mehr als nur Kino. Wenn sie über Filme spricht oder schreibt, reflektiert sie das ganze heutige Leben: den Schrecken über die erste Atombombe, die Veränderungen der Welt durch das Fernsehen, die Revolte von '68, ihre eigenen Filme und Bücher, ihre Gefühle beim Schreiben und ihre Ansichten über Kollegen. dtv 11185

Doris Lessing im dtv

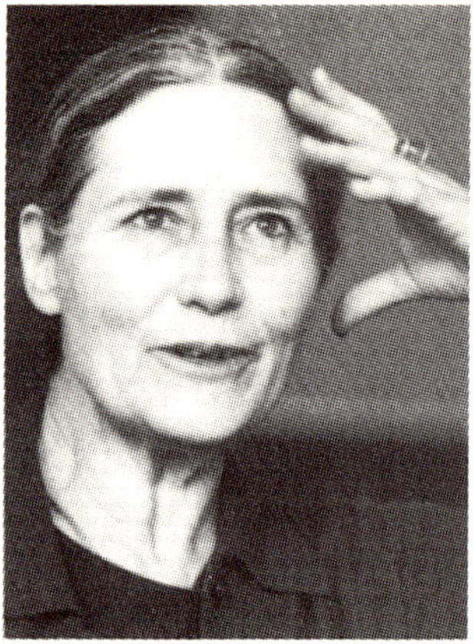

Foto: Isolde Ohlbaum

Martha Quest

Die Geschichte der Martha Quest, die vor dem engen Leben auf einer Farm in Südrhodesien in die Stadt flieht. dtv/Klett-Cotta 10446

Eine richtige Ehe

Unzufrieden mit ihrer Ehe sucht Martha nach neuen Wegen, um aus der Kolonialgesellschaft auszubrechen. dtv/Klett-Cotta 10612

Sturmzeichen

Martha Quest als Mitglied einer kommunistischen Gruppe in der rhodesischen Provinzstadt gegen Ende des Zweiten Weltkriegs. dtv/Klett-Cotta 10784

Landumschlossen

Nach dem Krieg sucht Martha in einer Welt, in der es keine Normen mehr gibt, für sich und die Gesellschaft Lösungen. dtv/Klett-Cotta 10876

Die viertorige Stadt

Martha Quest geht als Sekretärin und Geliebte eines Schriftstellers nach London und erlebt dort die politischen Wirren der fünfziger und sechziger Jahre. dtv/Klett-Cotta 11075

Kinder der Gewalt
Romanzyklus
Kassettenausgabe der fünf oben genannten Bände
dtv/Klett-Cotta 59004

Vergnügen · Erzählungen
dtv/Klett-Cotta 10327

Wie ich endlich mein Herz verlor
Erzählungen
dtv/Klett-Cotta 10504

Zwischen Männern
Erzählungen
dtv/Klett-Cotta 10649

Nebenerträge eines ehrbaren Berufes · Erzählungen
dtv/Klett-Cotta 10796

Die Höhe bekommt uns nicht
Erzählungen
dtv/Klett-Cotta 11031

Ein nicht abgeschickter Liebesbrief
Erzählungen
dtv/Klett-Cotta 25015 (großdruck)

Die andere Frau

Eine auf den ersten Blick klassische Dreiecksgeschichte, die bei Doris Lessing jedoch einen ungewöhnlichen Ausgang findet.
dtv/Klett-Cotta 25098 (großdruck)

Barbara Frischmuth im dtv

Foto: Isolde Ohlbaum

Die Ferienfamilie

Auf den ersten Blick sind die Verhältnisse im Ferienhaus ein wenig kompliziert, aber nachdem alle erst einmal eingezogen sind, erscheint ihnen ihre Gemeinschaft ganz selbstverständlich.
dtv 10273 (Juni 1991)

Die Mystifikationen der Sophie Silber

Die Begegnung mit zaubernden Märchenwesen führt die junge Frau in eine Krise . . . dtv 10489

Kai und die Liebe zu den Modellen

Angespornt durch das lebhafte, eigenwillige, Zuwendung fordernde Wesen ihres kleinen Sohnes Kai sucht Amy nach neuen Lebensmodellen. dtv 10491

Traumgrenze · Erzählungen
dtv 10553

Das Verschwinden des Schattens in der Sonne

Eine Studentin entdeckt das verwirrende, faszinierende Leben der Türkei im Aufbruch. dtv 10932

Kopftänzer

Eine arbeitslos gewordene Journalistin trifft auf einen frischgebackenen Abiturienten . . .
dtv 11032

Amoralische Kinderklapper

Gewitzt und mit unerschöpflicher Phantasie versuchen sich die kleinen Helden dieser neunzehn Skizzen den Forderungen der Erwachsenen zu entziehen. dtv 11103

Herrin der Tiere

Eine junge Frau gibt ihren Büroberuf auf, um sich ganz ihrer Leidenschaft, den Pferden zu widmen.
dtv 11230

Über die Verhältnisse

Die attraktive Wirtin eines Wiener Spezialitätenrestaurants, die mit höchsten Politikern der Republik eng befreundet ist, setzt alle Hebel in Bewegung, um ihre verschwundene Tochter wiederzufinden.
dtv 11346

Rückkehr zum vorläufigen Ausgangspunkt/Haschen nach Wind
Erzählungen
dtv neue reihe 6339